PASSEIO AO FAROL

Título original: *To the Lighthouse*
copyright da tradução © Editora Lafonte Ltda. 2024

Todos os direitos reservados.
Nenhuma parte deste livro pode ser reproduzida por quaisquer meios existentes sem autorização por escrito dos editores.

Direção Editorial *Ethel Santaella*

REALIZAÇÃO

GrandeUrsa Comunicação

Direção *Denise Gianoglio*
Tradução *Otavio Albano*
Revisão *Luciana Maria Sanches*
Capa, Projeto Gráfico e Diagramação *Idée Arte e Comunicação*

```
Dados Internacionais de Catalogação na Publicação (CIP)
       (Câmara Brasileira do Livro, SP, Brasil)

  Woolf, Virginia, 1882-1941
     Passeio ao farol / Virginia Woolf ;
  tradução Otavio Albano. -- São Paulo : Lafonte, 2024.

     Título original: To the lighthouse
     ISBN 978-65-5870-529-1

     1. Ficção inglesa I. Título.

  24-201572                                        CDD-823
```

Índices para catálogo sistemático:

1. Ficção : Literatura inglesa   823

Cibele Maria Dias - Bibliotecária - CRB-8/9427

Editora Lafonte
Av. Profª Ida Kolb, 551, Casa Verde, CEP 02518-000, São Paulo-SP, Brasil – Tel.: (+55) 11 3855-2100
Atendimento ao leitor (+55) 11 3855-2216 / 11 3855-2213 – atendimento@editoralafonte.com.br
Venda de livros avulsos (+55) 11 3855-2216 – vendas@editoralafonte.com.br
Venda de livros no atacado (+55) 11 3855-2275 – atacado@escala.com.br

VIRGINIA WOOLF

PASSEIO AO FAROL

Tradução
Otavio Albano

Brasil, 2024

Lafonte

SUMÁRIO

A JANELA 7

O TEMPO PASSA . . . 145

O FAROL 167

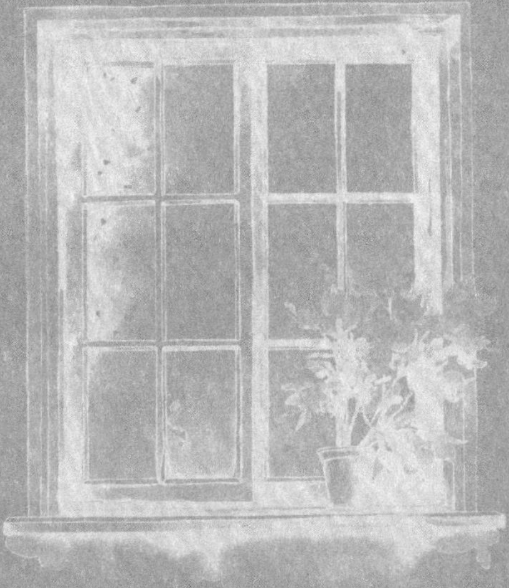

A JANELA

1

— Sim, claro, se o tempo estiver bom amanhã — disse a sra. Ramsay. — Mas você vai ter que acordar bem cedo — acrescentou ela.

Para o filho, essas palavras transmitiam uma alegria extraordinária, como se tudo já estivesse resolvido, a excursão estivesse destinada a acontecer e as maravilhas pelas quais tanto ansiava — por anos e anos, ao que parecia — estivessem, depois de uma noite de escuridão e um dia inteiro de travessia, ao alcance. Ainda que, mesmo com apenas seis anos, ele já pertencesse àquele nobre clã que não consegue manter um sentimento separado do outro, vendo-se obrigado a deixar que as perspectivas futuras, com suas alegrias e tristezas, ofusquem o que de fato se está vivendo e, embora, para essas pessoas, mesmo no início da infância, qualquer giro na roda das sensações tenha o poder de cristalizar e paralisar o momento sobre o qual repousa sua escuridão ou brilho, James Ramsay, sentado no chão, recortando fotos do catálogo ilustrado das lojas Army and Navy, concedeu à imagem de uma geladeira, enquanto a mãe falava, uma felicidade celestial. Ela estava repleta de encantamento. O carrinho de mão, o cortador de grama, o som dos álamos, as folhas embranquecendo antes da chuva, as gralhas grasnando, o roçar das vassouras, o farfalhar dos vestidos — tudo isso se mostrava tão notável e colorido na mente dele, que James já criara seu código particular, sua linguagem secreta, ainda que, externamente, aparentasse a própria imagem da seriedade rígida e inflexível, com a testa erguida e os penetrantes olhos azuis, impecavelmente ingênuos e puros, franzindo levemente ao notar a fragilidade humana, fazendo com que a mãe, ao vê-lo guiar a tesoura com todo o cuidado pelos contornos da geladeira, imaginasse-o todo trajado de vermelho e arminho em um tribunal ou supervisionando uma empreitada complexa e importante em meio a uma crise dos serviços públicos.

— Mas — disse seu pai, postando-se em frente à janela da sala — o tempo não estará bom.

Se, naquele momento, houvesse um machado à mão, um atiçador de brasas ou qualquer arma que pudesse abrir um buraco no peito do pai e matá-lo, James o teria agarrado. Essas eram as emoções extremas que o sr. Ramsay despertava no peito dos filhos com sua mera presença; em pé, como estava agora, magro como uma faca, estreito como sua lâmina e sorrindo de maneira sarcástica — não apenas pelo prazer de desiludir o filho e expor ao ridículo a esposa, que era dez mil vezes melhor do que ele em todos os sentidos (pensou James), como também em virtude de certa presunção secreta quanto à exatidão do próprio julgamento. O que ele dizia era verdade. Era sempre verdade. Ele era incapaz de mentir; nunca deturpava um fato; nunca trocava uma palavra desagradável para se adequar ao prazer ou à conveniência de qualquer ser mortal, muito menos dos próprios filhos, que, frutos de sua carne, deveriam saber desde a infância que a vida é difícil; os fatos, inflexíveis; e a passagem para aquela terra lendária onde nossas esperanças mais reluzentes se extinguem, nossos frágeis barcos afundam na escuridão (nesse ponto, o sr. Ramsay tratava de endireitar as costas e estreitar os miúdos olhos azuis rumo ao horizonte), é algo que exige, acima de tudo, coragem, verdade e a capacidade de resistir.

— Mas pode ficar bom... espero que fique bom — disse, impacientemente, a sra. Ramsay, torcendo levemente a meia marrom-avermelhada que tricotava. Se ela a terminasse ainda aquela noite e se, no fim das contas, eles fossem ao Farol, ela seria oferecida ao faroleiro para dar ao filho, que estava sofrendo de tuberculose no quadril; ofereceria, ainda, uma pilha de revistas velhas e um pouco de tabaco — na verdade, tudo o que encontrasse pelos cantos, coisas de que realmente não precisavam e se amontoavam pelo quarto — para dar àqueles pobres sujeitos, que deviam morrer de tédio, sentados o dia todo sem nada para fazer além de polir o farol, aparar o pavio e esquadrinhar seu pedaço de jardim, algo para os distrair. Afinal, como se sentiriam trancados por um mês inteiro, talvez mais em caso de tempestade, sobre uma rocha do tamanho de uma quadra de tênis?, perguntou; sem cartas ou jornais, sem ver ninguém; se fosse casado, sem ver sua esposa, não saber como estão seus filhos — se estão doentes, se caíram e quebraram as pernas ou os braços; ver as mesmas ondas monótonas arrebentando semana após semana e, então, uma terrível tempestade chegando, e as janelas cobertas de respingos, e pássaros arremessados contra o farol, e todo o lugar estremecendo, sem poder colocar o nariz para fora da porta, temendo ser arrastado para o mar? Como se sentiriam?, perguntava ela, dirigindo-se principalmente às filhas. Então, acrescentava, com um tom completamente diferente, precisamos levar a eles todo o conforto que pudermos.

— Está rumo Oeste — disse o ateu Tansley, mantendo os dedos ossudos afastados para que o vento soprasse entre eles, ao acompanhar o sr. Ramsay em sua caminhada vespertina pelo pátio, para um lado e para o outro, para um lado e para o outro. Ou seja, o vento estava soprando na pior direção possível para aportar no Farol. Sim, ele realmente disse coisas desagradáveis, admitiu a sra. Ramsay; era odioso da parte dele mencionar aquilo e deixar James ainda mais decepcionado; mas, ao mesmo tempo, ela não permitia que rissem dele. — O ateu — era como o chamavam — o ateuzinho. — Rose zombava dele; Prue zombava dele; Andrew, Jasper, Roger zombavam dele; até mesmo o velho Badger, sem um único dente na boca, tinha lhe dado uma mordida, por ele ser (de acordo com Nancy) o centésimo décimo jovem a percorrer toda a longa distância até as ilhas Hébridas atrás deles, em uma época em que era muito mais agradável ficar ali sozinho.

— Bobagem — disse a sra. Ramsay, muito séria.

Além do hábito do exagero que haviam herdado dela, e da insinuação (verdadeira) de que convidava pessoas demais para vir, tendo que hospedar algumas no vilarejo, ela não suportava qualquer descortesia com seus convidados, em especial com os jovens rapazes, que eram tão miseráveis quanto ratos de igreja — "excepcionalmente capazes", dizia o marido — e seus grandes admiradores, vindo até ali para passar férias. Na verdade, ela mantinha todos do sexo oposto sob sua proteção; por razões que não conseguia explicar, pelo seu cavalheirismo e por sua valentia, por negociarem tratados, governarem a Índia, controlarem as finanças; enfim, por uma atitude para consigo mesma que nenhuma mulher poderia deixar de sentir ou achar agradável, algo confiável, infantil, reverente; algo que uma senhora poderia aceitar de um jovem rapaz sem perder a dignidade, e coitada da donzela – que os

Céus permitam, nenhuma de suas filhas! – que não percebesse o valor daquilo tudo, e de tudo o que aquilo implicava, até a medula de seus ossos!

Ela se voltou com austeridade para Nancy. Ele não viera atrás deles, disse ela. Ele fora convidado.

Eles deveriam encontrar uma saída para tudo aquilo. Talvez houvesse uma maneira mais simples, menos trabalhosa, suspirou ela. Quando se olhou no espelho e viu os cabelos grisalhos, o rosto encovado, aos cinquenta anos, ela pensou que talvez pudesse ter conduzido melhor as coisas — seu marido; o dinheiro; os livros dele. Porém, de sua parte, ela nunca se arrependeria, nem por um segundo sequer, de sua decisão, tampouco fugiria das dificuldades ou ignoraria seus deveres. Naquele momento, ela era alguém formidável ao olhar, e era apenas em silêncio, erguendo os olhos dos pratos, depois que ela falara com tanta firmeza a respeito de Charles Tansley, que as filhas, Prue, Nancy e Rose, poderiam se divertir com as ideias infiéis que haviam imaginado para si mesmas, de uma vida diferente da mãe; talvez em Paris; uma vida mais selvagem; nem sempre cuidando de um ou outro homem; pois, na mente delas, sempre pairava um questionamento mudo da deferência e do cavalheirismo, do Banco da Inglaterra e do Império Indiano, dos dedos cheios de anéis e das rendas, embora para elas houvesse naquilo tudo a essência da beleza, algo que evocava certa masculinidade no coração das meninas e que fazia com que, enquanto permanecessem sentadas à mesa sob os olhos da mãe, honrassem sua estranha severidade, sua extrema cortesia, como uma rainha levantando da lama o pé sujo de um mendigo para lavá-lo, quando ela os advertia com tanta rigidez sobre aquele miserável ateu que os perseguira — ou, falando com mais exatidão, fora convidado a ficar com eles — até a Ilha de Skye.

— Não vai ter como aportar no Farol amanhã — disse Charles Tansley, batendo uma mão contra a outra, postado à janela com o marido dela. Sem dúvida, ele falara demais. Ela queria que os dois deixassem James e ela sozinhos e voltassem a conversar. Olhou para ele. Era um espécime miserável, diziam as crianças, todo corcunda e desajeitado. Ele não sabia jogar críquete; tropeçava para todo lado; arrastava os pés. Era um brutalhão sarcástico, dizia Andrew. Eles sabiam do que ele mais gostava: andar o tempo todo com o sr. Ramsay, para um lado e para o outro, para um lado e para o outro, falando continuamente sobre quem tinha ganhado isso, quem tinha ganhado aquilo, quem era um "homem notável" em poesia latina, quem era "brilhante, mas, acho eu, fundamentalmente doentio", quem era, sem dúvida nenhuma, o "sujeito mais competente de Balliol", quem havia enterrado a luz própria temporariamente em Bristol ou Bedford, mas de quem certamente ouviriam falar mais tarde, quando seus prolegômenos[1] — cujas primeiras páginas que atestavam o que dizia estavam em suas próprias mãos, se por acaso o sr. Ramsay quisesse vê-las — de determinado ramo da matemática ou filosofia fossem revelados. Era sobre isso que eles conversavam.

Às vezes, ela não conseguia conter o próprio riso. Disse, outro dia, algo sobre "ondas tão altas quanto montanhas". Sim, afirmou Charles Tansley, estava um pouco turbulento. — Você não está encharcado até os ossos? — ela perguntara. — Molhado, sim, mas não completamente ensopado — respondeu o sr. Tansley, apertando a manga da camisa, apalpando as meias.

---

[1] Conjunto das noções preliminares de uma ciência. Termo literário derivado de certo verbo grego no particípio que significa "as coisas que são ditas antes". (N. do T.)

Mas não era isso que incomodava, diziam as crianças. Não era o rosto dele; não eram seus modos. Era ele mesmo – seu ponto de vista. Sempre que elas estavam conversando sobre algo interessante, pessoas, música, história, qualquer coisa, até mesmo quando afirmavam que estava fazendo uma bela noite, portanto poderiam ir se sentar ao ar livre — era disso que reclamavam a respeito de Charles Tansley — que, enquanto ele não fizesse o possível para mudar completamente a situação, fazendo-se sobressair de alguma maneira e menosprezando o que elas haviam dito, não ficava satisfeito. E afirmavam que ele ia até galerias de arte e perguntava para qualquer um, gostou da minha gravata? E Rose dizia, Deus sabe muito bem que não.

Desaparecendo da mesa de jantar tão furtivamente quanto cervos assim que a refeição terminava, os oito filhos e filhas do sr. e da sra. Ramsay iam para seus quartos, seu único refúgio em uma casa onde não havia qualquer privacidade para falar do que quer que fosse; a gravata de Tansley; a aprovação do Projeto de Lei da Reforma; aves marinhas e borboletas; pessoas; enquanto o sol invadia aqueles sótãos — onde uma única tábua separava uns dos outros, de forma que se podia ouvir claramente todos os passos e a garota suíça chorando pelo pai que morria de câncer em um vale dos Grisões — e iluminava morcegos, flanelas, chapéus de palha, tinteiros, latas de tinta, besouros e crânios de pequenos pássaros, enquanto atraía das longas tiras enrugadas de algas marinhas presas à parede um odor de sal e ervas daninhas, que também impregnava as toalhas, repletas de areia dos banhos.

Conflitos, divisões, diferenças de opinião, preconceitos enraizados nas fibras do próprio ser, ah, aquilo tudo começava tão cedo, lamentava a sra. Ramsay. Eram tão críticos, os seus filhos. Eles falavam tantas asneiras. Ela saiu da sala de jantar segurando James pela mão, já que ele não queria acompanhar os outros. Parecia-lhe tanta bobagem inventar diferenças, quando as pessoas, Deus sabe muito bem, eram diferentes o bastante sem aquilo tudo. As diferenças de verdade, pensava ela, parada próximo à janela da sala, já eram o suficiente, mais do que suficiente. Naquele instante, ela tinha em mente ricos e pobres, altos e baixos; os nascidos grandes recebendo dela, meio a contragosto, certo respeito, pois ela não tinha nas veias o sangue daquela nobre, embora ligeiramente mítica, casa italiana, cujas filhas, espalhadas pelos salões ingleses do século 19, tinham balbuciado de modo tão encantador, tinham se irritado com tanta ferocidade? E toda a sua inteligência, as atitudes e o temperamento vinham delas, e não dos ingleses preguiçosos ou dos escoceses frios; mas, com mais profundidade, ela ruminava o outro problema, o dos ricos e pobres, e aquilo que via com os próprios olhos, todas as semanas, todos os dias, tanto ali como em Londres, quando visitava pessoalmente determinada viúva, ou esposa em dificuldade, com uma bolsa a tiracolo, um lápis e um caderno, no qual anotava em colunas, cuidadosamente ordenadas para isso, receitas e despesas, emprego e desemprego, na esperança de que, assim, ela deixaria de ser uma mulher reservada cuja caridade era em parte para aliviar a própria indignação, em parte para amenizar a própria curiosidade, e se tornaria, algo que sua mente destreinada tanto admirava, uma investigadora elucidando o problema social.

 Aquelas questões lhe pareciam insolúveis, enquanto permanecia ali parada, segurando James pela mão. Ele a seguira até a sala de estar, aquele rapaz de quem eles riam; ele ficara de pé perto da mesa, remexendo em alguma coisa, sem jeito, sentindo-se alheio a tudo — algo que ela percebia sem precisar olhar em volta. Todos tinham saído: as crianças; Minta Doyle e Paul Rayley; Augustus Carmichael; o marido — todos tinham ido embora. Então, suspirando, ela se virou e disse: — Você se importaria de me acompanhar, sr. Tansley?

Ela tinha uma tarefa entediante na cidade; teria que escrever uma ou duas cartas; talvez levasse uns dez minutos; ainda tinha que colocar o chapéu. E, com sua cesta e sua sombrinha a tiracolo, ali estava ela novamente, dez minutos mais tarde, transmitindo a sensação de estar pronta, de estar preparada para um passeio, que, no entanto, viu-se obrigada a interromper por um instante, ao passar pela quadra de tênis, para perguntar ao sr. Carmichael — que se aquecia sob o sol com seus olhos amarelos de gato entreabertos que, assim como os de um felino, pareciam refletir o movimento dos galhos ou das nuvens, mas não deixavam transparecer quaisquer pensamentos ou emoções íntimas — se ele queria algo.

Pois eles estavam prestes a fazer uma grande expedição, disse ela, rindo. Estavam a caminho da cidade. — Selos, papel de carta, tabaco? — sugeriu ela, parando ao lado dele. Mas não, ele não queria nada. As mãos dele se entrelaçaram sobre a barriga volumosa, os olhos piscaram, como se quisesse responder gentilmente a essas bajulações (ela agia de forma encantadora, porém um pouco nervosa), mas não pudesse, mergulhado como estava em uma sonolência verde-acinzentada que envolvia a todos, sem necessidade de palavras, em uma vasta e benevolente letargia de boa vontade; toda a casa; todo o mundo; todas as pessoas nele, já que, durante o almoço, havia colocado umas gotinhas de algo em seu copo, o que explicava, na opinião das crianças, a vívida faixa amarelo-canário no bigode e na barba, que eram, normalmente, brancos como leite. Não, nada, murmurou ele.

Ele deveria ter sido um grande filósofo, disse a sra. Ramsay enquanto desciam a estrada para a vila de pescadores, mas acabara tendo um casamento infeliz. Mantendo a sombrinha preta bem ereta e se movendo com um indescritível ar de expectativa, como se estivesse prestes a encontrar alguém na esquina, ela contou toda a história; um caso em Oxford com uma garota qualquer; o casamento precoce; a pobreza; a partida para a Índia; a tradução de um pouco de poesia "de maneira primorosa, creio eu", a disposição para ensinar persa ou hindustâni aos meninos, mas qual era realmente a utilidade daquilo tudo? – e, então, como tinham visto há pouco, o hábito de ficar deitado ali no gramado.

Tudo aquilo o envaidecia; como o haviam esnobado, via-se aliviado ao ouvir a sra. Ramsay lhe confidenciando essas coisas. Charles Tansley se reanimou. Insinuando também, como ela fizera, a grandeza do intelecto do homem, mesmo em sua decadência, a sujeição de todas as esposas — não que ela culpasse a garota, e o casamento tinha sido razoavelmente feliz, acreditava — ao trabalho do marido, ela acabou fazendo com que ele se sentisse mais satisfeito consigo mesmo do que antes, e ele teria gostado se, por exemplo, tivessem pegado um táxi, ter pago a corrida. Quanto à bolsinha dela, será que ele não poderia carregá-la? Não, não, ela disse, ela mesma sempre carregava A PRÓPRIA BOLSA. E carregava mesmo. Sim, ele podia sentir isso vindo dela. Ele sentia muitas coisas, e algo em particular que o excitava e perturbava por motivos que não saberia explicar. Ele gostaria que ela o visse, de beca e encapuzado, andando em um cortejo. Uma cátedra, um professorado, ele se sentia capaz de qualquer coisa e se enxergava — mas para onde ela estava olhando? Para um homem afixando um aviso. A imensa folha esvoaçante se acomodava e, a cada pincelada, revelava novas pernas, arcos, cavalos, vermelhos e azuis brilhantes, maravilhosamente suaves, até que metade da parede estivesse coberta com o anúncio de um circo; cem cavaleiros, vinte focas adestradas, leões, tigres... Esticando o pescoço, já que era míope, ela leu em voz alta: "Visitará esta cidade". Era um trabalho terrivelmente perigoso para um homem com um braço só, exclamou ela, ficar no topo de uma escada como aquela — o braço esquerdo dele havia sido decepado em uma colheitadeira dois anos antes.

— Vamos todos! — disse ela, seguindo em frente, como se todos aqueles cavaleiros e cavalos a tivessem enchido de uma euforia infantil, fazendo-a se esquecer da compaixão.

— Vamos — disse ele, repetindo as palavras dela, mas as pronunciando com tamanho constrangimento que a fez recuar. — Vamos todos ao circo. — Não. Ele não conseguia falar aquilo direito. Ele não conseguia sentir que aquilo fosse correto. Mas por que não?, pensou ela. O que havia de errado com ele naquele instante? Naquele momento, ela sentia certa afeição por ele. Não os levavam ao circo quando eram pequenos?, perguntou ela. Nunca, respondeu ele, como se ela tivesse perguntado exatamente o que ele queria; desejara todos aqueles dias dizer como não tinham ido ao circo. Tinha uma família numerosa, nove irmãos e irmãs, e seu pai era trabalhador.

— Meu pai é farmacêutico, sra. Ramsay. Ele tem a própria farmácia. — Ele se sustenta desde os treze anos. Muitas vezes, saíra sem casaco no inverno. Ele nunca poderia "retribuir a hospitalidade" (foram essas as palavras dele, áridas e pomposas) na faculdade. Tinha que fazer as coisas durarem o dobro do que duravam para os outros; fumava o tabaco mais barato; um fumo de corda; o mesmo dos velhos do cais. Ele trabalhava duro – sete horas por dia; sua temática agora era a influência de algo sobre alguém – eles continuavam caminhando, e a sra. Ramsay não captava muito bem o significado do que ele dizia, apenas algumas palavras, aqui e ali... dissertação... bolsa de estudos... leitorado... palestra. Ela não conseguia entender aquele jargão acadêmico horroroso, que era esparramado com tanta eloquência, mas dizia a si mesma que agora entendia o motivo de a tal ida ao circo tê-lo feito cair do pedestal, pobre coitado, e por que, de um instante ao outro, ele saíra com aquela conversa sobre o pai, a mãe, os irmãos e irmãs, e ela faria com que não rissem mais dele; falaria com Prue a respeito. O que ele teria gostado, supunha ela, teria sido dizer que não fora ao circo com os Ramsay, e sim ver Ibsen[2]. Ele era um pedante terrível — ah, sim, um chato insuportável. Pois, embora já tivessem alcançado o vilarejo e estivessem na rua principal, com carroças passando pelo calçamento, ele continuava a falar de acordos, aulas, trabalhadores, de como devemos ajudar nossa própria classe, sobre conferências, até ela ter chegado à conclusão de que ele recuperara toda a autoconfiança, recobrara-se do circo e estava prestes (e, agora, ela se afeiçoava a ele novamente) a lhe contar... Mas, nesse instante, as casas foram desaparecendo em ambos os lados, eles deram no cais e toda a baía se estendia diante deles, e a sra. Ramsay não pôde deixar de exclamar: — Ah, que lindo! — A grande imensidão azul se abrira à frente dela; o velho Farol, distante, austero, ao centro; e, à direita, até onde a vista alcançava, sumindo e reaparecendo, em curvas suaves e baixas, as dunas de areia verde com a relva selvagem se espalhando sobre elas, que sempre pareciam estar fugindo para algum país lunar desabitado.

Essa era a vista, disse ela, parando, com os olhos adquirindo tons ainda mais acinzentados, que o marido adorava.

Fez, então, uma pausa. Mas agora, disse, os artistas vêm para cá. De fato, ali ao lado, a apenas alguns passos de distância, via-se um deles, com chapéu-panamá e botas amarelas,

---

2 Henrik Johan Ibsen (1828-1906) foi um dramaturgo norueguês, considerado um dos criadores do teatro realista moderno. (N. do T.)

sério, calmo, absorto, mesmo sendo observado por uns dez meninos, com um ar de profundo contentamento no rosto redondo e vermelho olhando fixamente e, então, após olhar, mergulhando, imbuindo a ponta do pincel em algum montinho macio de verde ou rosa. Desde que o sr. Paunceforte ali estivera, três anos antes, todos os quadros eram assim, disse ela, em tons de verde e cinza, com barcos a vela cor de limão e mulheres rosadas na praia.

Mas os amigos da avó dela, disse, olhando discretamente enquanto passavam, eram os que mais se esforçavam: primeiro, misturavam as próprias cores, depois, as moíam e colocavam panos umedecidos para mantê-las úmidas.

Então o sr. Tansley supôs que ela queria que ele visse a pintura daquele homem como inferior, era assim que diziam? As cores não eram sólidas? Era assim que diziam? Sob a influência daquele extraordinário sentimento que vinha crescendo ao longo da caminhada, que começara no jardim quando ele quis carregar a bolsa dela, aumentara no vilarejo quando quis lhe contar tudo a seu respeito, ele começava a ver a si mesmo, e tudo que algum dia conhecera, tornando-se um tanto distorcido. Era terrivelmente estranho.

Ali estava ele, à espera dela, na sala do casebre para onde o levara, enquanto ela subia um instante para ver determinada mulher. Ele ouvia seus passos rápidos no andar de cima; ouvia sua voz alegre e, depois, baixa; olhou para os capachos, as latinhas de chá, as persianas de vidro; esperou impacientemente; e aguardou ansiosamente pela caminhada para casa, determinado a carregar sua bolsa; então, ouviu-a sair, fechar uma porta, dizer que se deve manter as janelas abertas e as portas fechadas, avisar em casa se precisassem de alguma coisa (ela devia estar conversando com uma criança) e, de repente, aparecer, ficar por um momento em silêncio (como se estivesse fingindo ser outra pessoa no andar de cima e, agora, por um instante, permitir-se voltar a ser ela mesma), e se postar imóvel por mais um tempo, em frente a um quadro da rainha Vitória usando a faixa azul da Ordem da Jarreteira. Subitamente, ele se deu conta de que era isso... era isso: ela era a pessoa mais linda que ele já tinha visto.

Ela com estrelas nos olhos e véus nos cabelos, com cíclames e violetas selvagens —que bobagem ele estava pensando? Ela tinha pelo menos cinquenta anos; tinha oito filhos. Caminhando por campos floridos e levando ao peito botões de flores despetalados e cordeirinhos caídos; com estrelas nos olhos e vento nos cabelos... Ele segurou a bolsa dela.

— Adeus, Elsie — disse ela, e eles subiram a rua, ela segurando a sombrinha ereta e andando como se esperasse encontrar alguém ao dobrar a esquina, enquanto, pela primeira vez na vida, Charles Tansley sentia um orgulho fenomenal; um homem escavando um ralo parou de cavar e olhou para ela, deixou o braço cair e ficou olhando para ela; pela primeira vez na vida, Charles Tansley sentiu um orgulho fenomenal; sentiu o vento, os cíclames e as violetas, pois caminhava ao lado de uma linda mulher. Ele carregava a bolsa dela.

2

— Não vamos ao Farol, James — disse ele, tentando, em consideração à sra. Ramsay, suavizar a voz, dando-lhe pelo menos um tom de cordialidade.

Homenzinho odioso, pensou a sra. Ramsay, para quê continuar dizendo isso?

3

— Talvez você acorde e encontre o sol brilhando e os passarinhos cantando — disse ela, com compaixão, alisando o cabelo do menino, já que tinha percebido que o marido, com sua declaração cáustica de que o tempo não melhoraria, havia arruinado o entusiasmo dele. Percebera que essa ida ao Farol era uma das paixões do garoto e, então, como se o marido já não tivesse dito o suficiente, com sua cáustica afirmação de que o clima amanhã não melhoraria, aquele homenzinho odioso continuava a insistir naquilo o tempo todo.

— Talvez esteja bom amanhã — disse ela, alisando os cabelos dele.

Tudo o que ela podia fazer agora era admirar a geladeira e folhear as páginas do catálogo da loja na esperança de encontrar algo parecido com um ancinho ou um cortador de grama que, com seus dentes e cabos, necessitasse de mais habilidade e atenção para ser recortado. Todos aqueles rapazes eram uma reprodução do marido, refletiu ela; ele afirmou que iria chover; eles disseram que haveria um verdadeiro tornado.

Mas, nesse instante, ao virar a página, subitamente sua busca pela imagem de um ancinho ou de um cortador de grama foi interrompida. O murmúrio grosseiro, intercalado de tempos em tempos pela retirada e colocação dos cachimbos, que continuavam a lhe assegurar, embora ela não pudesse ouvir o que estava sendo dito (pois estava sentada à janela) que os homens conversavam alegremente; esse som, que já durava meia hora e suavemente tomara seu lugar na escala de ruídos que pressionavam sua mente, como o bater das bolas nos tacos e os esporádicos berros agudos e repentinos — Valeu? Valeu? — das crianças jogando críquete, havia cessado; de modo que o monótono quebrar das ondas na praia, que, na maior parte do tempo, marcava o ritmo de seus pensamentos como o rufar de um tambor compassado e calmante e parecia se repetir continuamente, como um consolo, enquanto se sentava ali com as crianças, as palavras de alguma velha canção de ninar, murmurada pela natureza — Estou protegendo você... sou seu apoio — mas, em outras ocasiões, súbita e inesperadamente, em especial quando sua mente se desviava ligeiramente da tarefa que tinha em mãos, não continha um sentido tão agradável, marcando como uma percussão fantasmagórica e implacável a cadência da vida, fazendo qualquer um pensar na destruição da ilha e no seu afundamento no mar, lembrando-lhe de que seu dia havia passado num piscar de olhos, com uma tarefa seguida de outra, que tudo era efêmero como um arco-íris — esse som, que fora obscurecido e ocultado sob os outros sons, de repente trovejou surdamente em seus ouvidos e a fez erguer os olhos em um impulso de terror.

Eles haviam parado de conversar; era essa a explicação. Caindo, em um segundo, da tensão que a dominava para o extremo oposto — como se para recuperá-la do gasto desnecessário de emoções, era calmo, divertido, até mesmo um pouco malicioso —, ela concluiu que o pobre Charles Tansley havia sido isolado. Isso pouco importava para ela. Se o marido exigisse sacrifícios (e, de fato, exigia), ela lhe oferecia alegremente Charles Tansley, que entristecera seu filhinho.

Com a cabeça erguida, ela escutou por mais um instante, como se esperasse algum ruído habitual, algum som mecânico ordinário; e, então, ouvindo algo rítmico, meio falado, meio cantado, começando no jardim, enquanto o marido percorria o pátio para um lado e para o outro, algo entre um coaxar e uma canção, ela se acalmou novamente, assegurou-se mais uma vez de que tudo estava bem e, olhando para o catálogo nos joelhos, encontrou a imagem de um canivete com seis lâminas que só poderia ser recortado se James fosse extremamente cuidadoso.

De repente, um grito alto, como o de um sonâmbulo meio acordado, algo como

Atacados com tiros e granadas

entoado com toda a intensidade em seus ouvidos, fez com que ela se virasse apreensiva para ver se alguém o tinha ouvido. Apenas Lily Briscoe, ela ficou feliz em descobrir; e isso não tinha a mínima importância. Mas a visão da garota parada na beirada do gramado, pintando, fez com que ela se lembrasse: deveria manter a cabeça o máximo de tempo possível na mesma posição para a pintura de Lily. A pintura de Lily! A sra. Ramsay sorriu. Com seus pequenos olhos chineses e o rosto enrugado, ela nunca se casaria; ninguém poderia levar sua pintura muito a sério; ela era uma criaturinha independente, e a sra. Ramsay gostava dela por isso; então, lembrando-se de sua promessa, ela inclinou a cabeça.

4

Na verdade, ele quase derrubou o cavalete da menina, vindo correndo na sua direção com as mãos acenando e gritando — Cavalgamos com coragem e habilidade — mas, por sorte, virou-se de maneira brusca e partiu, para morrer gloriosamente, ela supôs, nas montanhas de Balaclava. Nunca ninguém foi tão ridículo e assustador ao mesmo tempo. Mas, enquanto ele continuasse assim, acenando, gritando, ela estaria segura; ele não pararia para olhar a pintura dela. E era isso que Lily Briscoe não seria capaz de suportar. Mesmo quando olhava para o conjunto, a linha, o contorno, a sra. Ramsay sentada na janela com James, ela continuava atenta aos arredores, para que ninguém se aproximasse, e ela, subitamente, percebesse que sua pintura estava sendo analisada. Agora, porém, com todos os sentidos aguçados como estavam, olhando, forçando a vista, até a cor da parede e a clematite mais além queimarem seus olhos, ela percebeu alguém saindo da casa, vindo em sua direção; mas, de alguma forma, baseando-se nos passos, pensou ser William Bankes, de modo que, embora o pincel tremesse, ela não virou a tela sobre a grama, como teria feito se fosse o sr. Tansley, Paul Rayley, Minta Doyle, ou praticamente qualquer outra pessoa, e a deixou exatamente onde estava. William Bankes se postou ao lado dela.

Eles tinham se hospedado no vilarejo e, assim, entrando, saindo, despedindo-se tarde à porta, faziam comentários triviais sobre a sopa, as crianças, uma coisa ou outra que os tornava aliados; de maneira que, quando ele se colocou ao lado dela com seu ar de magistrado (além disso, ele tinha idade suficiente para ser pai dela, um botânico, um viúvo, cheirando a sabão, muito correto e limpo), ela simplesmente continuou ali parada. Ele simplesmente continuou ali parado. Os sapatos dela eram excelentes, comentou ele. Eles permitiam que os dedos dos pés se esticassem de forma natural. Hospedando-se na mesma casa que ela, ele também notara como era organizada, acordando antes do café da manhã e saindo para pintar, sozinha, acreditava ele: presumivelmente pobre, e certamente sem a tez ou o encanto da srta. Doyle, mas com um bom senso que a tornava, aos olhos dele, superior à outra jovem dama. Agora, por exemplo, quando Ramsay os interrompera, gritando, gesticulando, a srta. Briscoe, ele tinha certeza, compreendia.

Alguém tinha cometido um deslize.

O sr. Ramsay olhou para eles. Olhou-os sem parecer vê-los. Isso fez com que os dois se sentissem ligeiramente desconfortáveis. Juntos, eles haviam visto algo que não deveriam ter visto. Haviam invadido a privacidade de alguém. Então, pensou Lily, provavelmente foi a desculpa de que ele se utilizara para sair dali, para ir até um lugar onde não pudessem ser ouvidos, que fez com que o sr. Bankes quase imediatamente dissesse algo sobre estar frio e sugerir que dessem um passeio. Ela iria acompanhá-lo, sim. Mas foi com certa dificuldade que afastou os olhos da pintura.

A clematite tinha um tom violeta brilhante; a parede era absolutamente branca. Ela não consideraria honesto modificar o violeta brilhante e o branco absoluto, já que os via assim, por mais que, desde a visita do sr. Paunceforte, estivesse na moda ver tudo pálido, elegante, semitransparente. Então, sob a cor havia a forma. Quando olhava, ela podia ver tudo tão claramente, de maneira tão imponente — era quando pegava o pincel que tudo mudava. Era naquele momento de transposição do cenário para a tela que os demônios se apoderavam dela, muitas vezes a levando à beira das lágrimas e tornando essa passagem da concepção ao trabalho em si tão terrível quanto um percurso por um corredor escuro para uma criança. Ela mesma muitas vezes se sentira assim — lutando contra probabilidades aterrorizantes para manter a coragem; para dizer: — Mas é isso que estou vendo; é isso que estou vendo — e, então, apertar contra o peito algum resquício miserável de sua visão, que mil forças faziam o possível para arrancar-lhe. E fora então, também, naquela jornada fria e tempestuosa de quando ela começou a pintar, que outras coisas lhe foram impostas: sua própria inadequação, sua insignificância, cuidar da casa do pai na estrada de Brompton, e ela teve que se esforçar muito para controlar o impulso de se atirar (graças aos céus, ela conseguira resistir até agora) aos pés da sra. Ramsay e lhe dizer... mas o que poderia dizer para ela? — Eu estou apaixonada pela senhora? — Não, isso não era verdade. — Estou apaixonada por tudo isso — apontando para a cerca viva, a casa, os filhos. Era um absurdo, era impossível. Assim, ela colocou os pincéis na caixa, lado a lado, e disse para William Bankes:

— Tem ficado frio de repente. O sol parece gerar menos calor — disse ela, olhando ao redor, pois estava claro o suficiente, a grama ainda com um tom verde suave e profundo, a casa brilhando com a vegetação de flores roxas de maracujá e as gralhas lançando berros indiferentes do azul-celeste. Mas algo se moveu, cintilou, girou uma asa prateada no ar. Afinal, era setembro, meados de setembro, e já passava das seis da tarde. Assim, eles caminharam pelo jardim na direção de sempre, passando pela quadra de tênis, pelo gramado dos pampas, até aquela brecha na cerca espessa, guarnecida por lírios-tocha parecidos com carvão em brasa por entre os quais as águas azuis da baía pareciam mais azuis do que nunca.

Eles iam até ali regularmente, todas as noites, atraídos por alguma necessidade. Era como se a água flutuasse e colocasse em movimento pensamentos que teriam ficado estagnados em terra firme, e desse até mesmo ao corpo deles uma espécie de alívio físico. Primeiro, o pulsar de cores inundava a baía de azul, e o coração se expandia com ele e o corpo nadava, simplesmente para, no instante seguinte, ser controlado e esfriado pela espinhosa escuridão das ondas agitadas. Depois, em quase todo entardecer, jorrava irregularmente, para o alto e por trás da grande rocha negra, tanto que era preciso ficar atento; e era uma delícia quando aquela fonte de águas claras aparecia; e então, enquanto se aguardava, era possível ver, na pálida praia semicircular, onda após onda se esparramando suavemente, uma em seguida da outra, uma película de madrepérola.

Parados ali, ambos sorriram. Ambos sentiram uma alegria em comum, excitados pelo movimento das ondas e, em seguida, pela passagem veloz de um barco a vela que, depois de fazer uma curva na baía, parou; trepidou; deixou cair as velas; e então, com um instinto natural para completar o cenário, após esse movimento rápido, ambos olharam para as dunas ao longe e, em vez de alegria, sentiram certa tristeza... em parte, porque tudo aquilo estava chegando ao fim e, em parte, porque vistas distantes parecem durar um milhão de anos mais do que o observador (pensou Lily) e já estarem em comunhão com um céu que contempla uma terra inteiramente em repouso.

Olhando para as distantes colinas de areia, William Bankes pensou em Ramsay: pensou em uma estrada em Westmorland, pensou em Ramsay caminhando sozinho por uma estrada, cercado por aquela solidão que parecia ser seu estado natural. Mas tudo aquilo foi subitamente interrompido, lembrava-se William Bankes (e devia se se referir a algum incidente real), por uma galinha abrindo as asas para proteger uma ninhada de pintinhos, cena diante da qual Ramsay, parando, apontou com sua bengala e disse — Lindo... lindo — uma iluminação estranha em seu coração, Bankes pensara, que mostrava sua simplicidade, sua simpatia pelas coisas humildes; mas lhe parecia que a amizade dos dois cessara ali, naquele trecho da estrada. Depois disso, Ramsay se casara. Depois disso, com uma e outra coisa, a essência da amizade deles desaparecera. De quem era a culpa ele não saberia dizer; simplesmente, depois de algum tempo, a repetição tomou o lugar da novidade. Foi para repetir que eles se encontraram. Mas nesse diálogo mudo com as dunas de areia ele reafirmou que sua afeição por Ramsay não havia diminuído em nada; ali, como o corpo de um jovem rapaz deitado na turfa durante um século, com o vermelho fresco na boca, estava a amizade dele, em toda a sua agudeza e realidade, do outro lado da baía, entre os montes de areia.

    Ele desejava, pelo bem daquela amizade, e talvez também para se livrar, dentro da própria mente, da responsabilidade de ter ficado seco e murcho —já que Ramsay vivia em meio a uma algazarra de crianças, ao passo que Bankes não tinha filhos e era viúvo — ele desejava que Lily Briscoe não menosprezasse Ramsay (um grande homem, à sua própria maneira), e sim que entendesse como as coisas estavam entre eles. Iniciada há muitos anos, a amizade deles se dissipou em uma estrada de Westmorland, onde a galinha havia aberto as asas diante dos pintinhos; e, depois que Ramsay se casara e seus caminhos seguiram rumos diferentes, houve, certamente não por culpa de alguém, certa tendência, quando se conheceram, de repetição.

    Sim. Foi isso. Ele terminou. Ele se afastou da vista. E, virando-se para voltar na direção oposta, subindo o caminho, o sr. Bankes estava atento a coisas que não o teriam impressionado se aquelas dunas não lhe tivessem revelado o teor de sua amizade, deitado com o vermelho na boca, coberto de turfa... por exemplo, Cam, a filha mais nova de Ramsay. Ela estava colhendo flores-de-mel na encosta. Ela era arredia e impetuosa. Ela não iria "dar uma flor ao cavalheiro", como a babá lhe dissera. Não! Não! Não! Ela não o faria! Ela cerrou os punhos. Ela bateu o pé no chão. E o sr. Bankes se sentiu envelhecido, triste e, de certo modo, enganado por ela em relação à sua amizade. Ele deve ter secado e encolhido.

    Os Ramsay não eram ricos, e todos ficavam surpresos com a maneira como conseguiam dar conta de tudo. Oito filhos! Ser capaz de alimentar oito crianças com filosofia! Eis ali outro deles, Jasper, desta vez, vagando pelas redondezas para atirar em um passarinho, disse ele, indiferente, sacudindo a mão de Lily como a alavanca de uma bomba de água ao passar, o que fez com que o sr. Bankes dissesse, cheio de amargor, que ELA era uma favorita. Agora, haviam de considerar também a educação dos filhos (é verdade, talvez a sra. Ramsay tivesse algo seu de reserva), sem falar no desgaste diário de sapatos e meias que aqueles "grandes sujeitos", todos crescidos, ossudos e implacáveis, deviam exigir. Quanto a ter certeza de quem era quem, ou em que ordem vieram, isso estava além de sua capacidade. Em particular, ele os chamava de acordo com os reis e rainhas da Inglaterra; Cam, a Perversa; James, o Implacável; Andrew, o Justo; Prue, a Bela — pois Prue teria beleza, pensou ele, como poderia evitar? — e Andrew, inteligência. Enquanto ele caminhava pela estrada e Lily Briscoe dizia sim e não e completava seus comentários (pois estava apaixonada por todos eles, apaixonada por este mundo), ele ponderou sobre o caso de Ramsay, sentiu pena dele, invejou-o, como se o tivesse visto se despojar de todas aquelas glórias do isolamento e austeridade que o haviam coroado na juventude para, por fim, sobrecarregar-se com asas protetoras e cacarejos domésticos. Eles lhe deram algo — William Bankes reconhecia isso; teria sido agradável se Cam tivesse enfiado uma flor em seu casaco ou subido nos ombros dele, como subia nos ombros do próprio pai, para admirar um quadro do Vesúvio em erupção; mas eles também tinham, como seus velhos amigos eram capazes de sentir, destruído algo nele. O que um estranho pensaria agora? O que essa Lily Briscoe achava? Alguém poderia deixar de notar que seus hábitos se enraizavam nele? Excentricidades, fraquezas talvez? Era surpreendente que um homem com seu intelecto pudesse se rebaixar tanto — mas essa era uma frase dura demais — pudesse depender tanto do elogio das pessoas.

— Ah, mas — disse Lily — pense no trabalho dele!

Sempre que ela "pensava no trabalho dele", via claramente diante de si uma grande mesa de cozinha. Aquilo era culpa de Andrew. Ela lhe perguntara sobre o que eram os livros do pai. — Sujeito e objeto e a natureza da realidade — respondera Andrew. E quando ela disse "céus", não tinha ideia do que aquilo significava. — Pense em uma mesa de cozinha, então — disse ele — quando você não estiver lá.

Por isso, agora ela sempre imaginava, ao pensar no trabalho do sr. Ramsay, em uma mesa de cozinha gasta de tanto ter sido esfregada. Agora, estava alojada na forquilha de uma pereira, pois tinham alcançado o pomar. E, com um doloroso esforço de concentração, ela fixou a mente não na casca prateada da árvore, ou nas folhas em formato de peixe, e sim em uma mesa de cozinha fantasma, uma daquelas mesas de tábuas usadas, granuladas e deformadas, cuja virtude parece ter sido revelada por anos de integridade muscular, que ficara presa no mesmo lugar, com as quatro pernas no ar. Naturalmente, se os dias fossem passados sob essa visão de essências angulosas, essa redução de noites encantadoras, com todas as suas nuvens em formato de flamingo, azuis e prateadas, a uma mesa de pinho claro de quatro pés (e fazê-lo era um indicativo das melhores mentes), ninguém poderia ser julgado como uma pessoa comum.

O sr. Bankes gostou dela por lhe pedir que "pensasse no trabalho dele". E ele tinha pensado nele, muitas e muitas vezes. Inúmeras vezes, dissera: — Ramsay é um daqueles homens que produzem seu melhor trabalho antes dos quarenta anos. — Ele dera uma contribuição definitiva à filosofia em um pequeno livro quando tinha apenas vinte e cinco anos; o que veio depois foi mais ou menos amplificação, repetição. Mas o número de homens que dão uma contribuição definitiva a qualquer coisa é muito pequeno, disse ele, bem escovado, escrupulosamente preciso, primorosamente judicial, parando perto da pereira. De repente, como se o movimento da mão dele a tivesse libertado, a carga das impressões que ela tinha a respeito dele transbordou e irrompeu, como uma poderosa avalanche, levando tudo o que sentia por ele. Essa foi uma das sensações. Então, surgiu como fumaça a essência de seu ser. Essa foi outra. Ela se sentiu paralisada pela intensidade da própria percepção; era a severidade dele; a bondade dele. Eu te respeito (dirigiu-se a ele em silêncio) em cada átomo; você não é vaidoso; é totalmente impessoal; melhor do que o sr. Ramsay; você é o melhor ser humano que eu conheço; não tem esposa nem filho (sem nenhum desejo sexual, ela ansiava por confortar aquela solidão), vive para a ciência (involuntariamente, pedaços de batatas surgiram diante de seus olhos); qualquer elogio seria um insulto para você; homem generoso, de coração puro e heroico! Mas, ao mesmo tempo, ela se lembrou de como ele trouxera um pajem até ali; era contra cães subirem em cadeiras; discorria durante horas (até o sr. Ramsay sair da sala batendo a porta) sobre o sal nos vegetais e a repulsa dos cozinheiros ingleses.

Como então funcionava tudo aquilo? Como alguém julgava as pessoas, pensava nelas? Como somar isso com aquilo e concluir que o que se sentia era gostar ou detestar? E que significado estava associado a essas palavras, afinal? Ela estava de pé agora, aparentemente paralisada, perto da pereira, e as impressões daqueles dois homens a inundaram, e seguir seu pensamento era como acompanhar uma voz que fala rápido demais para ser anotada pelo lápis, e a voz era a própria voz dela dizendo, sem que lhe provocassem, coisas inegáveis, eternas e contraditórias, de modo que até mesmo as fissuras e protuberâncias na casca da pereira ficariam irrevogavelmente fixadas ali, até a eternidade. Você tem grandeza, continuou ela, mas o sr. Ramsay, não. Ele é mesquinho, egoísta, vaidoso, egocêntrico; ele é mimado; ele é um tirano; ele usa a sra. Ramsay exaustivamente; mas ele tem o que você (dirigiu-se ao sr. Bankes) não tem; uma fervorosa ingenuidade; ele não se importa com mesquinharias; ele adora cachorros e seus filhos. Ele tem oito. O sr. Bankes não tem nenhum. Ele não desceu com dois casacos outra noite e deixou a sra. Ramsay cortar seu cabelo com uma fôrma de pudim como molde? Tudo isso dançava para cima e para baixo, como um enxame de mosquitos, cada um isolado dos outros, mas todos maravilhosamente controlados por uma rede elástica e invisível... dançava para cima e para baixo na mente de Lily, dentro e ao redor dos galhos da pereira, na qual ainda estava pendurada a imagem da mesa da cozinha esfregada, símbolo de seu profundo respeito pela mente do sr. Ramsay, até que seus pensamentos, que giravam cada vez mais rápido, explodiram pela própria intensidade; ela se sentiu liberta; um tiro foi disparado bem perto e, dos estilhaços, vinha fugindo um bando de estorninhos assustado, efusivo, tumultuoso.

— Jasper! — disse o sr. Bankes. Voltaram-se para a direção em que os estorninhos voaram, sobre o pátio. Seguindo a debandada de pássaros voando velozes no céu, atravessaram a abertura na elevada cerca viva e deram de cara com o sr. Ramsay, que gritou tragicamente para eles:

— Alguém cometeu um deslize!

Os olhos do sr. Ramsay, vidrados de emoção, desafiadores com dramática intensidade, encontraram os deles por um segundo e pestanejaram diante do reconhecimento; mas então, levantando a mão, a meio caminho do rosto, como se quisesse desviar, afastar, em uma angustiante e obstinada vergonha, o olhar deles, que estava absolutamente normal, como se implorasse que refreassem por um momento o que ele sabia ser inevitável, como se lhes infligisse o próprio ressentimento infantil por aquela interrupção, ainda que, mesmo no momento da descoberta, não se sentisse completamente derrotado e estivesse determinado a se apegar a algo daquela deliciosa emoção, daquela impura rapsódia de que se envergonhava e com a qual se deleitava ao mesmo tempo... ele se virou abruptamente e bateu a porta privada na cara deles; e Lily Briscoe e o sr. Bankes, olhando inquietos para o céu, perceberam que o bando de estorninhos que Jasper havia espantado com a arma pousara no topo dos olmos.

5

— E mesmo que não faça tempo bom amanhã — disse a sra. Ramsay, erguendo os olhos para observar William Bankes e Lily Briscoe passando por ela — iremos outro dia. E, agora — disse ela, pensando que o charme de Lily estava nos olhos chineses, posicionados de forma oblíqua em seu rosto branco e enrugado, mas que seria preciso um homem inteligente para perceber — e, agora, levante-se e me deixe medir sua perna — pois eles poderiam, no fim das contas, ir ao Farol, e ela precisava conferir se a meia não deveria ser uns quatro ou cinco centímetros mais comprida.

Sorrindo, pois uma ideia admirável lhe ocorreu naquele exato segundo... William e Lily deveriam se casar... ela pegou a meia, que era uma mistura de diferentes novelos de lã, com as agulhas de aço entrelaçadas no punho, e a mediu na perna de James.

— Meu querido, fique quieto — disse ela, pois, em seu ciúme, não lhe agradando servir de medida para o filhinho do faroleiro, James se mexeu de propósito; e se ele agisse assim, como ela poderia ver se a meia estava longa demais, curta demais?, perguntou ela.

Ela olhou para cima — que demônio tinha possuído seu caçula, seu queridinho? — e viu a sala, viu as cadeiras, achou-as terrivelmente gastas. Suas entranhas, como Andrew dissera outro dia, estavam todas espalhadas pelo chão; mas então, perguntou-se, que vantagem havia em comprar boas cadeiras e deixá-las estragarem ali durante todo o inverno, quando a casa, com apenas uma velha para tomar conta de tudo, literalmente pingava umidade? Nada disso importava, o aluguel era exatamente dois centavos e meio; as crianças adoravam a casa; fazia bem ao marido estar a quatro mil ou, para ser mais precisa, a quatrocentas milhas de suas bibliotecas, de suas aulas e de seus alunos; e havia espaço para visitas. Esteiras, camas de acampamento, espectros despropositados de cadeiras e mesas cuja vida útil em Londres terminara — eles estavam se dando muito bem ali; e uma ou duas fotografias, e livros. Os livros, pensou ela, cresciam sozinhos. Ela nunca tinha tempo para os ler. Uma pena! Até mesmo os livros que lhe foram dados e autografados pela mão do próprio poeta, "Para aquela cujos desejos devem ser obedecidos" ... "À Helena mais feliz dos nossos dias"..., é uma vergonha dizer, ela nunca tinha lido. Croom, sobre a mente, e Bates, abordando os costumes selvagens da Polinésia (— Meu querido, fique quieto — disse ela)... nenhum deles poderia ser enviado ao Farol. Em determinado momento, supunha ela, a casa ficaria tão degradada que algo teria de ser feito. Se pudessem ensiná-los a limpar os pés e não trazer a praia para dentro com eles... isso já seria alguma coisa. Caranguejos, ela teria que admitir, caso Andrew quisesse realmente dissecá-los, ou se Jasper acreditasse que era possível fazer sopa com algas marinhas, ela não conseguiria proibir; ou os objetos de Rose — conchas, varas, pedras; pois eram talentosos, seus filhos, mas cada um de uma maneira bem diferente da outra. E o resultado, suspirou ela, observando toda a sala, do chão ao teto, enquanto segurava a meia contra a perna de James, era que as coisas ficavam cada vez piores, um verão após o outro. O tapete estava desbotando; o papel de parede, se soltando. Ninguém mais poderia afirmar que eram rosas as flores estampadas nele. Além do mais, se todas as portas de uma casa são deixadas perpetuamente abertas e nenhum serralheiro em toda a Escócia conseguir consertar uma fechadura, as coisas acabam se estragando. Qual era a utilidade de jogar um xale de caxemira verde na moldura de um quadro? Em duas semanas, já estaria da mesma cor da sopa de ervilhas. Mas eram as portas que a incomodavam; todas as portas eram deixadas abertas. Ela escutava. A porta da sala estava aberta; a porta do corredor estava aberta; parecia que as portas do quarto estavam abertas; e, certamente, a janela no patamar estava aberta, pois fora ela mesma quem a abrira. As janelas deveriam ficar abertas e as portas, fechadas — por mais simples que fosse, nenhum deles era capaz de se lembrar disso? Ela entrava à noite nos quartos das criadas e os encontrava fechados como fornos, a não ser o de Marie, a suíça, que preferiria ficar sem tomar banho do que sem ar fresco — mas, na minha terra, dissera ela, "as montanhas são tão bonitas". Ela tinha dito isso ontem à noite, olhando pela janela com lágrimas nos olhos. "As montanhas são tão bonitas." O pai dela estava lá, morrendo, a sra. Ramsay sabia. Ele os estava deixando órfãos de pai. Repreendendo e mostrando (como fazer uma cama, como abrir uma janela, com mãos que se fecham e se abrem como as de uma francesa), tudo havia se dobrado calmamente ao redor dela quando a menina falou, como, depois de um voo através do sol, as asas de um pássaro se dobram calmamente e o azul de sua plumagem muda de um tom metálico vibrante para um roxo suave. Ela ficara ali em silêncio, pois não havia nada a ser dito. Ele tinha câncer na garganta. Ao se lembrar de como ela se postara ali, de como a garota dissera: "Na minha terra, as montanhas são tão lindas", e de como não havia esperança, nenhuma esperança, ela teve um espasmo de irritação e, falando bruscamente, disse para James:

— Fique quieto. Não seja chato — para que ele soubesse imediatamente que estava falando sério, e endireitou sua perna e tomou a medida.

A meia era curta demais, pelo menos dois centímetros menor, levando em conta o fato de que o filho de Sorley teria crescido menos do que James.

— Está curta demais — disse ela — curta demais.

Nunca ninguém parecera tão triste. Amarga e sombria, a meio caminho da queda, na escuridão, no poço que ia da luz do sol às profundezas, talvez tenha se formado uma lágrima; uma lágrima caiu; as águas balançaram para um lado e para o outro, receberam-na e repousaram. Nunca ninguém parecera tão triste.

Mas seria somente aparência, diziam as pessoas? O que havia por trás dela — sua beleza e esplendor? Ele teria estourado os miolos, perguntaram, teria morrido uma semana antes de se casarem — algum amor anterior, sobre quem ouviram rumores? Ou não havia nada? Nada além de uma beleza incomparável por trás da qual ela vivia, não podendo fazer nada para modificá-la? Pois, embora ela pudesse facilmente ter dito, em algum momento de intimidade, quando histórias de grande paixão, amor frustrado, ambição desiludida lhe foram reveladas, as quais também ela conhecera, sentira ou vivenciara, ela nunca falou nada. Ela sempre ficou em silêncio. Pois ela sabia — ela sabia sem que ninguém lhe tivesse ensinado. Sua simplicidade assimilava o que as pessoas inteligentes fingiam ser verdade. A sinceridade de seu espírito fazia com que ela caísse exatamente como uma pedra, com a precisão de um pássaro, dava-lhe, naturalmente, a investida e a queda do espírito sobre a verdade que encantava, aliviava, sustentava – talvez falsamente.

[— A natureza tem pouquíssimo barro — disse o sr. Bankes certa vez, muito emocionado com a voz dela ao telefone, embora ela estivesse apenas lhe contando um fato sobre um trem — como esse com o qual a moldou. — Ele a via no outro lado da linha, grega, de olhos azuis, nariz reto. Como parecia incongruente estar ligando para uma mulher assim. As Graças reunidas pareciam ter se dado as mãos no Campo de Asfódelos para compor aquele rosto. Sim, ele pegaria o trem das 10h30 em Euston.

— Mas ela tem menos consciência de sua beleza do que uma criança — disse Bankes, recolocando o fone no gancho e atravessando a sala para ver o progresso que os trabalhadores estavam fazendo em um hotel que estava sendo construído nos fundos de sua casa. E ele pensou na sra. Ramsay, enquanto olhava para aquela agitação em meio às paredes inacabadas. Pois sempre, refletiu, havia algo incongruente a ser trabalhado na harmonia do rosto dela. Ela colocava um chapéu de caçador de veado na cabeça; ela corria de galocha pelo gramado para impedir a travessura de alguma criança. De tal modo que, se acaso pensassem apenas na beleza dela, era preciso que se lembrassem do elemento palpitante, do elemento vivo (eles carregavam tijolos até uma pequena tábua enquanto ele os observava), e o inserissem no quadro; ou, se acaso pensassem nela simplesmente como uma mulher, deveriam dotá-la de uma idiossincrasia peculiar... ela não gostava de admiração... ou supor algum desejo latente de se despojar da própria forma régia, como se sua beleza a aborrecesse, e também tudo o que os homens dizem sobre beleza, e ela quisesse ser apenas como as outras pessoas, insignificante. Ele não sabia. Ele não sabia. Ele tinha que ir trabalhar.]

   Tricotando a meia felpuda marrom-avermelhada, com a cabeça absurdamente contornada pelo quadro dourado, pelo xale verde que havia jogado sobre a moldura do quadro e pela obra-prima autenticada de Michelangelo, a sra. Ramsay suavizou o que havia sido grosseiro no próprio comportamento um pouco antes, levantou a cabeça do filho e o beijou na testa.
   — Vamos encontrar outra figura para recortar — disse ela.

6

   Mas o que tinha acontecido?
   Alguém tinha cometido um deslize.
   A partir de suas reflexões, ela deu significado a palavras que mantivera sem sentido em sua mente por um longo período. — Alguém tinha cometido um deslize. — Fixando os olhos míopes no marido, que agora se aproximava dela, ela olhou fixamente até que a proximidade dele lhe revelou (o ruído se nivelou em sua cabeça) que algo havia acontecido, alguém tinha cometido um deslize. Mas, por mais que tentasse, ela não conseguia imaginar o quê.
   Ele tremia; estremecia. Toda a sua vaidade, toda a sua satisfação com o próprio esplendor, cavalgando, fulminante como um raio, feroz como um falcão à frente dos seus homens através do vale da morte, fora despedaçada, destruída. Atacados com tiros e bombas, cavalgamos com bravura e distinção, fuzilados através do vale da morte, rechaçados e arrastados — direto para cima de Lily Briscoe e William Bankes. Ele estremecia; ele tremia.

Por nada nesse mundo ela teria falado com ele, ao perceber, pelos sinais familiares, pelos olhos evasivos e por uma curiosa tentativa de se recompor, como se ele se retraísse e precisasse de privacidade para recuperar o equilíbrio, que se sentia ultrajado e angustiado. Ela acariciou a cabeça de James; ela lhe transferiu o que sentia pelo marido e, ao vê-lo pintar de amarelo a camisa branca de um rapaz do catálogo das lojas Army and Navy, pensou em como seria prazeroso para ela se ele se tornasse um grande artista; e, por que ele não poderia sê-lo? Ele tinha uma fronte esplêndida. Então, erguendo o olhar, enquanto o marido passava por ela mais uma vez, ficou aliviada ao descobrir que a ruína estava oculta; que a domesticidade triunfara; que os hábitos cantarolavam seu ritmo suave, de modo que, ao parar deliberadamente, quando passou por ela ainda outra vez, ele se curvou à janela, brincalhão e hesitante, para fazer cócegas na panturrilha nua de James com um galho de algo, ela o repreendeu por ter despachado "aquele pobre jovem", Charles Tansley. Tansley fora obrigado a entrar e escrever sua dissertação, disse ele.

— James vai ter que escrever a dissertação DELE qualquer dia desses — acrescentou ironicamente, sacudindo o raminho.

Odiando o pai, James afastou o galho com que lhe fazia cócegas, com o qual, de um modo que lhe era peculiar, composto de severidade e humor, ele brincava com a perna nua do filho caçula.

Ela estava tentando terminar aquelas meias cansativas para mandar para o filhinho de Sorley amanhã, disse a sra. Ramsay.

Não havia a mínima possibilidade de eles irem ao Farol amanhã, retrucou, irascível, o sr. Ramsay.

Como ele sabia? perguntou ela. O vento mudava frequentemente.

A extraordinária irracionalidade do comentário dela e a loucura da mente das mulheres o enfureciam. Ele cavalgara pelo vale da morte, fora feito em pedaços e estremecera; e, agora, ela enfrentava os fatos, fazia seus filhos esperarem por algo que estava totalmente fora de questão, contava mentiras, na verdade. Ele bateu com o pé no degrau de pedra. — Dane-se — disse. Mas o que ela tinha dito? Simplesmente que o tempo poderia ficar bom amanhã. E poderia mesmo.

Não com o barômetro caindo e o vento Oeste.

Buscar a verdade com essa surpreendente falta de consideração pelos sentimentos dos outros, rasgar os finos véus da civilização de maneira tão desenfreada e brutal, era para ela um ultraje tão horrível à decência humana que, sem lhe responder, atordoada e cega, ela inclinou a cabeça como se estivesse permitindo que a lancinante chuva de granizo, o jorrar de água suja, respingasse nela sem qualquer resistência. Não havia nada a ser dito.

Ele ficou ao lado dela em silêncio. Muito humildemente, por fim, disse que perguntaria à Guarda Costeira, se ela assim quisesse.

Não havia ninguém a quem ela reverenciasse tanto quanto ele.

Estava pronta para acreditar na palavra dele, disse ela. Assim, não precisariam preparar os sanduíches — só isso. Eles vinham até ela, naturalmente, já que ela era mulher, o dia todo com uma coisa ou outra; um deles queria isso, o outro, aquilo; as crianças estavam crescendo; muitas vezes, ela sentia que não passava de uma esponja encharcada de emoções humanas. Então, ele dizia "dane-se". Ele dizia "vai chover com certeza". Ele dizia "não vai chover"; e, instantaneamente, um paraíso de segurança se abria diante dela. Não havia ninguém que ela reverenciasse mais. Ela sentia que não era nem boa o suficiente para amarrar os cadarços dos sapatos dele.

Já envergonhado daquela petulância, daquela gesticulação das mãos durante a ofensiva, à frente de suas tropas, o sr. Ramsay cutucou timidamente as pernas nuas do filho uma vez mais e, então, como se tivesse a permissão dela, com um movimento que, estranhamente, fez com que a esposa se lembrasse do grande leão-marinho do zoológico caindo para trás depois de ter engolido o peixe, e batendo contra a água do tanque para deslocá-la de um lado ao outro, ele mergulhou no ar do entardecer que, já mais rarefeito, levava consigo o conteúdo das folhas e das cercas, mas, em troca, devolvia às rosas e aos cravos um brilho que não tinham durante o dia.

— Alguém tinha cometido um deslize — disse ele mais uma vez, caminhando no pátio para um lado e para o outro.

Mas como era extraordinário o quanto o tom dele havia mudado! Era como o cuco; "em junho, ele desafina"; como se ele estivesse tentando acertar, buscando, hesitante, alguma frase para um novo estado de espírito e, com apenas isso em mãos, usasse-a, por mais desajeitada que fosse. Mas ela soava ridícula... — Alguém tinha cometido um deslize — ...dita assim, quase como uma pergunta, sem qualquer convicção, melodiosamente. A sra. Ramsay não pôde deixar de sorrir, e logo, com certeza, andando de um lado para o outro, ele a cantarolou, deixou-a de lado e ficou em silêncio.

Ele se sentia seguro, sua privacidade fora restaurada. Parou para acender o cachimbo, olhou uma vez para a mulher e o filho na janela e, como alguém que levanta os olhos da página em um trem expresso e vê uma fazenda, uma árvore, um conjunto de chalés, como em uma ilustração, uma confirmação de algo na página impressa à qual retorna, fortalecido e satisfeito, sem distinguir nem o filho nem a esposa, a visão deles o fortaleceu e o satisfez e consagrou seus esforços para chegar a uma compreensão perfeitamente clara do problema que agora ocupava as energias de sua mente esplêndida.

Era uma mente esplêndida. Pois se o pensamento é como o teclado de um piano, dividido em inúmeras notas, ou como o alfabeto, organizado em vinte e seis letras, todas em ordem, então sua mente esplêndida não tinha nenhuma dificuldade de percorrer essas letras uma por uma, com firmeza e precisão, até chegar, digamos, à letra Q. Ele alcançou o Q. Pouquíssimas pessoas em toda a Inglaterra chegavam ao Q. Ali, parando por um momento perto do vaso de pedra em que estavam os gerânios, ele viu, mas então muito, muito longe, como crianças apanhando conchas, divinamente inocentes e ocupadas com pequenezas aos seus pés e, de alguma maneira, totalmente indefesas contra um destino que ele percebia, sua esposa e o filho, juntos, à janela. Eles precisavam de sua proteção; ele lhes deu. Mas, e depois do Q? O que vem depois? Depois do Q há uma série de letras, a última dificilmente visível aos olhos mortais, mas brilhando em vermelho a distância. O Z só é alcançado uma única vez por um único homem por geração. Ainda assim, se ele conseguisse alcançar o R, já seria alguma coisa. Ali, pelo menos, estava o Q. Ele fincou o pé no Q. Do Q, ele tinha certeza. O Q ele seria capaz de demonstrar. Se há Q, então vem Q... R... Nesse instante, ele esvaziou o cachimbo, com duas ou três batidas ressonantes na alça do vaso, e continuou. — Então o R... — Ele se preparou. Concentrou-se.

Qualidades que teriam salvado a companhia de um navio exposto em um mar escaldante com seis biscoitos e um frasco de água a bordo — resistência e justiça, prudência, devoção, habilidade, vieram em seu auxílio. O R é, então... o que é o R?

Uma persiana, como as pálpebras de couro de um lagarto, tremulou sobre a intensidade de seu olhar e obscureceu a letra R. Naquele lampejo de escuridão, ele ouviu pessoas dizendo... ele era um fracasso... que o R estava além dele. Ele nunca alcançaria o R. De volta para o R, mais uma vez. O R...

Qualidades que, em uma expedição desolada pela solidão gelada da região polar, teriam feito dele o líder, o guia, o conselheiro, cujo temperamento, nem otimista, nem apático, examina com serenidade o que há de acontecer e o enfrenta, vinham novamente em seu auxílio. O R...

O olho do lagarto piscou mais uma vez. As veias de sua testa saltaram. O gerânio no vaso se tornou surpreendentemente visível e, revelada entre as folhas, ele pôde ver, sem querer, aquela antiga e óbvia distinção entre as duas classes de homens; de um lado, os invariáveis fiéis de força sobre-humana que, de modo penoso e perseverante, repetem todo o alfabeto, na ordem, as vinte e seis letras ao todo, do início ao fim; do outro, os talentosos, os inspirados, que, milagrosamente, juntam todas as letras de uma só vez — o caminho do gênio. Ele não era um gênio; ele não reivindicava isso: mas tinha, ou poderia ter tido, o poder de repetir cada letra do alfabeto de A a Z com precisão e ordem. No entanto, ele estagnara no Q. Avante, então, rumo ao R.

Sentimentos que não teriam desonrado um líder que, agora que a neve começara a cair e o topo da montanha estava encoberto pela névoa, sabe que deve se deitar e morrer antes do amanhecer, arrebataram-no, empalidecendo a cor dos seus olhos, dando-lhe, mesmo nos dois minutos de sua volta pelo pátio, o aspecto descolorido da velhice exaurida. No entanto, ele não morreria deitado; encontraria algum penhasco rochoso, e ali, com os olhos fixos na tempestade, tentando até o fim atravessar a escuridão, morreria de pé. Ele nunca alcançaria o R.

Ele ficou completamente imóvel, perto do vaso, com o gerânio se erguendo sobre ele. Quantos homens em um bilhão, perguntou-se ele, atingem o Z, afinal? Certamente, o líder de um esquadrão suicida pode se perguntar isso e responder, sem qualquer deslealdade à expedição que o segue: — Talvez um. — Um em uma geração. Então, deveria ele se sentir culpado por não ser esse um? Contanto que ele tivesse trabalhado honestamente, dando o seu melhor, até não ter mais nada a oferecer? E a fama dele dura quanto tempo? É permitido até mesmo a um herói moribundo pensar antes de morrer como os homens falarão dele no futuro. Sua fama dura talvez dois mil anos. E o que são dois mil anos? (perguntou o sr. Ramsay ironicamente, olhando para a cerca viva.) O que são, de fato, se você olhar do topo de uma montanha para as longas vastidões do tempo? A própria pedra que chutamos com a bota durará mais do que Shakespeare. Sua pequena luz brilharia, não muito intensamente, por um ano ou dois e, então, se fundiria com uma luz maior e, esta, com uma luz ainda maior. (Ele olhou para a cerca, para a complexidade dos galhos.) Quem então poderia culpar o líder daquele esquadrão suicida que, afinal, subira alto o suficiente para ver o desperdício dos anos e o desaparecimento das estrelas se, antes que a morte lhe enrijeça os membros, muito além da capacidade de se mover, ele levantar, com certa consciência, os dedos dormentes até a testa e endireitar os ombros, de modo que, quando a patrulha de resgate chegar, eles o encontrarão morto em seu posto, a bela figura de um soldado? O sr. Ramsay endireitou os ombros e permaneceu muito ereto ao lado do vaso.

Quem há de censurá-lo se, de pé por um instante, ele se mortifica com a fama, com equipes de busca, com monumentos de pedra erguidos sobre seus ossos por seguidores agradecidos? Enfim, quem há de censurar o líder da fatídica expedição se, tendo se aventurado o máximo que pôde, usado toda a sua força até a última gota e caído no sono, pouco se importando se vai acordar ou não, ele agora percebe, com uma picada nos dedos dos pés, que ainda vive, sem se opor, de maneira geral, à vida, mas necessitando de simpatia e uísque e alguém para quem contar imediatamente a história de seu sofrimento? Quem há de censurá-lo? Quem não há se alegrará secretamente, quando o herói se despir da armadura, parar junto à janela e olhar para a mulher e o filho, que, a princípio muito afastados, vão gradualmente se aproximando pouco a pouco, cada vez mais, até que os lábios e o livro e a cabeça se encontrem distintamente diante dele, mantendo-se ainda adoráveis e desconhecidos, em razão da intensidade de seu isolamento, da dispersão do tempo e da extinção das estrelas, e, por fim, colocando seu cachimbo no bolso e curvando a magnífica cabeça diante dela — quem há de censurá-lo por homenagear a beleza do mundo?

7

Mas seu filho o odiava. Odiava-o por vir ao seu encontro, por parar e desdenhar deles; odiava-o por interrompê-los; odiava-o pela exaltação e superioridade de seus gestos; pelo esplendor de sua cabeça; por sua exatidão e egoísmo (pois ali estava ele, impondo-lhes sua atenção), mas o que ele mais odiava era a agitação e o gorjeio da emoção do pai, que, vibrando ao redor deles, perturbava a perfeita simplicidade e o bom senso de suas relações com a mãe. Ao olhar fixamente para a página, ele esperava fazê-lo seguir em frente; ao apontar o dedo para uma palavra, esperava chamar a atenção da mãe, que — irritava-lhe saber — diminuía assim que o pai ali se postava. Mas, não. Nada faria o sr. Ramsay seguir adiante. Ele ficou ali parado, exigindo simpatia.

 A sra. Ramsay, que estava sentada confortavelmente, com o filho envolto nos braços, pôs-se de prontidão e, virando-se de lado, parecia se levantar com esforço e, imediatamente, erigir em pleno ar um jato de entusiasmo, um pilar de vitalidade, mostrando-se animada e viva ao mesmo tempo, como se todas as suas energias tivessem se fundido em fervor, ardendo e iluminando (por mais que ela tivesse se sentado novamente com toda a calma, retomando seu tricô) e, nessa deliciosa fecundidade, nessa fonte e seiva de vida, a fatal esterilidade do macho mergulhou, como um bico de bronze, infértil e nu. Ele demandava simpatia. Era um fracasso, disse ele. A sra. Ramsay brandia as agulhas. O sr. Ramsay repetiu, sem nunca tirar os olhos do rosto dela, que era um fracasso. Ela lhe soprou as palavras de volta. — Charles Tansley... — disse ela. Mas ele exigia muito mais do que aquilo. Era simpatia o que queria, ser assegurado, antes de qualquer coisa, de sua genialidade, e então ser recebido no círculo da vida, acalentado e consolado, ter seu bom senso restaurado, sua esterilidade tornada fértil, e todos os cômodos da casa cheios de vida... a sala de estar; atrás da sala de estar, a cozinha; acima da cozinha, os quartos; e, além deles, os quartos das crianças; eles devem ser mobiliados, eles devem abundar vida.

 Charles Tansley o considerava o maior metafísico da época, disse ela. Mas ele exigia ser mais do que apenas isso. Ele demandava simpatia. Ele precisava que o assegurassem de também estar no centro da vida; que necessitassem dele; não apenas ali, como em todo o mundo. Brandindo suas agulhas, confiante, ereta, ela criou a sala de estar e a cozinha, fez com que radiassem felicidade; tornou-lhe possível ali permanecer, entrar e sair, à vontade, sentindo-se bem. Ela ria, ela tricotava.

De pé entre os joelhos dela, muito empertigado, James sentia toda a sua força efervescer, pronta a ser sorvida até a saciedade pelo bico de bronze, pela árida cimitarra do macho, que golpeava de maneira implacável, sem parar, exigindo simpatia.

Era um fracasso, repetiu ele. Ora, então veja, então sinta. Brandindo as agulhas, olhando ao redor, para fora da janela, para dentro da sala, para o próprio James, ela lhe assegurou, sem qualquer vestígio de dúvida, com sua risada, seu porte, sua competência (como uma babá que, carregando uma luz por um quarto escuro, protege uma criança rebelde), que aquilo era real; que a casa estava cheia; que o jardim florescia. Se ele confiasse nela cegamente, nada haveria de feri-lo; por mais fundo que ele descesse, ou por mais alto que subisse, nem por um segundo se veria sem ela. E assim, alardeando sua capacidade de envolver e defender, praticamente não lhe restava uma armadura própria, em que ela fosse capaz de se reconhecer; tudo era tão extravagante e generoso; e James, de pé e imóvel entre os joelhos dela, sentia-a crescer como uma árvore frutífera plena de flores rosadas, recoberta de folhas e galhos oscilantes, em que o bico de bronze, a árida cimitarra do pai, o homem egoísta, mergulhava e golpeava, exigindo simpatia.

Impregnado de suas palavras, como uma criança que cochila satisfeita, ele por fim disse, fitando-a com humilde gratidão, restaurado, renovado, que daria uma volta; iria olhar as crianças jogando críquete. E saiu.

Imediatamente, a sra. Ramsay pareceu se recolher toda, uma pétala se fechando sobre a outra, e toda a estrutura desmoronou sobre si mesma, por puro esgotamento, fazendo com que tivesse força suficiente apenas para mover o dedo, em um sofisticado abandono à exaustão, pela página do conto de fadas dos Grimm, enquanto pulsava pelo seu corpo, como a vibração de uma mola que se expandira até o limite e, então, com toda a suavidade, gentilmente se deixa conter, o arrebatamento da criação bem-sucedida.

    Cada pulsar dessa vibração parecia, à medida que ele se afastava, envolver tanto ela como o marido, e lhes dar, a cada um, o consolo que duas notas diferentes, uma aguda, a outra grave, tocadas ao mesmo tempo, parecem dar uma à outra ao se combinar. Mas, conforme a ressonância morria, e ela voltava novamente ao conto de fadas, a sra. Ramsay sentia não apenas o corpo exausto (ela sempre ficava assim depois, nunca durante), como sua fadiga física também se tingia de uma sensação levemente desagradável de outra origem. Não que, enquanto ela lesse em voz alta a história d'O Pescador e Sua Mulher, soubesse precisamente de onde ela vinha; tampouco se permitia colocar em palavras sua insatisfação ao, ouvindo uma onda quebrar, de maneira pesada e sinistra, se dar conta, virando a página e detendo-se, que vinha dessa sensação: ela não gostava, nem por um segundo sequer, de sentir que era melhor do que o marido; e, além disso, não podia suportar não estar inteiramente segura, quando falava com ele, da verdade do que dizia. As universidades e pessoas que dele precisavam, as conferências e os livros, e o quanto tudo aquilo era de suma importância... ela não duvidava de nada disso nem por um instante; mas era a sua relação e o fato de ele vir até ela daquela maneira, de modo que qualquer um pudesse os ver, que a inquietavam; já que, assim, as pessoas diziam que ele dependia dela, quando deveriam saber que, dos dois, ele era infinitamente o mais importante, e o que ela dava ao mundo, em comparação a ele, era insignificante. Mas, então, uma vez mais, havia também aquela outra coisa... não ser capaz, por medo, de lhe contar a verdade a respeito do telhado da estufa e de que o custo do conserto ficaria, talvez, em cinquenta libras, por exemplo; e, além disso, sobre seus livros, recear que ele pudesse adivinhar o que ela suspeitava levemente, que o último livro dele não era exatamente o melhor (ela concluiu isso de William Bankes); e também o fato de esconder pequenas coisas do cotidiano, à vista das crianças, e o peso que aquilo colocava sobre elas —tudo isso diminuía qualquer felicidade, a pura felicidade, das duas notas soando ao mesmo tempo, e fazia com que, agora, o som morresse no ouvido dela com uma deplorável apatia.

Uma sombra pairava sobre a página; ela ergueu os olhos. Era Augustus Carmichael que passava arrastando os pés, justo agora, no exato momento em que era penoso ser lembrada da inadequação das relações humanas, de que a mais perfeita delas era falha, incapaz de resistir a uma análise mais profunda, que, amando o marido e com seu instinto pela verdade, ela lhe submetia; quando era doloroso se sentir convencida de seu desmerecimento e impedida do exercício de sua função por essas mentiras, esses exageros — foi nesse exato momento, em que ela se afligia de maneira tão indigna, imediatamente após seu arrebatamento, que o sr. Carmichael passou, arrastando seus chinelos amarelos, e algum demônio em seu íntimo fez com que ela perguntasse em voz alta, enquanto ele passava:

— Já vai entrar, sr. Carmichael?

8

Ele não disse nada. Ele tomava ópio. As crianças diziam que era por isso que tinha a barba manchada de amarelo. O que era óbvio para ela era que o pobre homem era infeliz, e que vinha atrás deles todo ano como uma forma de fuga; e, ainda assim, todo ano ela sentia a mesma coisa; ele não confiava nela.

Ela dizia: — Vou para o vilarejo. Quer que eu lhe traga selos, papel, tabaco? — e ela o sentia se contrair. Ele não confiava nela. Aquilo era em razão da mulher dele. Ela se lembrava daquela perversidade da esposa para com ele, que fizera com que ela mesma ficasse completamente paralisada ali, na horrível salinha em Saint John's Wood, ao ver, com os próprios olhos, a odiosa mulher colocá-lo para fora de casa. Ele era desleixado; deixava cair coisas no casaco; tinha o tédio de um velho sem nada no mundo para fazer; e ela o expulsou da sala. Ela disse, com seu jeito detestável: — Agora, a sra. Ramsay e eu queremos ter uma conversinha a sós — e a sra. Ramsay pôde ver, como se estivessem passando diante de seus olhos, as incontáveis misérias da vida dele. Será que ele tinha dinheiro suficiente para comprar tabaco? Será que tinha que pedir para ela? Meia coroa? Dezoito centavos? Ah, ela não era capaz de suportar nem mesmo a ideia das pequenas humilhações que ela o fazia passar. E, agora (ela não conseguia adivinhar o porquê, a não ser que aquilo provinha, de certa forma, daquela mulher), ele sempre a evitava. Ele nunca lhe contava nada. Mas o que mais ela própria poderia ter feito? Escolheram um quarto bem iluminado para ele. As crianças o tratavam bem. Ela nunca deu nenhum sinal de que não o quisesse ali. Fazia de tudo para ser simpática com ele. O senhor precisa de selos, o senhor precisa de tabaco? Eis aqui um livro que talvez seja do seu agrado, e assim por diante. E, no fim das contas... no fim das contas (nesse instante, sem perceber, ela se contraiu toda, fisicamente, a noção da própria beleza, como tão raramente acontecia, fazendo-se presente), no fim das contas, ela não tinha, em geral, nenhuma dificuldade em fazer com que gostassem dela; George Manning, por exemplo; o sr. Wallace; por mais famosos que fossem, ao voltar de uma noitada, vinham vê-la, com toda a calma, conversando com ela a sós, próximo à lareira. Ela trazia consigo, não podia ignorar, a tocha da beleza;

ela a carregava, bem no alto, em qualquer sala que entrasse; e, afinal, por mais que a dissimulasse, e por mais que procurasse fugir da monotonia da conduta a que essa beleza a obrigava, ela era aparente. Ela havia sido admirada. Amada. Entrara em salas onde se chorava por um ente querido. Lágrimas tinham sido vertidas na presença dela. Homens, e mulheres também, deixando de lado a multiplicidade das coisas, haviam se permitido, com ela, o alívio da simplicidade. Ela ficava ferida com a repulsa dele. Aquilo a magoava. E, ainda assim, não de maneira transparente, não diretamente. Era aquilo que a incomodava, por ter surgido como surgiu, logo depois de seu descontentamento com o marido; a sensação que ela agora tinha quando o sr. Carmichael passava, arrastando os pés, em seus chinelos amarelos, apenas balançando a cabeça em resposta à questão dela, com um livro debaixo do braço, de que ela era vista com desconfiança; e de que todo esse seu desejo de doar, de ajudar, era vaidade. Era para a própria satisfação que ela desejava tão instintivamente colaborar, dar, para que as pessoas pudessem dizer a seu respeito: — Ah, sra. Ramsay! Querida sra. Ramsay... A sra. Ramsay, claro! — e precisassem dela e mandassem chamá-la e a admirassem? Não era justamente isso que, em segredo, ela queria e, por essa razão, quando o sr. Carmichael a evitava, como acabara de fazer nesse momento, encolhendo-se em um canto onde fazia criptogramas sem parar, ela se sentia não apenas desprezada em seu instinto, como também consciente da mesquinhez de determinada parte de si, e das relações humanas, do quanto eram imperfeitas, desprezíveis e autocentradas, mesmo em seu melhor aspecto. Desleixada e exausta, e não mais, presumivelmente (suas faces estavam encovadas, os cabelos, brancos), uma visão capaz de encher os olhos de alegria, era melhor dedicar sua mente à história d'*O Pescador e Sua Mulher* e acalmar, assim, aquele amontoado de sensibilidade (nenhuma de suas crianças era tão sensível quanto ele), seu filho James.

— O coração do homem se tornou pesado — ela leu em voz alta — e ele não se sentia disposto a ir. Disse para si mesmo: "Isso não está certo", mas foi mesmo assim. E, quando chegou ao mar, a água estava bastante púrpura, com um tom azul-escuro, acinzentada e densa, não mais tão verde e amarela, mas ainda calma. E ele ficou ali e disse...

A sra. Ramsay poderia ter desejado que o marido não tivesse escolhido aquele momento para parar. Por que ele não fora, como disse, ver as crianças jogar críquete? Mas ele não falava; ele olhava; ele balançava a cabeça; ele dava seu sinal de aprovação; ele permaneceu. Ele se rendeu, vendo diante de si aquela cerca viva que, repetidas vezes, envolvera uma pausa, indicara alguma conclusão, vendo a mulher e o filho, vendo novamente os vasos de pedra com o rastro de gerânios vermelhos, que, tão frequentemente, haviam produzido e adornado processos de pensamento, escritos entre suas folhas, como se fossem pedaços de papel em que alguém toma notas na pressa da leitura... Suavemente, ele se rendeu às especulações sugeridas por um artigo no *Times* sobre o número de norte-americanos que visitam a casa de Shakespeare anualmente. Se Shakespeare nunca tivesse existido, perguntou ele, o mundo teria sido muito diferente do que é hoje? O progresso da civilização depende de grandes homens? O destino do ser humano médio é melhor agora do que no tempo dos faraós? Por outro lado, o destino do ser humano médio, perguntou-se ele, é o critério usado para julgar o grau de civilização? Talvez não. Talvez o bem maior requeira a existência de uma classe escravizada. O ascensorista do metrô é uma necessidade eterna. Esse pensamento o desagradava. Balançou a cabeça. Para evitá-lo, ele encontraria algum modo de desprezar o predomínio das artes. Argumentaria que o mundo existe para o ser humano médio; que as artes são meramente uma decoração sobreposta à vida humana; elas não são uma expressão da vida. Tampouco Shakespeare lhe é necessário. Sem saber ao certo o porquê de desejar rebaixar Shakespeare e vir ao resgate do homem que fica postado eternamente à porta do elevador, ele arrancou bruscamente uma folha da cerca viva. Tudo isso teria que ser apresentado aos jovens rapazes em Cardiff no mês seguinte, pensou ele; aqui, no seu pátio, estava simplesmente procurando nutrientes e os consumindo (ele jogou fora a folha que havia arrancado com tanta irritação), como um homem, do seu cavalo, estende o braço para colher um ramo de rosas, ou enche os bolsos de nozes enquanto perambula despreocupado por entre trilhas e campos de uma região que conhece desde a infância. Tudo era familiar; esta curva, aquela escada, aquele atalho através dos campos. Horas que ele passaria assim, com seu cachimbo, em um entardecer, refletindo, subindo e descendo, entrando e saindo das velhas e conhecidas trilhas comunitárias, que estavam todas entrelaçadas à história daquele acampamento ali, à vida desse estadista aqui, a poemas e anedotas, a personagens também, a esse pensador, àquele soldado; tudo muito revigorante e claro; mas, por fim, a trilha, o campo, as terras comunais, a nogueira carregada e a cerca viva em flor o conduziram até aquela outra curva da estrada em que ele sempre desmontava do cavalo, amarrando-o a uma árvore, e continuava a pé, sozinho. Atingiu o limite do gramado e olhou para a baía logo abaixo.

Era a sua sina, a sua peculiaridade, quer ele quisesse ou não, chegar assim a uma ponta de terra que o mar está lentamente engolindo, e se postar ali de pé, como uma desolada ave marinha, sozinho. Era o talento dele, seu dom, livrar-se subitamente de tudo o que é supérfluo, encolher e diminuir de maneira a parecer mais exposto e se sentir mais leve, até mesmo fisicamente, sem, no entanto, perder nada da intensidade de sua mente e, assim, postar-se em seu pequeno altar, diante da escuridão da ignorância humana, do fato de como não sabemos nada e o mar engole o chão em que pisamos... Essa era a sina dele, esse era seu dom. Mas, tendo descartado, ao desmontar, todas as formalidades e bobagens, todos os troféus de nozes e rosas, e tendo encolhido de forma que não apenas sua fama, como também seu próprio nome fossem por ele esquecidos, manteve, mesmo naquela desolação, uma vigilância que não poupava nenhuma fantasia e que não se refestelava com nenhuma visão, e era sob essa fachada que ele inspirava em William Bankes (intermitentemente), Charles Tansley (diligentemente) e agora, profundamente, na mulher, quando ela erguia os olhos e o via de pé no limite do gramado, reverência, e piedade, e também gratidão, como uma estaca cravada no leito de um canal em que as gaivotas fazem seus ninhos e as ondas batem inspira nas alegres cargas marítimas um sentimento de agradecimento pelo dever que assumem de indicar o canal, completamente sós, em meio às correntezas.

— Mas o pai de oito filhos não tem escolha. — Resmungando a meia-voz, ele então voltou a si, deu meia-volta, suspirou, ergueu os olhos, buscou a figura da mulher lendo histórias para o seu garotinho, encheu o cachimbo. Deu as costas para a visão da ignorância e da sina humanas e do mar engolindo o chão em que pisamos, a qual, tivesse ele sido capaz de contemplar fixamente, poderia ter levado a algo; e encontrou consolo em futilidades tão pequenas, quando comparadas com o grandioso tema há pouco diante dele, que estava disposto a difamar esse conforto, a depreciá-lo, como se ter sido surpreendido feliz em um mundo de miséria fosse, para um homem honesto, o mais desprezível dos crimes. Nada mais do que a verdade; ele era, de maneira geral, feliz; tinha a esposa; tinha os filhos; prometera, dali a seis semanas, "falar algumas bobagens" para os rapazes de Cardiff sobre Locke, Hume, Berkeley e as causas da Revolução Francesa. Mas tal situação e o prazer em tudo aquilo, a glória que incutia nas frases que pronunciava, no ardor da mocidade, na beleza de sua mulher, nas homenagens que chegavam até ele, vindas de Swansea, Cardiff, Exeter, Southampton, Kidderminster, Oxford, Cambridge... tudo deveria ser menosprezado e encoberto sob a frase "falar algumas bobagens", porque, na realidade, ele não fizera aquilo que poderia ter feito. Nada mais era do que um disfarce; era o refúgio de um homem com medo de admitir os próprios sentimentos, que não era capaz de dizer, É disso que eu gosto — é isso que eu sou; e bastante lastimável e desagradável para William Bankes e Lily Briscoe, que se perguntavam por que esses fingimentos eram necessários; por que ele sempre precisava de elogios; por que um homem tão corajoso nos pensamentos havia de ser tão tímido na vida; como ele era tão estranhamente venerável e risível a um só e mesmo tempo.

Ensinar e pregar vão além do poder humano, Lily suspeitava. (Ela estava guardando suas coisas.) Se você se exalta, acaba, de uma maneira ou de outra, se dando mal. A sra. Ramsay lhe concedia o que ele pedia com extrema facilidade. Por isso a mudança deve ser tão perturbadora, Lily disse. Ele sai dos livros e nos encontra, a todos, brincando e falando besteiras. Imagine a mudança em relação ao que ele pensa, disse ela.

Ele estava se aproximando deles. Então, parou subitamente e ficou olhando o mar em silêncio. Em seguida, deu meia-volta mais uma vez.

9

Sim, disse o sr. Bankes, vendo-o se afastar. Dava muita pena. (Lily dissera algo sobre ele a amedrontar — ele mudava de humor de forma tão abrupta.) Sim, disse o sr. Bankes, dava muita pena que Ramsay não pudesse se comportar um pouco mais como as outras pessoas. (Porque ele gostava de Lily Briscoe; ele podia conversar com ela a respeito de Ramsay com toda a franqueza.) Era por essa razão, disse ele, que os jovens não leem Carlyle. Um velho grosso e resmungão que perdia a cabeça completamente se o mingau estivesse frio, por que um homem desses deveria nos dar sermões? Era o que o sr. Bankes imaginava que os jovens dissessem hoje. Dava muita pena pensar, como ele o fazia, que Carlyle era um dos grandes mestres da humanidade. Lily tinha vergonha de dizer que nunca mais havia lido Carlyle desde que estivera na escola. Mas, na opinião dela, gostavam ainda mais do sr. Ramsay por achar que se seu dedo mindinho doesse, o mundo inteiro viria abaixo. Não era ISSO que a preocupava. Pois quem poderia se deixar enganar por ele? Ele implorava descaradamente que o elogiassem, que o admirassem, seus pequenos truques não enganavam ninguém. O que ela detestava era a sua limitação, sua cegueira, disse ela, vendo-o se afastar.

— Um tanto quanto hipócrita? — insinuou o sr. Bankes, também de olho no velho se afastando, pois não estava ele pensando na amizade, e sim em Cam se recusando a lhe dar uma flor, e em todos aqueles meninos e meninas, e em sua própria casa, muito confortável, mas, desde a morte da mulher, bastante silenciosa? Naturalmente, ele tinha seu trabalho... Ainda assim, ele preferia que Lily concordasse que Ramsay era, como ele dissera, "um tanto quanto hipócrita".

Lily Briscoe continuou guardando os pincéis, olhando para cima, olhando para baixo. Ao olhar para cima, lá estava ele... o sr. Ramsay... vindo na direção deles, hesitando, despreocupado, alheio, distante. Um tanto quanto hipócrita?, repetiu ela. Ah, não... o mais sincero dos homens, o mais verdadeiro (ei-lo aqui), o melhor; mas, ao olhar para baixo, pensou ela, ele é egocêntrico, é tirânico, é injusto; e continuou olhando para baixo, de propósito, pois só assim conseguia manter a sanidade ao se hospedar com os Ramsay. Assim que olhavam para cima e os viam, aquilo que ela chamava de "estar apaixonado" tomava conta deles. Eles se tornavam parte daquele irreal, mas penetrante e excitante, universo que é o mundo visto pelos olhos do amor. O céu se unia a eles; os pássaros cantavam por meio deles. E o que ela também sentia ser ainda mais excitante, ao ver o sr. Ramsay se aproximando e se afastando e a sra. Ramsay sentada com James na janela e a nuvem se movendo e a árvore se curvando, era como a vida, composta de pequenos incidentes separados vividos um após o outro, tornava-se emaranhada e una, como uma onda que nos erguia e nos arremessava com ela, ali na praia, com um baque.

O sr. Bankes esperou que ela respondesse. E ela estava a ponto de fazer uma crítica à sra. Ramsay, como ela também era assustadora, à sua maneira, prepotente, ou algo do gênero, quando o sr. Bankes fez com que fosse totalmente desnecessário que ela falasse com seu arrebatamento. Pois é o que aquilo significava, considerando a idade dele, sessenta anos completos, e sua limpeza e sua impessoalidade, e o jaleco branco de cientista que parecia cobri-lo. Pois, para ele, olhar para a sra. Ramsay como Lily o percebia fazendo, tratava-se realmente de um arrebatamento, equivalente, sentia Lily, ao amor de dezenas de rapazes (e talvez a sra. Ramsay nunca tivesse suscitado o amor de dezenas de rapazes). Era amor, pensou ela, fingindo mover a tela, destilado e filtrado; um amor que nunca tentou agarrar seu objeto; mas, como o amor com que os matemáticos dão origem a seus símbolos, ou os poetas às suas frases, estava destinado a ser espalhado pelo mundo todo e se tornar parte das conquistas da humanidade. Assim, de fato, era. O mundo, certamente, teria compartilhado dele, se o sr. Bankes fosse capaz de dizer por que aquela mulher lhe agradava tanto; por que a visão dela lendo um conto de fadas para seu menino tinha sobre ele precisamente o mesmo efeito que a solução de um problema científico, fazendo com que ele se postasse a contemplá-la, e sentisse, exatamente como sentia ao provar algo definitivo sobre o sistema digestivo das plantas, que a barbaridade estava domesticada, e que o reino do caos fora contido.

Tal arrebatamento... e que outro nome poderiam lhe dar?... fez Lily Briscoe se esquecer completamente do que estivera a ponto de dizer. Não era nada importante; algo sobre o sr. Ramsay. Dissolvia-se diante daquele "arrebatamento", daquela fixação silenciosa, pela qual ela sentia intensa gratidão; pois nada a confortava tanto, aliviava-a da perplexidade da vida e, milagrosamente, amenizava seu fardo, quanto esse sublime poder, esse dom celestial, e ninguém deveria perturbá-lo, enquanto durasse, não mais do que o raio de sol que pousa sobre o solo.

Que as pessoas pudessem amar daquele jeito, que o sr. Bankes pudesse sentir aquilo pela sra. Ramsay (ela o fitou, refletindo) era útil, era exultante. Ela limpava um pincel atrás do outro, com um farrapo velho, automaticamente, de propósito. Ela encontrava abrigo na reverência que se estende a todas as mulheres; ela se sentia engrandecida. Deixem-no contemplar; ela daria uma olhada no seu quadro.

Poderia ter chorado. Estava ruim, estava ruim, estava infinitamente ruim! Ela poderia tê-lo feito de uma maneira diferente, claro; a cor poderia ter sido diluída e esmaecida; as formas, mais etéreas; era assim que Paunceforte o teria visto. Mas, na verdade, ela não o via assim. Ela via a cor ardendo em uma moldura de metal; a luz da asa de uma borboleta pousada sobre os arcos de uma catedral. De tudo isso, restavam apenas umas poucas marcas aleatórias rabiscadas sobre a tela. E ela jamais seria vista; nem mesmo seria pendurada, e ali estava o sr. Tansley lhe sussurrando ao ouvido: — As mulheres não sabem pintar, as mulheres não sabem escrever...

Agora, lembrava-se do que estivera a ponto de dizer sobre a sra. Ramsay. Não sabia como teria colocado em palavras; mas teria sido algo crítico. Outra noite, ela ficara incomodada com alguma de suas arbitrariedades. Observando a direção do olhar de contemplação que o sr. Bankes lhe dirigia, ela pensou que nenhuma mulher poderia idolatrar outra do modo como ele a idolatrava; elas só podiam buscar abrigo sob a sombra que o sr. Bankes estendia sobre ambas. Olhando ao longo da projeção do olhar dele, ela lhe acrescentou o próprio, distinto do dele, achando que ela era, de maneira inquestionável, a mais adorável das pessoas (inclinada sobre o seu livro); talvez fosse a melhor; mas também diferente da forma perfeita que viam ali. Mas, por que diferente, e quão diferente?, perguntou-se ela, raspando da palheta todos aqueles montinhos de azul e verde que lhe pareciam como torrões, já sem nenhuma vida, mas, prometeu para si mesma, ela os inspiraria, os forçaria a se mexer, a fluir, a lhe obedecer amanhã. Como ela seria diferente? Qual era o espírito que nela habitava, o elemento essencial, pelo qual saberiam, caso encontrassem uma luva em um canto do sofá, de que se tratava, em virtude do dedo retorcido, de algo indubitavelmente dela? Ela era como um pássaro, por sua rapidez, uma flecha, por sua precisão. Era voluntariosa; era autoritária (certamente, Lily fez questão de se lembrar, estou pensando nas relações dela com as mulheres, e sou muito mais jovem, uma pessoa insignificante, que mora depois da estrada de Brompton). Ela abria as janelas dos quartos. Ela fechava portas. (Tentava, assim, ensaiar o ritmo da sra. Ramsay em sua cabeça.) Chegando tarde da noite, com uma leve batida na porta do quarto de alguém, enrolada em um velho casaco de pele (pois a composição de sua beleza era sempre assim — apressada, mas adequada), ela reencenaria mais uma vez o que lhe viesse à cabeça... Charles Tansley perdendo o guarda-chuva; o sr. Carmichael fungando e farejando; o sr. Bankes dizendo — As salicórnias estão perdidas. — Ela moldava habilmente todas essas cenas; chegava até mesmo a deturpá-las maliciosamente; e, indo até a janela, sob o pretexto de que tinha de ir embora — já começava a amanhecer, ela podia ver o sol nascendo — dar meia-volta, com toda a intimidade e, sempre rindo, insistir que devia, que Minta devia, que todas elas deviam se casar, já que, em todo o mundo, fossem quais fossem os louros que lhe pudessem ser concedidos (mas a sra. Ramsay não dava a mínima importância para sua pintura), ou triunfos por ela obtidos (provavelmente, a sra. Ramsay conseguira a parte dela), e, nesse instante, ela ficou triste, sombria, e voltou para a sua cadeira, não havia como discutir isto: uma mulher solteira (ela lhe tomou a mão por um momento), uma mulher solteira havia perdido o melhor da vida. A casa parecia cheia de crianças dormindo e a sra. Ramsay ouvindo; meias-luzes e respirações sincronizadas.

Ah, mas havia o pai dela, diria Lily; a casa dele; até mesmo, se ela ousasse dizê-lo, sua pintura. Mas tudo aquilo parecia tão pequeno, tão virginal, em comparação com a outra. Porém, à medida que a noite passava, e as luzes brancas repartiam as cortinas e, de vez em quando, até mesmo algum pássaro cantava no jardim, reunindo uma coragem desesperada, ela desejaria sua exceção à lei universal; imploraria por ela; gostava de estar só; gostava de ser ela mesma; não fora feita para aquilo; e, por isso, teria de enfrentar o olhar firme vindo de olhos de uma profundidade inigualável, e confrontar a certeza tão simples da sra. Ramsay (e ela parecia uma criança, agora) de que sua querida Lily, sua pequena Brisk, era uma tola. Então se lembrou de que havia deitado a cabeça no colo da sra. Ramsay e rido e rido e rido, rido quase com histeria diante do pensamento da sra. Ramsay presidindo, com inalterável calma, destinos que ela jamais conseguiria compreender. Ali estava ela, sentada, simples, séria. Tinha agora recobrado a compreensão que tinha de si mesma... eis o dedo retorcido da luva. Mas em que santuário haviam entrado? Lily Briscoe finalmente ergueu os olhos, e ali estava a sra. Ramsay, ignorando totalmente o que lhe havia causado riso, ainda presidindo, mas agora sem qualquer traço de teimosia e, em seu lugar, algo tão claro quanto o espaço que as nuvens finalmente revelam — o pequeno espaço de céu que dorme ao lado da lua.

Era sabedoria? Era conhecimento? Era, uma vez mais, a ilusão da beleza, que faz com que todas as percepções, a meio caminho da verdade, acabem enredadas em uma teia dourada? Ou ela tinha guardado dentro de si, como certamente acreditava Lily Briscoe, algum segredo que devemos ter para que o mundo continue a existir? Não era possível que todos fossem tão caóticos, tão instáveis quanto ela. Mas se eles sabiam, seriam capazes de dizer o que sabiam? Sentada no chão, com os braços ao redor dos joelhos da sra. Ramsay, tão perto dela quanto possível, sorrindo ao pensar que a sra. Ramsay nunca saberia a razão dessa pressão, ela imaginou como, nas câmaras da mente e no coração da mulher que estava, fisicamente, tocando-a, postavam-se, como tesouros nas tumbas de reis, tabuletas com inscrições sagradas que nos ensinariam tudo, caso pudéssemos decifrá-las, mas elas nunca seriam oferecidas abertamente, nunca se tornariam públicas. Que arte havia ali, conhecida do amor ou da astúcia, pela qual se forçava o caminho até essas câmaras secretas? Qual era o recurso para se tornar, como águas derramadas em uma jarra, indissociavelmente uma coisa só com o objeto adorado? Será que o corpo conseguiria isso, ou a mente, sutilmente se ligando às intrincadas passagens do cérebro? Ou o coração? Será que amar, como costumavam chamar aquilo, poderia fazer dela e da sra. Ramsay uma coisa só? Pois não era conhecimento, e sim unidade, o que ela desejava, não inscrições em tabuletas, nada que pudesse ser escrito em qualquer língua conhecida dos homens, e sim a própria intimidade, que é conhecimento, pensara ela, reclinando a cabeça no joelho da sra. Ramsay.

Nada aconteceu. Nada! Nada! Enquanto ela apoiava a cabeça nos joelhos da sra. Ramsay. E, ainda assim, ela sabia que o conhecimento e a sabedoria estavam alojados no coração da sra. Ramsay. Como, então, perguntou-se, conhecíamos uma coisa ou outra a respeito das pessoas, fechadas como eram? Apenas como uma abelha, atraída por alguma doçura ou nitidez no ar, intangível ao tato ou ao paladar, poderíamos adentrar a colmeia em forma de cúpula, alcançaríamos, sozinhos, as vastidões do ar sobre os países do mundo, e então adentraríamos as colmeias, com seus murmúrios e rebuliços; as colmeias, que eram as pessoas. A sra. Ramsay se levantou. Lily se levantou. A sra. Ramsay foi embora. Durante dias pairou ao redor dela, assim como sentimos, após um sonho, uma mudança sutil na pessoa com quem sonhamos, mais vivamente do que qualquer coisa que ela tenha dito, o som dos murmúrios e, quando ela se sentava na poltrona de vime próxima à janela da sala de estar, assumia, aos olhos de Lily, uma forma venerável; a forma de uma cúpula.

Esse olhar passou rente ao olhar do sr. Bankes, indo diretamente para a sra. Ramsay ali sentada, lendo com James sobre o joelho. Mas, então, enquanto ela ainda olhava, o sr. Bankes já se fora. Pusera os óculos. Recuara. Levantara a mão. Estreitara ligeiramente os claros olhos azuis, quando Lily, voltando a si, viu o que ele estava prestes a fazer, e estremeceu como um cachorro que vê uma mão erguida para espancá-lo. Ela teria tirado a pintura do cavalete, mas disse para si mesma, É preciso. Preparou-se para enfrentar o terrível julgamento de alguém olhando para sua pintura. E se era para que a vissem, o sr. Bankes era menos assustador do que outra pessoa. Mas que quaisquer outros olhos fossem ver o restante de seus trinta e três anos, o depósito do viver cotidiano misturado a algo mais secreto do que tudo que ela já tivesse contado ou mostrado no decorrer de todos aqueles dias, era uma agonia. Ao mesmo tempo, era tremendamente excitante.

Nada podia ser mais indiferente e calmo. Exibindo um canivete, o sr. Bankes bateu na tela com seu cabo de osso. O que queria ela indicar com essa forma púrpura triangular — bem ali? — perguntou ele.

Era a sra. Ramsay lendo para James, disse ela. Ela sabia o porquê da objeção dele — ninguém poderia enxergar nela uma forma humana. Mas ela não havia pretendido nenhuma semelhança, disse. Por qual razão, então, ela os introduzira ali?, perguntou ele. Por quê, de fato?... simplesmente porque ali, naquele canto, era claro, e aqui, neste outro, ela sentia a necessidade do escuro. Por mais simples, óbvia, banal que fosse a explicação, o sr. Bankes se mostrou interessado. Então, mãe e filho — objetos de veneração universal, e, neste caso, a mãe era famosa pela beleza — poderiam ser reduzidos, ponderou ele, a uma sombra púrpura sem irreverência.

 Mas a pintura não era deles, disse ela. Ou não no sentido que ele estava lhe dando. Havia também outras maneiras pelas quais se podia reverenciá-los. Por uma sombra aqui e uma luz ali, por exemplo. Seu tributo tomava essa forma se, como ela vagamente supunha, uma pintura devesse ser um tributo. Mãe e filho podiam ser reduzidos a uma sombra, sem irreverência. Uma luz aqui requeria uma sombra ali. Ele levou o que ela dissera em consideração. Estava interessado. Aceitou aquilo cientificamente com toda a boa-fé. A verdade era que todos os seus preconceitos estavam do outro lado, explicou ele. O maior quadro em sua sala de estar, que pintores haviam elogiado e avaliado por um valor maior do que pagara, era das cerejeiras em flor às margens do rio Kennet. Passara a lua de mel às margens do Kennet, disse ele. Lily devia visitá-lo e ver o quadro, disse. Mas, agora... Ele se voltou, com os óculos levantados para examinar cientificamente a tela. Tratando-se de uma questão de relações entre volumes, luzes e sombras, algo que, para ser honesto, ele nunca considerara antes, ele gostaria que explicassem — o que então ela pretendia fazer com aquilo? E indicou a cena diante deles. Ela olhou. Ela não podia lhe mostrar o que pretendia fazer com aquilo, ela mesma não era capaz de enxergá-lo sem um pincel na mão. Adotou novamente sua antiga posição de pintar, com os olhos turvos e um jeito aéreo, submetendo todas as impressões que tinha como mulher a algo muito mais generalizado; ficando novamente sob o poder daquela visão que certa vez fora clara, e devia agora buscar, tateando, por entre cercas vivas e casas e mães e filhos... a pintura dela. Era uma questão, lembrou-se ela, de saber como vincular aquele volume à direita ao da esquerda. Poderia fazê-lo estendendo a linha do galho do outro lado assim; ou preenchendo o vazio no primeiro plano com algum objeto (James, talvez) assim. Contudo, ao fazê-lo, corria o risco de quebrar a unidade do todo. Ela parou; não queria chateá-lo; retirou a tela delicadamente do cavalete.

Mas a haviam visto; haviam-na subtraído dela. Esse homem partilhara com ela algo profundamente íntimo. E, agradecendo o sr. Ramsay por isso e à sra. Ramsay por isso e pela hora e pelo lugar, atribuindo ao mundo um poder de que ela não suspeitara — o de que se podia escapar por aquela longa galeria não mais só, e sim de braços dados com alguém — o sentimento mais estranho do mundo, e o mais emocionante... ela travou o fecho da caixa de pintura com mais firmeza do que o necessário, e o fecho pareceu envolver para sempre em um círculo a caixa de pintura, o gramado, o sr. Bankes, e aquela vilã selvagem, Cam, que passava correndo por ela.

10

Pois, por poucos centímetros, Cam não esbarrou no cavalete; não ia parar por causa do sr. Bankes e de Lily Briscoe; embora o sr. Bankes, que teria gostado de ter uma filha, tivesse estendido a mão; não ia parar pelo pai, em quem também quase esbarrou por poucos centímetros; nem pela mãe, que gritou — Cam! Preciso de você por um momento! — quando ela passou correndo. Corria como um pássaro, uma bala, uma flecha, impelida por qual desejo, atirada por quem, em que direção, quem poderia dizer? O quê, o quê? ponderou a sra. Ramsay, observando-a. Podia ser uma visão — de uma concha, um carrinho de mão, um reino encantado no lado mais distante da cerca viva; ou podia ser a glória da velocidade; ninguém sabia. Mas quando a sra. Ramsay gritou — Cam!

— uma segunda vez, o projétil parou no meio da trajetória, e Cam voltou lentamente até onde estava a mãe, arrancando uma folha no caminho.

Com que ela estava sonhando, quis saber a sra. Ramsay, vendo-a tão absorta, enquanto se postava ali, com os próprios pensamentos, de modo que teve de repetir o recado duas vezes... pergunte para Mildred se Andrew, a srta. Doyle e o sr. Rayley já voltaram?... As palavras pareciam ter caído em um poço, onde, ainda que as águas fossem cristalinas, também distorciam de tal maneira que, mesmo enquanto os vocábulos caíam, podíamos vê-los girando para formar sabe lá Deus que desenho no fundo da mente da menina. Que recado será que Cam passaria à cozinheira?, perguntou-se a sra. Ramsay. E, na verdade, foi só depois de esperar pacientemente e ouvir que havia uma velha senhora na cozinha com bochechas bastante vermelhas, tomando sopa numa bacia, que a sra. Ramsay finalmente fez brotar aquele instinto de papagaio que tinha captado as palavras de Mildred com bastante precisão e podia agora repeti-las, caso esperassem, em um ritmo enfadonho. Apoiando-se ora em um pé, ora no outro, Cam repetiu as palavras: — Não, não tinham voltado, e eu disse para Ellen para tirar a mesa do chá.

Minta Doyle e Paul Rayley não tinham retornando, então. Isso só poderia significar, a sra. Ramsay pensou, uma coisa. Ela devia aceitá-lo ou recusá-lo. Essas saídas depois do almoço para uma caminhada, mesmo com Andrew hospedado com eles... o que aquilo poderia significar? A não ser que ela tivesse decidido, acertadamente, pensou a sra. Ramsay (e ela gostava muito, muito mesmo, de Minta), aceitar aquele bom homem, que podia não ser brilhante, mas, até aí, pensou a sra. Ramsay, percebendo que James a estava puxando para que continuasse a ler em voz alta *O Pescador e Sua Mulher*, ela preferia infinitamente, do fundo do coração, tolos a homens inteligentes que escreviam dissertações; Charles Tansley, por exemplo. De qualquer modo, a essa altura, já deve ter acontecido, de um jeito ou de outro.

Mas ela leu: — Na manhã seguinte, a mulher acordou primeiro, e começava a amanhecer e, da cama, ela viu o lindo campo que se estendia diante dela. O marido dela ainda estava se espreguiçando...

Mas como Minta poderia dizer então que não o aceitaria? Não depois de ter concordado em passar tardes inteiras passeando sozinha com ele pelos campos — pois Andrew estava fora à procura de seus caranguejos — mas, talvez, Nancy estivesse com eles. Tentou se lembrar da visão deles, parados à porta do saguão, depois do almoço. Ali estavam eles, olhando para o céu, especulando sobre o clima, e ela tinha dito, meio que pensando em disfarçar a timidez deles, meio que para os encorajar a sair (pois toda a sua simpatia estava com Paul):

— Não há nenhuma nuvem por quilômetros e quilômetros — e pôde imediatamente perceber que o pequeno Charles Tansley, que os tinha seguido para fora, soltara um risinho sarcástico. Mas ela falara de propósito. Se Nancy estava ali ou não, ela não podia ter certeza, enxergando um e outro com os olhos da mente.

Ela continuou a ler: — "Ah, mulher", disse o homem, "por que deveríamos ser reis? Não quero ser rei." "Ora", disse a mulher, "você não quer, mas eu quero; vá até o Linguado, para que eu seja rei."

— Entre ou saia de vez, Cam — disse ela, sabendo que a menina fora atraída apenas pela palavra "Linguado" e que, em um instante, ficaria inquieta e começaria a brigar com James, como sempre. Cam saiu em disparada. A sra. Ramsay continuou a ler, aliviada, pois ela e James partilhavam os mesmos gostos e ficavam à vontade juntos.

— E, quando ele chegou no mar, as águas tinham um tom cinzento, muito escuro, e se erguiam, cheirando a algo podre. Então, ele se postou à beira d'água e disse:

*"Linguado, Linguado, no mar,
Estou pedindo, venha até mim;
Pois minha esposa, a boa Ilsabil,
Não deseja o que desejo eu."*

— "Bom, o que ela quer, então?", disse o Linguado. — E onde estavam eles agora? A sra. Ramsay gostaria de saber, lendo e pensando, fazendo com muita facilidade as duas coisas ao mesmo tempo; já que a história *d'O Pescador e Sua Mulher* era como o contrabaixo ao acompanhar uma composição, que vez ou outra entrava inesperadamente na melodia. E quando deveria lhe dizer? Se nada acontecesse, ela seria obrigada a falar muito seriamente com Minta. Pois ela não podia ficar vagando pelos campos, mesmo se Nancy estivesse com eles (ela tentou, mais uma vez, sem sucesso, visualizar as costas deles descendo a trilha, e contá-los). Ela era responsável perante os pais de Minta – a Coruja e o Atiçador. Os apelidos que ela lhes dera voltaram à sua mente enquanto lia. A Coruja e o Atiçador... Sim, eles ficariam irritados se ficassem sabendo... e certamente saberiam... que Minta, hospedada na casa dos Ramsay, fora vista et cetera et cetera et cetera. — Ele usava uma peruca na Câmara dos Comuns e ela, com muita habilidade, ajudou-o no topo das escadas — ela repetiu os apelidos, buscando-os no fundo da mente em razão de uma frase que, voltando de alguma festa, ela inventara para divertir o marido. Deus meu, Deus meu, a sra. Ramsay disse para si mesma, como eles puderam gerar essa filha incoerente? Essa Minta com jeito de moleque, com as meias furadas? Como ela podia existir naquela portentosa atmosfera em que a criada estava sempre removendo, com uma pazinha, a areia que o papagaio espalhara, e a conversa se reduzia quase inteiramente às aventuras — talvez interessantes, mas, no fim das contas, limitadas — daquela ave? Naturalmente, convidaram-na para o almoço, o chá, o jantar e, finalmente, para ficar com eles lá em Finlay, o que resultara em certa fricção com a Coruja, a mãe, e mais visitas, e mais conversas, e mais areia e, na verdade, por fim, contara tantas mentiras sobre papagaios que elas seriam suficientes para preencher toda a vida dela (era o que tinha dito ao marido naquela noite, voltando da festa). Ainda assim, Minta veio... Sim, ela veio, pensou a sra. Ramsay, suspeitando haver algum espinho no emaranhado de seu pensamento; e, soltando-o, descobriu do que se tratava: a mulher a acusara, certa vez, de lhe ter "roubado as afeições da filha"; algo que a sra. Doyle dissera fez com que se lembrasse novamente daquela incriminação. Querendo dominar, querendo interferir, obrigando as pessoas a fazer o que ela queria — essa era a denúncia contra ela, e ela a considerava extremamente injusta. Como ela poderia evitar que ser "daquele jeito" causasse admiração? Ninguém poderia acusá-la de se esforçar para impressionar. Frequentemente se envergonhava do próprio desleixo. Tampouco era dominadora ou tirânica. Estavam certos quanto a isso no que se referia a hospitais, drenos e laticínios. Quando falavam de assuntos como esses, ela se alterava completamente e teria gostado, caso lhe dessem a chance, de pegar as pessoas pela nuca e obrigá-las a ver. Nenhum hospital em toda a ilha. Aquilo era uma desgraça. Em Londres, o leite que entregavam nas casas era, inegavelmente, marrom de tanta terra. Isso devia ser ilegal. Uma leiteria e um hospital-modelo instalados aqui – ela própria gostaria de instalá-los. Mas como? Com todos esses filhos? Quando fossem mais velhos, então, talvez, tivesse tempo; quando estivessem todos na escola.

Ah, mas ela não queria de jeito nenhum que James ficasse nem um dia mais velho! nem Cam. Esses dois, ela gostaria de conservar para sempre como eram, pestinhas levados, anjos de doçura, jamais queria vê-los crescer e se transformar em monstros de pernas longas. Nada compensaria a perda. Quando lia, como agora, para James — e havia inúmeros soldados com tambores e trompetes — e seus olhos escureciam, ela pensou, por que eles precisam crescer e perder tudo isso? Ele era o mais talentoso, o mais sensível de seus filhos. Mas todos, pensou ela, eram muito promissores. Prue, um perfeito anjo para com os outros e, algumas vezes, agora, e especialmente à noite, era de tirar o fôlego com sua beleza. Andrew... até mesmo o marido admitia que o talento dele para a matemática era extraordinário. E Nancy e Roger, ambos eram criaturas selvagens agora, correndo para tudo quanto é lado no campo, o dia inteiro. Quanto a Rose, a boca dela era grande demais, mas tinha uma habilidade maravilhosa com as mãos. Quando brincavam de teatrinho, era Rose quem produzia as roupas; ela fazia tudo; o que mais gostava era de decorar as mesas, as flores, qualquer coisa. Ela não gostava que Jasper atirasse nos passarinhos; mas era apenas uma fase; todos eles passavam por fases. Por que, perguntou-se ela, apertando o queixo contra a cabeça de James, eles precisavam crescer tão rápido? Por que tinham de ir para a escola? Ela teria gostado de ter sempre um bebê. Era a mais feliz das criaturas quando tinha um bebê nos braços. Então, as pessoas podiam dizer que era tirana, dominadora, mandona, se quisessem, ela não se importava. E, tocando o cabelo dele com os lábios, pensou, ele nunca mais será tão feliz, mas se deteve, lembrando-se do quanto irritara o marido ao dizer isso. Ainda assim, era verdade. Eram mais felizes agora do que jamais seriam novamente. Um conjuntinho de chá de dez centavos deixava Cam contente por dias a fio. Ela podia ouvi-los tagarelando e batendo os pés no chão sobre sua cabeça no instante em que acordavam. Vinham correndo agitados pelo corredor. Em seguida, a porta se escancarava e ali vinham eles, frescos como rosas, encarando-a, completamente despertos, como se sua chegada à sala de jantar para tomar o café da manhã, o que eles faziam todos os dias da vida, fosse um verdadeiro acontecimento para eles, e assim por diante, com uma coisa atrás da outra, o dia inteiro, até ela subir para lhes dar boa-noite e encontrá-los enrolados nas caminhas, como passarinhos em meio a cerejas e framboesas, ainda inventando histórias sobre alguma bobagem qualquer — algo que tinham ouvido, algo que tinham recolhido no jardim. Todos eles tinham seus pequenos tesouros... E, então, ela descia e dizia para o marido, por que eles precisam crescer e perder tudo? Nunca mais serão tão felizes novamente. E isso o enraivece. Por que ter uma visão tão sombria da vida?, dizia ele. Não é sensato. Pois era estranho; e ela acreditava que era verdade; que, com toda a sua melancolia e desespero, ele era mais feliz, em geral mais esperançoso, do que ela. Menos exposto às preocupações humanas — talvez fosse isso. Ele sempre podia dispor de seu trabalho. Não que ela própria fosse "pessimista", como ele a acusava de ser. Apenas pensava que a vida... e uma pequena faixa de tempo se mostrou diante de seus olhos – seus cinquenta anos. Ali estava diante dela — a vida. A vida, pensava ela... mas não completou o pensamento. Lançou um olhar para a vida, pois ali tinha uma ideia clara dela, algo real, algo particular, que ela não partilhava nem com os filhos nem com o marido. Uma espécie de negociação se dava entre as duas, na qual ela se postava de um lado, e a vida, do outro, e ela estava sempre tentando extrair o melhor da vida, assim como a vida, dela; e, às vezes, discutiam (quando ela se sentava sozinha); havia, lembrava-se, grandes cenas de reconciliação; mas, na maior parte das vezes, era obrigada a admitir, com bastante estranheza, que achava essa coisa que ela chamava de vida, terrível, hostil e prestes a saltar sobre nós, se lhe dessem a oportunidade. Havia questões eternas: sofrimento; morte; os pobres. Havia sempre uma mulher morrendo de câncer, mesmo aqui. E, ainda assim, ela havia dito a todas aquelas crianças, vocês hão de superar tudo isso. Havia dito isso, incansavelmente, a oito pessoas (e a conta da estufa ia ficar em cinquenta libras). Por essa razão, sabendo o que lhes aguardava — amor e ambição e a sensação de estar infeliz e só em lugares deprimentes — ela tinha frequentemente esse sentimento: Por que eles precisam crescer e perder tudo? E, então, disse para si mesma, brandindo sua espada em direção à vida, Bobagem. Eles serão perfeitamente felizes. E aqui estava ela, refletiu, sentindo a vida muito sinistra mais uma vez, tramando para que Minta se case com Paul Rayley; porque, independentemente do que sentia a respeito da própria transação, ela havia passado por experiências que não aconteciam com todo mundo (ela não as nomeou para si mesma); era levada a dizer, depressa demais, ela sabia, quase como se também fosse uma fuga para ela, que as pessoas deviam se casar; que as pessoas deviam ter filhos.

Ela estava errada quanto a isso?, perguntou-se, revendo sua conduta na última semana, ou nas duas últimas, e procurando verificar se havia, de fato, pressionado Minta, que tinha apenas vinte e quatro anos, a se decidir. Sentia-se desconfortável. Ela não tinha rido a respeito? Não estava, novamente, esquecendo-se da influência que tinha sobre as pessoas? O casamento exigia... ah, todo tipo de qualidade (a conta da estufa ia ficar em cinquenta libras); uma... ela não precisava nomeá-la... que era essencial; aquilo que tinha com o marido. Eles tinham aquilo?

— "Então ele vestiu as calças e saiu correndo como um louco" — ela leu. — "Mas, lá fora, uma grande tempestade devastava tudo, e o vento soprava com tanta força que ele mal conseguia se manter de pé; as casas e as árvores ruíam, as montanhas estremeciam, as rochas deslizavam para dentro do mar, o céu estava completamente escuro, e trovejava e relampejava, e o mar rebentava em ondas negras tão altas quanto torres de igreja e montanhas, todas com uma espuma branca na crista."

Ela virou a página; restavam apenas mais umas poucas linhas, de maneira que ela iria terminar a história, embora já passasse da hora de dormir. Estava ficando tarde. A luz no jardim lhe mostrava isso; e o empalidecimento das flores e os tons acinzentados nas folhas conspiravam para despertar nela uma sensação de ansiedade. Ela não conseguia descobrir do que se tratava, a princípio. Então, lembrou-se. Paul e Minta e Andrew não tinham voltado. Invocou novamente diante dela o pequeno grupo parado no pátio em frente à porta do saguão, olhando para o céu. Andrew tinha sua rede e seu cesto; isso significava que iria pegar caranguejos e outras coisas. Significava que subiria em uma rocha; ficaria isolado de tudo. Ou, voltando, em fila indiana, por uma daquelas estreitas trilhas sobre o penhasco, um deles poderia escorregar. Ele rolaria e se espatifaria. Estava ficando bastante escuro.

Mas ela não deixou a voz se alterar nem um pouco enquanto terminava a história, e acrescentou, fechando o livro e falando as últimas palavras como se ela mesma as tivesse inventado, olhando nos olhos de James: — E ali continuam a viver até hoje.

— E eis o fim — disse ela, e viu nos olhos do menino, à medida que o interesse na história diminuía, outra coisa tomar o seu lugar; algo curioso, suave, como o reflexo de uma luz, que imediatamente o fez olhar fixamente e se admirar. Virando-se, ela olhou para o outro lado da baía, e lá, sem nenhuma dúvida, chegando harmoniosamente através das ondas, primeiro, dois clarões rápidos e, depois, um clarão longo e firme, estava a luz do Farol. Fora aceso.

Em um instante, ele perguntaria para ela: — Nós vamos para o Farol? — E ela teria de dizer: — Não: amanhã, não; seu pai disse que não. — Felizmente, Mildred veio buscá-los e a agitação os distraiu. Mas ele continuou olhando por cima dos ombros enquanto Mildred o levava embora, e ela tinha certeza de que ele estava pensando, não vamos no Farol amanhã; e ela refletiu, ele há de se lembrar disso por toda a vida.

11

Não, pensou ela, agrupando algumas das figuras que ele tinha recortado —um refrigerador, um cortador de grama, um cavalheiro em traje de festa — as crianças nunca esquecem. Por isso, era tão importante o que era dito, e o que se fazia, e era um alívio quando elas iam para a cama. Porque agora ela não precisava pensar em ninguém. Podia ser ela mesma; podia ficar sozinha. E era disso que, com frequência, ela sentia necessidade — de pensar; bom, nem mesmo de pensar. Ficar em silêncio; ficar só. Todo o ser e o fazer, expansivo, brilhante, vocal, evaporava-se; e encolhíamos, com uma sensação de solenidade, a ponto de ser nós mesmos, a um núcleo de escuridão em formato de cunha, algo invisível aos outros. Embora ela continuasse a tricotar, sentada ereta, era assim que se sentia; e esse eu, tendo se libertado de seus acessórios, estava livre para as aventuras mais estranhas. Quando a vida afundava por um momento, a gama de experiências parecia ilimitada. E, para todo mundo, havia sempre essa sensação de recursos sem limites, supunha ela; um após o outro, ela, Lily, Augustus Carmichael, devia sentir que nossos fantasmas, as coisas pelas quais somos conhecidos, são simplesmente infantis. No fundo, tudo é treva, tudo é dispersão, tudo é incompreensivelmente secreto; mas, vez ou outra, voltamos à superfície, e é por ela que somos vistos. O horizonte dela lhe parecia ilimitado. Havia todos os lugares que ela não tinha visto; as planícies da Índia; ela se sentia abrindo a grossa cortina de couro de uma igreja em Roma. Esse núcleo de escuridão poderia ir a qualquer lugar, já que ninguém podia vê-lo. Não podiam impedir, ela pensou, exultante. Havia liberdade, havia paz, havia, o mais desejável de tudo, uma convocação geral, um repouso em uma plataforma de estabilidade. Não que alguém encontrasse descanso sendo si mesmo, de acordo com sua experiência (conseguiu nesse instante algo muito habilidoso com suas agulhas), e sim como uma cunha de escuridão. Ao se perder a personalidade, perdia-se a inquietação, a pressa, a centelha; e então lhe vinha sempre aos lábios alguma exclamação de triunfo sobre a vida quando as coisas se juntavam nessa paz, nesse repouso, nessa eternidade; e, parando nesse momento, ela olhou para fora para encontrar aquele clarão do Farol, o clarão longo e firme, o último dos três, que era o seu clarão, pois, ao observá-los, nesse humor, sempre a essa hora, ninguém podia deixar de se apegar a algo particular em meio ao que se via; e essa coisa, o longo e firme clarão, era o seu clarão. Frequentemente, ela se surpreendia sentada e olhando, sentada e olhando, com seu trabalho nas mãos até ela mesma se tornar a coisa para a qual olhava — aquela luz, por exemplo. E isso traria consigo alguma pequena frase que estivera pousada em sua mente, algo como — As crianças não esquecem, as crianças não esquecem — que ela repetiria e a começaria a expandir, vai acabar, vai acabar, disse ela. Vai chegar, vai chegar, quando, subitamente, acrescentou: Estamos nas mãos do Senhor.

Entretanto, imediatamente, irritou-se por tê-lo dito. Quem falara aquilo? Não ela; tinha sido induzida a dizer algo que não queria. Olhou por cima do tricô, encontrou o terceiro clarão e lhe pareceu que se tratava dos próprios olhos encontrando a si mesmos, procurando, como só ela poderia procurar em sua mente e seu coração, expiando a existência daquela mentira, de qualquer mentira. Parabenizou-se ao parabenizar a luz, sem vaidade, pois era firme, estava à procura, era bela como aquela luz. Era estranho, pensou ela, como, quando estávamos sozinhos, nós nos apoiávamos em coisas inanimadas; árvores, córregos, flores; sentíamos que elas nos expressavam; sentíamos que se juntavam a nós; sentíamos que nos conheciam, em certo sentido, eram nós; sentíamos uma ternura tão irracional (olhou para aquela longa e firme luz) quanto aquela que sentíamos por nós mesmos. A luz se erguia, e ela olhava e olhava com suas agulhas suspensas, subindo em movimentos anelares do fundo da mente, subindo do lago de nosso ser, uma névoa, uma noiva ao encontro do seu amado.

O que a levou a dizer: — Estamos nas mãos do Senhor? — ponderou ela. A falta de sinceridade que se insinuava em meio às verdades a tornava inquieta, irritadiça. Voltou novamente ao tricô. Como podia qualquer tipo de Senhor ter feito este mundo?, perguntou. Em sua mente, ela sempre compreendeu que não existe nenhuma razão, ordem, justiça: e sim sofrimento, morte, os pobres. Não havia perversidade que o mundo não cometesse por ser baixa demais; ela sabia disso. Nenhuma felicidade que durasse; ela sabia disso. Ela tricotava com uma compostura firme, contraindo de leve os lábios e, sem se dar conta, enrijeceu e dispôs as linhas do rosto de tal maneira, com tal atitude de severidade que, quando o marido passou, apesar de estar soltando uma risadinha ao pensar que Hume, o filósofo, tinha ficado atolado em um brejo por ter engordado demais, não pôde deixar de observar a austeridade no âmago de sua beleza. Aquilo o entristecia, e o distanciamento dela o magoava, e sentiu, enquanto passava, que ele não podia protegê-la, e, ao chegar à cerca viva, viu-se triste. Não podia fazer nada para ajudá-la. Era obrigado a ficar ao lado dela, observando-a. De fato, a infernal verdade era, ele tornava as coisas piores para ela. Ele era arisco... ele era melindroso. Havia perdido a cabeça em virtude do Farol. Observou minuciosamente a cerca viva, sua complexidade, sua escuridão.

A sra. Ramsay sentia que, com relutância, sempre nos esforçamos para sair da solidão, apegando-nos a uma ou outra coisinha, a um som qualquer, a uma visão. Ela buscava escutar, mas só havia silêncio; o críquete tinha acabado; as crianças estavam no banho; ouvia-se apenas o mar. Parou de tricotar; manteve a comprida meia marrom-avermelhada pendurada nas mãos por um instante. Viu a luz novamente. Com certa ironia em seu interrogatório, já que, quando acordávamos de vez, nossas relações mudavam, ela olhou para a luz firme, a impiedosa, a implacável, algo tão parecido com ela, mas tão pouco como ela, para a qual corria ao menor aceno (ela acordava à noite e a via curvada ao longo da cama, resvalando no piso), entretanto, apesar de tudo o que pensava, observando-a com fascinação, hipnotizada, como se ela tocasse com dedos prateados algum receptáculo selado em seu cérebro cuja explosão a inundaria de satisfação, ela tinha conhecido a felicidade, uma felicidade extraordinária, uma felicidade intensa, e ela tingia de prata as ondas irregulares com um pouco mais de brilho, à medida que a luz do dia esmaecia e o azul saía do mar e ela rolava em ondas de puro verde-limão, que se curvavam e dilatavam e morriam na praia e o êxtase explodia nos olhos dela e ondas de puro prazer corriam no fundo de sua mente, e ela sentia, Chega! Chega!

Ele se virou-se e a viu. Ah! Ela era encantadora, mais encantadora agora do que jamais fora, pensou. Mas não podia falar com ela. Não podia interrompê-la. Ele queria urgentemente falar com ela agora que James se fora e ela estava finalmente sozinha. Mas ele decidiu: não; não a interromperia. Agora, ela estava distante dele, em sua beleza, em sua tristeza. Ele a deixaria quieta, e passou por ela sem uma palavra, embora lhe magoasse ela parecer tão distante, e não poder alcançá-la, não poder fazer nada para ajudá-la. E, de novo, ele teria passado por ela sem uma palavra, não tivesse ela, naquele exato momento, dado-lhe, por livre e espontânea vontade, o que ela sabia que ele nunca pediria, e o tivesse chamado e tirado o xale verde da moldura do quadro, e ido até ele. Pois ele desejava, ela sabia muito bem, protegê-la.

12

Ela dobrou o xale verde por cima dos ombros. Tomou o braço do marido. A beleza dele era tão grandiosa, disse ela, começando imediatamente a falar de Kennedy, o jardineiro; ele era tão terrivelmente bonito que ela não poderia demiti-lo. Havia uma escada apoiada na estufa, e amontoados de massa de vidraceiro espalhadas ao redor, pois estavam começando a consertar a estufa. Sim, mas enquanto passeava com o marido, ela sentiu que essa fonte específica de preocupação tinha sido tranquilizada. Estava a ponto de dizer, enquanto passeavam — Vai custar cinquenta libras — mas, em vez disso, pois seu coração sempre a decepcionava quando se tratava de dinheiro, falou sobre Jasper, que andava atirando nos passarinhos, e ele disse no mesmo momento acalmando-a de imediato, que aquilo era natural para um garoto, e que acreditava que, em breve, ele encontraria maneiras melhores de se divertir. O marido era tão sensível, tão justo. E, em seguida, ela disse: — Sim; todas as crianças passam por fases — e começou a dar atenção às dálias no grande canteiro, e a especular sobre as flores do ano seguinte, e ele já tinha ouvido o apelido que as crianças haviam dado para Charles Tansley?, perguntou ela. O ateu, chamavam-no eles, o ateuzinho. — Ele não é um espécime dos mais polidos — disse o sr. Ramsay. — Longe disso — disse a sra. Ramsay.

Ela supunha ser correto deixá-lo tomar as próprias decisões, disse a sra. Ramsay, imaginando se valeria a pena pedir algumas mudas; será que iriam plantá-las? — Ah, ele tem sua dissertação para escrever — disse o sr. Ramsay. Ela sabia tudo sobre AQUILO, disse a sra. Ramsay. Ele não falava de outra coisa. Tratava da influência de alguém sobre algo. — Bom, ele só pode contar com isso — disse o sr. Ramsay. — Queiram os céus que não se apaixone por Prue — disse a sra. Ramsay. Ele a deserdaria se ela se casasse com ele, disse o sr. Ramsay. Ele não olhou para as flores que a mulher contemplava, e sim para um ponto a cerca de trinta centímetros acima delas. Ele não tem malícia nenhuma, acrescentou, e estava prestes a dizer que, de qualquer modo, era o único rapaz na Inglaterra que admirava os seus... quando se conteve. Não iria chateá-la mais uma vez com seus livros. Essas flores pareciam admiráveis, disse o sr. Ramsay, baixando os olhos e notando algo vermelho, algo marrom. Sim, mas essas, ela as tinha plantado com as próprias mãos, disse a sra. Ramsay. A questão era, o que aconteceria se ela encomendasse mudas, será que Kennedy as plantaria? Em razão de sua incurável preguiça, acrescentou ela, continuando. Se ela ficasse em cima dele o dia todo com uma pá na mão, ele, às vezes, trabalhava um pouco. Então eles continuaram a caminhar, na direção dos lírios-tocha. — Você está ensinando suas filhas a exagerar — disse o sr. Ramsay, reprovando-a. Camilla, tia dela, era muito pior, comentou a sra. Ramsay. — Que eu saiba, ninguém jamais usou sua tia Camilla como modelo de virtude — disse o sr. Ramsay. — Ela era a mulher mais bonita que eu já vira — disse a sra. Ramsay. — Alguém mais também o era — disse o sr. Ramsay. Prue ia ser muito mais bonita do que ela jamais fora, disse a sra. Ramsay. Ele não via nenhum vestígio disso, disse o sr. Ramsay. — Bom, então dê uma olhada hoje à noite — disse a sra. Ramsay. Eles pararam por um instante. Ele gostaria que Andrew pudesse ser incentivado a trabalhar com mais afinco. Ele perderia qualquer chance de ganhar uma bolsa de estudos se não o fizesse. — Ah, bolsas de estudos! — disse ela. O sr. Ramsay pensou que era uma tolice da parte dela dizer aquilo sobre uma coisa séria como uma bolsa de estudos. Ele ficaria muito orgulhoso se Andrew conseguisse uma bolsa de estudos, disse ele. Ela ficaria igualmente orgulhosa se não conseguisse, retrucou ela. Eles sempre discordavam a esse respeito, mas aquilo não importava. Ela gostava que ele acreditasse em bolsas de estudos, e ele gostava que ela tivesse orgulho de Andrew independentemente do que ele fizesse. Subitamente, ela se lembrou daquelas pequenas trilhas à beira das falésias.

Não era tarde?, perguntou ela. Eles ainda não tinham voltado para casa. Ele abriu a tampa do relógio, sem se mostrar preocupado. Mas não passava das sete. Manteve o relógio aberto por um momento, decidindo se contaria a ela sobre o que havia sentido no pátio. Para começar, não era razoável ficar tão nervosa. Andrew podia se cuidar sozinho. Além disso, ele queria lhe contar que, quando estava andando no pátio há pouco — nesse momento, ele se sentiu incomodado, como se estivesse se intrometendo naquela solidão, naquela indiferença, naquele distanciamento dela. Mas ela insistiu com ele.

O que ele queria lhe contar?, perguntou, pensando ser sobre a ida ao Farol; que ele lamentava ter dito — Dane-se. — Mas não. Não gostava de vê-la parecer tão triste, ele disse. Eram apenas devaneios, protestou ela, corando um pouco. Ambos se sentiram incomodados, como se não soubessem se deviam continuar ou voltar. Ela estivera lendo contos de fada para James, disse ela. Não, eles não podiam compartilhar aquilo; não eram capazes de dizer aquilo.

Tinham chegado à brecha entre as duas moitas de lírios-tocha, e ali estava novamente o Farol, mas ela não se permitiria olhar para ele. Caso ela tivesse sabido que ele a estava observando, pensou, não teria se deixado ficar ali sentada refletindo. Ela não gostava de nada que a fizesse lembrar de que estivera ali sentada refletindo. Então, olhou por cima dos ombros, para o vilarejo. As luzes se agitavam e corriam como se fossem gotas de água prateada mantidas paralisadas em meio a uma ventania. E toda a pobreza, todo o sofrimento tinha se convertido naquilo, pensou a sra. Ramsay. As luzes do vilarejo, do porto e dos barcos pareciam uma rede fantasma flutuando ali para indicar algo que afundara. Bom, se ele não era capaz de compartilhar seus pensamentos, disse o sr. Ramsay para si mesmo, então sairia dali, sozinho. Ele queria continuar a pensar, contando para si mesmo a história de como Hume ficara atolado em um brejo; ele queria rir. Mas, primeiro, era bobagem ficarem apreensivos com Andrew. Quando tinha a idade do filho, ele costumava andar pelos campos o dia todo, com apenas um biscoito no bolso, e ninguém se preocupava com ele, ou imaginava que tivesse caído de um penhasco. Disse em voz alta que estava pensando em sair para um dia de caminhada se o tempo continuasse bom. Já não aguentava mais Bankes e Carmichael. Gostaria de um pouco de solidão. Sim, disse ela; incomodava-o ela não ter protestado. Ela sabia que ele nunca faria aquilo. Já estava velho demais para andar o dia todo com um biscoito no bolso. Ela se afligia com os meninos, mas não com ele. Há muitos anos, antes de ter se casado, pensou ele, olhando para o outro lado da baía, assim como eles agora se postavam entre as moitas de lírios-tocha, ele caminhara o dia inteiro. Tinha comido pão e queijo em um bar. Tinha trabalhado por dez horas sem parar; apenas uma velha senhora aparecia de vez em quando para manter o fogo aceso. Aquela era a região de que ele mais gostava, lá do outro lado; aquelas dunas encolhendo na escuridão. Podia-se andar o dia inteiro sem encontrar nem uma pessoa sequer. Quase não se via casa nenhuma, um único povoado por quilômetros a fio. Podia-se ruminar os problemas sozinho. Havia pequenas praias arenosas em que ninguém jamais pisara desde o início dos tempos. As focas se sentavam e olhavam para a gente. Às vezes, tinha-se a impressão de que em uma casinha lá longe, isolada... interrompeu a linha de raciocínio, suspirando. Não tinha o direito. Pai de oito filhos... lembrou-se. E ele teria sido uma besta, um patife, se desejasse alterar o que quer que fosse. Andrew seria um homem melhor do que ele tinha sido. Prue seria uma beldade, disse a mãe. Eles conteriam um pouco a enxurrada. No geral, tinha sido um bom trabalho — seus oito filhos. Eram a prova de que ele não amaldiçoava por completo o pobre e pequeno universo, já que, em um fim de tarde como aquele, pensou ele, olhando para a terra diminuindo, a pequena ilha parecia pateticamente pequena, meio engolida pelo mar.

— Lugarzinho miserável — murmurou, soltando um suspiro.

Ela escutou o que ele disse. Ele dizia as coisas mais melancólicas, mas ela notou que, assim que as dizia, ele sempre parecia mais animado do que de costume. Todo aquele palavrório era um jogo, pensou, pois se ela tivesse dito a metade do que ele dissera, já teria estourado os próprios miolos.

Incomodava-a, esse palavrório, e ela lhe disse, de maneira prática, que estava fazendo um fim de tarde perfeitamente adorável. E sobre o que ele estava se lamentando, ela perguntou, em parte rindo, em parte reclamando, pois sabia o que estava pensando... ele teria escrito melhores livros se não tivesse se casado.

Não estava se queixando, disse ele. Ela sabia que ele não se queixava. Ela sabia que ele não tinha nada de que se queixar. E ele pegou a mão dela e a levou até os lábios e a beijou com tamanha intensidade que encheu os olhos dela de lágrimas, largando-a sem demora.

Viraram-se de costas para a vista e começaram a subir, de braços dados, a trilha em que cresciam as plantas de folhas verde-acinzentadas que se pareciam com lanças. Os braços dele eram quase como os de um jovem rapaz, pensou a sra. Ramsay, magros e enrijecidos, e pensou com prazer em quão forte ele ainda era, embora já passasse dos sessenta anos, e como era indócil e otimista, e como era estranho o fato de ele estar convencido, como efetivamente estava, de toda sorte de horrores, e que aquilo parecia não o deprimir, e sim animá-lo. Não era esquisito?, refletiu ela. Na verdade, às vezes ele parecia ser feito de algo diferente das outras pessoas, tendo nascido cego, surdo e mudo em relação às coisas comuns, mas, em relação às extraordinárias, com um olho igual aos das águias. Sua inteligência frequentemente a assombrava. Mas ele notava as flores? Não. Ele notava a vista? Não. Notava ao menos a beleza da própria filha ou se havia pudim ou rosbife no prato? Ele se sentava à mesa com eles como uma pessoa sonhando. E seu hábito de falar em voz alta, ou recitar poesia em voz alta, estava piorando, ela receava; porque, às vezes, era embaraçoso...

Melhor e mais brilhante, vá embora!

a pobre srta. Giddings, quando ele gritava isso para ela, quase caía para trás. Mas, então, a sra. Ramsay, embora instantaneamente tomando o partido dele contra todas as tolas Giddings do mundo, então, pensou ela, insinuando com uma leve pressão no braço dele que estava subindo a colina rápido demais para ela, e que ela devia parar por um momento para ver se aqueles montinhos de terra feitos por toupeiras na margem eram recentes, então, ela refletiu, inclinando-se para olhar, uma grande mente como a dele deve ser diferente da nossa sob todos os aspectos. Todos os grandes homens que já tinha conhecido, pensou, chegando à conclusão de que um coelho devia ter entrado na toca, eram como ele, e era bom para os jovens rapazes (embora a atmosfera das salas de aula fosse, para ela, quase insuportavelmente abafada e depressiva) simplesmente o ouvirem, simplesmente o fitarem. Mas, sem atirar nos coelhos, como era possível controlá-los?, perguntou-se. Podia ser um coelho; podia ser uma toupeira. De qualquer modo, algum bicho estava destruindo as canárias. E, erguendo o olhar, ela viu, acima das finas árvores, o primeiro pulsar da palpitante estrela, e quis que o marido olhasse para ela; porque o prazer que a visão lhe proporcionava era imenso. Porém se conteve. Ele nunca olhava para as coisas. E, se acaso olhasse, tudo o que dizia era, mundinho miserável, soltando um de seus suspiros.

Naquele momento, ele disse — muito bonito — para agradá-la, e fingiu estar admirando as flores. Mas ela sabia muito bem que ele não as estava admirando, nem sequer se dava conta de que elas estavam ali. Era apenas para agradá-la... Ah, mas não era Lily Briscoe caminhando ao lado de William Bankes? Ela focou os olhos míopes nas costas de um casal que se afastava. Sim, de fato era. E aquilo não significava que iam se casar? Sim, devia significar aquilo mesmo! Que ideia admirável! Eles devem se casar!

13

Ele havia estado em Amsterdã, o sr. Bankes dizia enquanto caminhava pelo gramado com Lily Briscoe. Tinha visto os Rembrandt. Havia estado em Madri. Infelizmente, era Sexta-feira Santa, e o Prado estava fechado. Havia estado em Roma. A srta. Briscoe nunca tinha ido para Roma? Ah, deveria... Seria uma experiência maravilhosa para ela... a Capela Sistina; Michelangelo; e Pádua, com seus Giotto. Sua mulher ficara doente por muitos anos, por isso os passeios que eles haviam feito foram muito limitados.

Ela tinha estado em Bruxelas; em Paris, mas apenas para uma rápida visita para ver uma tia que estava doente. Esteve em Dresden; havia inúmeros quadros que ela nunca vira; no entanto, refletiu Lily Briscoe, talvez fosse melhor não ver quadros: eles apenas faziam com que nos sentíssemos desesperadamente descontentes com o próprio trabalho. O sr. Bankes achava que se podia levar esse ponto de vista longe demais. Não podemos todos ser Ticiano e não podemos todos ser Darwin, disse; ao mesmo tempo, ele duvidava ter sido possível existirem um Darwin e um Ticiano se não fosse por pessoas humildes como nós mesmos. Lily teria gostado de lhe fazer um elogio; o senhor não é uma pessoa humilde, sr. Bankes, ela gostaria de ter dito. Mas ele não queria elogios (a maioria dos homens quer, pensou ela), e ficou um pouco envergonhada do seu impulso e não disse nada enquanto ele comentava que talvez o que estava dizendo não se aplicava aos quadros. De qualquer modo, disse Lily, deixando de lado sua pequena dissimulação, ela continuaria a pintar, porque aquilo lhe interessava. Sim, disse o sr. Bankes, ele tinha certeza de que ela iria e, assim que eles alcançaram o fim do gramado, ele estava perguntando se ela tinha dificuldade em encontrar temas em Londres, e ambos se voltaram e viram os Ramsay. Então é isso o casamento, pensou Lily, um homem e uma mulher observando uma garota lançando uma bola. Era o que a sra. Ramsay tentava me dizer aquela outra noite, pensou ela. Pois ela estava usando um xale verde, e estavam juntinhos observando Prue e Jasper dando tacadas. E, subitamente, o significado que, por nenhuma razão imaginável, quando talvez eles estivessem saindo do metrô ou tocando a campainha de uma porta, atingia as pessoas, tornando-os emblemáticos, representativos, atingiu-os, e fez com que ambos ficassem ali no crepúsculo, parados, em pé, fitando os símbolos do casamento, marido e mulher. Então, depois de um instante, o contorno simbólico que transcendia as figuras reais se desfez, e eles se tornaram novamente, quando os encontraram, o sr. e a sra. Ramsay observando as crianças dando tacadas. Mas, ainda por um momento, embora a sra. Ramsay os tivesse cumprimentado com seu sorriso usual (ah, ela está pensando que vamos nos casar, pensou Lily) e dissesse: — Esta noite triunfei — querendo dizer que, finalmente, o sr. Bankes tinha concordado em jantar com eles, sem sair correndo para a estalagem em que seu criado cozinhava os vegetais adequadamente; ainda, por um instante, houve a sensação de coisas sendo destruídas, de espaço, de irresponsabilidade, à medida que a bola ganhava altura, e eles a seguiam e a perdiam de vista e enxergavam a estrela solitária e os galhos enfeitados. Sob a débil luz, todos pareciam angulosos e etéreos e separados por grandes distâncias. Então, jogando-se para trás sobre o imenso espaço (pois a solidez parecia simplesmente desaparecer por completo), Prue correu com toda a velocidade na direção deles e extraordinariamente agarrou a bola lá no alto com a mão esquerda, e sua mãe disse: — Eles ainda não voltaram? — fazendo com que o feitiço fosse quebrado. Nesse instante, o sr. Ramsay se sentiu livre para gargalhar com o pensamento de que Hume atolara em um brejo, e uma velha o resgatara sob a condição de que ele rezasse o pai-nosso e, soltando uma risadinha para si mesmo, caminhou na direção do escritório. A sra. Ramsay, fazendo com que Prue voltasse a dar tacadas, das quais havia escapado, perguntou:

— Nancy foi com eles?

14

É claro que Nancy tinha ido com eles, já que Minta Doyle tinha pedido, com seu olhar mudo, estendendo a mão, assim que Nancy fugiu, depois do almoço, para seu quarto no sótão, para escapar do horror da vida em família. Então, ela achou que deveria ir. Ela não queria. Não queria ser arrastada para aquela coisa toda. Porque enquanto caminhavam ao longo da trilha que levava ao penhasco, Minta continuou segurando a mão dela. Depois a largou. Depois a pegou novamente. O que ela queria?, perguntou-se Nancy. Havia sempre algo, naturalmente, que as pessoas queriam; porque quando Minta pegou a mão dela e a segurou, Nancy, relutantemente, viu o mundo inteiro se estender debaixo dela, como se fosse Constantinopla vista através de um nevoeiro, e então, por mais que os olhos estejam cansados, é preciso perguntar:

— Aquela é a Santa Sofia? Aquele é o Chifre de Ouro? — Por isso, Nancy perguntou, quando Minta pegou a mão dela:

— O que é que ela quer? É isso? — E o que era isso? Aqui e acolá emergiam do nevoeiro (enquanto Nancy contemplava a vida estendida debaixo dela) um pináculo, uma cúpula; coisas proeminentes, sem nome. Mas quando Minta largava a mão dela, como fez quando desceram correndo a encosta, tudo aquilo, a cúpula, o pináculo, seja lá o que for que tinha aparecido através do nevoeiro, afundava-se nele e desaparecia. Minta, observou Andrew, era uma caminhante e tanto. Ela vestia roupas mais apropriadas do que a maioria das mulheres. Vestia saias muito curtas e roupas de baixo pretas. Era capaz de saltar em um riacho e se debater até a outra margem. Ele gostava da precipitação dela, mas percebeu que aquilo não terminaria bem — ela poderia se matar de algum jeito estúpido qualquer dia desses. Parecia não ter medo de nada — a não ser de touros. À simples visão de um touro no campo, ela erguia os braços e fugia gritando, o que era justamente aquilo que mais enfurecia um touro, claro. Mas, pelo menos, ela não se importava em admitir que tinha medo deles, é preciso reconhecer isso. Ela sabia que era terrivelmente covarde quando se tratava de touros. Achava que tinha sido arremessada para fora do carrinho por um touro quando era bebê. Ela não parecia se importar com o que dizia ou fazia. Agora, subitamente, inclinou-se sobre a beirada do penhasco e começou a cantar

Malditos os seus olhos, malditos os seus olhos.

Todos tiveram que se juntar a ela e cantar o refrão, gritando a uma só voz:

Malditos os seus olhos, malditos os seus olhos,

mas seria fatal deixar a maré subir e cobrir toda a área de coleta marítima antes que chegassem à praia.

— Fatal — concordou Paul, levantando-se de um salto e, enquanto iam deslizando pela encosta, continuou a citar o guia de viagem sobre "essas ilhas serem justamente celebradas pelas paisagens de reserva florestal e abrangência e variedade de suas curiosidades marinhas". Mas aquilo não ia acabar bem de jeito nenhum, essa gritaria e isso de malditos os seus olhos, achava Andrew, avançando com cuidado penhasco abaixo, isso de lhe dar palmadinhas nas costas e chamá-lo de "velho camarada" e tudo o mais; não ia acabar bem de jeito nenhum. A pior coisa era trazer mulheres às caminhadas. Chegando à praia, eles se separaram, ele indo para Pope's Nose, tirando os sapatos, botando as meias enroladas dentro deles e deixando aquele casal por sua própria conta; Nancy avançou com dificuldade na água até as próprias rochas e procurou as próprias poças e deixou aquele casal por sua própria conta. Ela se agachou e tocou as anêmonas-do-mar, macias como borracha, que grudavam como amontoados de geleia às paredes da rocha. Em sua mente, saiu da poça e foi para o mar, e transformou os peixes pequenos em tubarões e baleias e, estendendo a mão contra o sol, projetou vastas nuvens sobre esse minúsculo mundo, trazendo, assim, trevas e desolação, como o próprio Deus, a milhões de criaturas ignorantes e inocentes; em seguida, retirou a mão subitamente, fazendo o sol jorrar. Na areia pálida e revolvida, com as pernas levantadas, espreitava um fantástico leviatã (ela continuava a alargar a poça), ameaçador, até desaparecer nas vastas fissuras das paredes da montanha. E, então, deixando os olhos deslizarem imperceptivelmente sobre a poça e repousarem na linha ondulante entre o mar e o céu, nos troncos das árvores que a fumaça dos barcos a vapor fazia tremular no horizonte, ela ficou — com toda aquela força arrastando tudo selvagemente e inevitavelmente recuando — hipnotizada, e as duas sensações, daquela vastidão e desta pequenez (a poça tinha diminuído mais uma vez), florescendo dentro dela, fizeram-na sentir de pés e mãos atados, incapaz de se mexer, em razão da intensidade de sentimentos que reduziam seu próprio corpo, sua própria vida, e a vida de todas as pessoas do mundo, para sempre, a nada. Assim, escutando as ondas, agachada sobre a poça, ela refletia.

E Andrew gritou que o mar estava vindo, então ela começou a saltitar nas ondas rasas, indo até a beirada e correndo praia acima e, levada pela própria impetuosidade e pelo desejo de movimento, acabou atrás de uma rocha e, ali — ó, céus! – nos braços um do outro, estavam Paul e Minta, provavelmente se beijando. Sentiu-se ultrajada, indignada. Ela e Andrew calçaram os sapatos e as meias em um silêncio mortal, sem dizer uma palavra a respeito. Na verdade, foram bastante ríspidos um com o outro. Ela podia tê-lo chamado quando viu o lagostim, ou seja lá o que fosse aquilo, resmungou Andrew. No entanto, os dois sentiam, não era nossa culpa. Não queriam que tivesse ocorrido aquela horrível chateação. De qualquer modo, irritava a Andrew que Nancy fosse mulher, e a Nancy que Andrew fosse homem, e amarraram os cordões dos sapatos com todo o cuidado, apertando o laço bem forte.

Foi só quando escalaram até o topo do penhasco de novo que Minta gritou que tinha perdido o broche da avó... o broche da avó, o único enfeite que ela tinha... um salgueiro-chorão, ele era (eles deviam se lembrar dele) incrustado de pérolas. Eles deviam tê-lo visto, disse ela, com lágrimas correndo pelo rosto, o broche com o qual a avó tinha prendido o chapéu até o último dia de sua vida. E, agora, ela o tinha perdido. Ela preferiria ter perdido qualquer outra coisa! Ia voltar para procurá-lo. Todos retornaram. Cutucaram e espiaram e procuraram. Eles mantinham a cabeça muito baixa, e diziam coisas com rispidez, bruscamente. Paul Rayley procurava como um louco por toda a rocha em que haviam sentado. Na verdade, toda aquela agitação por um broche não ia dar em nada, pensou Andrew, enquanto Paul lhe dizia para fazer uma "busca meticulosa entre este ponto e aquele". A maré estava chegando com rapidez. O mar ia cobrir o lugar onde eles haviam se sentado em um minuto. Não havia a mínima chance de encontrá-lo agora. — Vamos ficar isolados! — Minta gritou, subitamente aterrorizada. Como se houvesse qualquer perigo de isso acontecer! Era mais uma vez o que acontecia com os touros — ela não tinha nenhum controle sobre suas emoções, pensou Andrew. As mulheres não tinham. O coitado do Paul tinha a obrigação de acalmá-la. Os homens (Andrew e Paul imediatamente se tornaram viris, e diferentes do habitual) conferenciaram brevemente e decidiram que fincariam o bastão de Rayley onde tinham se sentado e voltariam na maré baixa. Não havia mais nada que pudesse ser feito agora. Se o broche estivesse ali, continuaria ali de manhã, eles asseguraram a Minta, mas ela continuou a soluçar durante todo o caminho até o topo do penhasco. Era o broche da avó; ela preferiria ter perdido qualquer outra coisa, e, no entanto, Nancy sentia, podia ser verdade que ela se importasse de perder o broche, mas não estava chorando só por isso. Ela estava chorando por algo mais. Ela sentia que nós todos poderíamos nos sentar e chorar. Mas não sabia para quê.

Eles continuaram em frente juntos, Paul e Minta, e ele a consolou, dizendo que era famoso por encontrar coisas. Certa vez, quando era garotinho, tinha achado um relógio de ouro. Ele ia se levantar logo que amanhecesse, e tinha certeza de que ia encontrá-lo. Parecia-lhe que o dia ainda estaria escuro e que ele estaria sozinho na praia e, de certa forma, seria bastante perigoso. Ele começou a dizer para ela, no entanto, que sem dúvida o encontraria, e ela disse que não queria ouvi-lo dizer que ia se levantar de madrugada: o broche estava perdido, ela sabia disso, tinha tido um pressentimento quando o colocara naquela tarde. E, secretamente, ele decidiu que não ia contar para ela, mas sairia escondido da casa de manhãzinha, quando todos estivessem dormindo e, se não conseguisse encontrar o broche, iria até Edimburgo e lhe compraria outro, igualzinho, mas mais bonito. Ele ia provar que conseguiria. E, quando chegaram ao alto da colina e viram as luzes do vilarejo logo abaixo, as luzes surgindo subitamente uma a uma, pareciam coisas que aconteceriam a ele — seu casamento, seus filhos, sua casa; e, mais uma vez, ele pensou, assim que chegaram à estrada principal, que estava sombreada por arbustos altos, como eles se refugiariam na solidão juntos, e continuariam caminhando, ele sempre a conduzindo, e ela se esforçando para ficar ao lado dele (como fazia agora). Assim que alcançaram o cruzamento, ele pensou em como tinha passado por uma experiência terrível, e deveria contar para alguém... para a sra. Ramsay, naturalmente, pois lhe tirava o fôlego simplesmente pensar no que ele fora e fizera. Tinha sido, de longe, o pior momento de sua vida, quando pedira a Minta que se casasse com ele. Ele se dirigiria diretamente à sra. Ramsay, porque sentia que, de certa forma, ela era a pessoa que o tinha orientado a fazer isso. Ela o tinha direcionado a pensar que conseguiria fazer qualquer coisa. Ninguém mais o levava a sério. Mas ela fez com que ele acreditasse que podia fazer o que quisesse. Hoje, ele sentira os olhos dela sobre ele o dia todo, seguindo-o por todos os lados (apesar de ela nunca ter dito uma única palavra), como se estivesse dizendo: — Sim, você é capaz de fazê-lo. Acredito em você. Espero isso de você. — Ela fez com que ele sentisse tudo aquilo, e assim que estivessem de volta (ele procurou as luzes da casa sobre a baía), ele iria até ela e diria: — Consegui, sra. Ramsay; graças à senhora. — E, assim, entrando na alameda que levava até a casa, ele pôde ver luzes se mexendo nas janelas do andar superior. Eles deveriam estar terrivelmente atrasados, então. As pessoas estavam se aprontando para o jantar. A residência estava toda iluminada, e as luzes, depois da escuridão, faziam seus olhos se sentirem plenos, e ele disse para si mesmo, infantilmente, enquanto subia a trilha da entrada: luzes, luzes, luzes, e repetia, de uma maneira confusa: luzes, luzes, luzes, ao entrarem na casa, olhando fixamente ao redor, com o rosto muito tenso. Mas, bom Deus, disse para si próprio, pousando a mão na gravata, não devo fazer papel de tolo.

15

— Sim — disse Prue, com seu jeito ponderado, respondendo à pergunta da mãe: — Acho que Nancy foi com eles.

16

Ora, então Nancy tinha ido com eles, supôs a sra. Ramsay, imaginando, enquanto largava uma escova, pegava um pente e dizia — Entrem — ao ouvir baterem à porta (Jasper e Rose entraram), se o fato de Nancy estar com eles tornava menos provável ou mais provável que algo acontecesse; tornava menos provável, achava de algum modo a sra. Ramsay, sem absolutamente nenhuma razão em especial, a não ser a de que, afinal, um holocausto dessa proporção não era provável. Não era possível que todos tivessem se afogado. E, mais uma vez, sentiu-se sozinha na presença de sua velha antagonista, a vida.

Jasper e Rose disseram que Mildred queria saber se ela devia atrasar o jantar.

— Nem mesmo pela rainha da Inglaterra — disse enfaticamente a sra. Ramsay.

— Nem pela imperatriz do México — acrescentou, rindo para Jasper; pois ele tinha o mesmo vício da mãe: ele também exagerava.

E se Rose quisesse, disse ela, enquanto Jasper levava o recado, ela poderia escolher quais joias a mãe usaria. Quando há quinze pessoas à mesa para o jantar, não se pode deixar as coisas esperando para sempre. Agora, ela estava começando a se sentir irritada com eles por estarem tão atrasados; era falta de consideração por parte deles, e aquilo a incomodava mais do que a preocupação que vinha sentindo, por terem escolhido justamente aquela noite para ficar fora até tarde, quando, na verdade, ela queria que o jantar fosse particularmente agradável, já que William Bankes tinha finalmente aceitado jantar com eles; e eles comeriam a obra-prima de Mildred... BOEUF EN DAUBE. Tudo dependia de os pratos serem servidos no exato momento em que estivessem prontos. A carne bovina, o louro e o vinho... tudo tinha que ser feito no seu tempo. Deixar esperando estava fora de questão. Sim, é claro, nesta noite, dentre todas, eles saíram, e estão atrasados, e os alimentos tinham que ser mandados de volta, tinham que ser mantidos quentes; o BOEUF EN DAUBE ficaria completamente intragável.

Jasper lhe indicou um colar de opala; Rose, um colar de ouro. Qual ficaria melhor com o vestido preto? Qual, na verdade, disse a sra. Ramsay, distraída, olhando o pescoço e os ombros (mas evitando o rosto) no espelho. E, então, enquanto os filhos vasculhavam as coisas dela, viu, pela janela, uma cena que sempre a divertia — as gralhas tentando decidir em qual árvore se ajeitar. Toda vez, pareciam mudar de ideia e se erguer no ar novamente, porque, ela imaginava, a gralha mais velha, o pai das gralhas, o velho Joseph, era o nome que inventara para a gralha, era um pássaro de temperamento muito penoso e difícil. Era um pássaro velho e de má reputação, com metade das penas das asas faltando. Era como um velho cavalheiro desleixado de cartola que ela tinha visto tocando corneta diante de um bar.

— Vejam! — disse ela, rindo. Eles, na verdade, estavam brigando. Joseph e Mary estavam brigando. De qualquer maneira, todos levantaram voo novamente, e o ar foi deslocado por suas asas negras e recortado por seus primorosos formatos de cimitarra. O movimento das asas batendo e batendo e batendo... ela nunca seria capaz de descrevê-lo com precisão suficiente a ponto de estar satisfeita... era dos mais adoráveis para ela. Olhe aquilo, disse para Rose, esperando que Rose pudesse ver com mais clareza do que ela, já que, muitas vezes, os filhos davam um leve empurrãozinho em nossas percepções.

Mas qual escolheria? Eles tinham aberto todas as gavetas do porta-joias. O colar de ouro, que era italiano, ou o colar de opala, que o tio James tinha trazido para ela da Índia; ou ela deveria usar as ametistas?

— Escolham, meus queridos, escolham — disse ela, esperando que eles se apressassem.

Mas ela os deixou escolher com calma: permitiu que Rose, em particular, pegasse esta e então aquela, e segurava as joias contra o vestido preto, pois essa pequena cerimônia de seleção das joias, que acontecia todas as noites, era do que Rose mais gostava, e ela sabia disso. Ela tinha alguma razão secreta, só dela, para atribuir grande importância à escolha do que a mãe ia usar. Qual era o motivo, a sra. Ramsay imaginava, ficando parada para deixá-la fechar o colar que selecionara, adivinhando, pelo próprio passado, algum sentimento profundo, soterrado, praticamente indescritível que qualquer um tinha, na mesma idade de Rose, pela mãe. Como todos os sentimentos que tínhamos por nós próprios, pensou a sra. Ramsay, ele nos entristecia. Era tão inadequado o que se podia dar em troca; e o que Rose sentia era completamente desproporcional a qualquer coisa que ela realmente fosse. E Rose cresceria; e Rose sofreria, ela supunha, com esses sentimentos profundos, e ela disse que estava pronta agora, e eles iriam descer, e Jasper, por ser o cavalheiro, deveria lhe dar o braço, e Rose, por ser a dama, deveria carregar o lenço dela (deu-lhe o lenço) e, que mais? Ah, sim, poderia estar fazendo frio: um xale. Escolha um xale para mim, disse ela, porque isso agradaria Rose, que estava fadada a sofrer assim. — Aí — disse ela, parando à janela próxima ao patamar — aí estão eles novamente. — Joseph tinha se ajeitado no topo de outra árvore. —Você acha que eles não se incomodam — disse para Jasper — de ter as asas quebradas? — Por que ele queria atirar nos pobres velhos Joseph e Mary? Ele se remexeu um pouco na escadaria, sentindo-se repreendido, mas não seriamente, já que ela não entendia como era divertido atirar nos pássaros; e eles não sentiam nada; e, sendo ela a mãe dele, vivia em outra divisão do mundo, porém ele gostava muito das suas histórias sobre Mary e Joseph. Ela o fazia rir. Mas como sabia que aqueles dois eram Mary e Joseph? Será que ela pensava que os mesmos pássaros vinham para as mesmas árvores toda noite?, perguntou ele. Mas nesse instante, subitamente, como todos os adultos, ela deixou de prestar qualquer atenção a ele. Ela estava ouvindo alguma algazarra no saguão.

— Eles voltaram! — ela exclamou, e imediatamente se sentiu muito mais aborrecida do que aliviada. Depois se perguntou: tinha acontecido? Ela desceria, e eles lhe diriam — mas, não. Eles não lhe poderiam contar nada, com todas aquelas pessoas ao redor. Por isso, ela deveria descer e começar o jantar e esperar. E, como uma rainha que, encontrando o seu povo reunido no saguão, olha-os de cima e desce para estar entre eles, e reconhece em silêncio seus tributos, e aceita sua devoção e reverência diante dela (Paul não movia um músculo, olhando diretamente diante de si enquanto ela passava), ela desceu, e atravessou o saguão e inclinou a cabeça de modo quase imperceptível, como se aceitasse o que eles não podiam dizer: o tributo deles à sua beleza.

Mas ela parou. Havia um cheiro de queimado. Poderiam ter deixado o BOEUF EN DAUBE muito tempo na fervura?, perguntou-se, queiram os céus que não! Quando o grande som estridente do gongo anunciou solenemente, autoritariamente, que todos os que estavam espalhados, nos sótãos, nos quartos, nos próprios cantinhos, lendo, escrevendo, dando o último retoque nos cabelos, ou abotoando vestidos, deviam largar tudo aquilo, suas coisinhas em cima dos lavatórios e penteadeiras, e os romances nas mesinhas de cabeceira, e os diários que eram tão pessoais, e se reunir na sala de jantar para comer.

17

Mas o que eu fiz da minha vida?, pensou a sra. Ramsay, tomando seu lugar à cabeceira, e observando todos aqueles pratos que formavam círculos brancos sobre a mesa. — William, sente-se ao meu lado — disse. — Lily — disse ela, com um ar cansado — ali. — Eles tinham aquilo... Paul Rayley e Minta Doyle; ela, apenas isto... uma mesa infinitamente longa e pratos e facas. Na outra ponta estava seu marido, sentado, estatelado, franzindo o cenho. Por quê? Ela não sabia. Ela não se importava. Não podia entender como alguma vez já havia sentido qualquer emoção ou afeição por ele. Ela tinha a sensação, enquanto servia a sopa, de estar além de tudo, no fim de tudo, fora de tudo, como se houvesse um redemoinho — ali — e qualquer um poderia estar nele ou fora dele, e ela estava fora dele. Tudo terminara, pensou ela, enquanto eles chegavam um depois do outro, Charles Tansley... — Sente-se lá, por favor — disse ela... Augustus Carmichael... e se sentou. Enquanto isso, ela esperava, passivamente, que alguém lhe respondesse, que algo acontecesse. Mas isso, pensou servindo a sopa, não é coisa que se diga.

 Erguendo as sobrancelhas diante da discrepância — era naquilo que estava pensando, era isso que estava fazendo — servindo a sopa — sentiu-se, com cada vez mais força, fora daquele redemoinho; ou, como se uma sombra tivesse recaído sobre ela e, privada de qualquer cor, ela visse as coisas exatamente como eram. A sala (ela olhou ao redor) estava muito desgastada. Não havia beleza em lugar algum. Ela evitava olhar para o sr. Tansley. Nada parecia ter se fundido. Todos eles se sentavam separados. E todo o esforço feito para fundir e fluir e criar repousava sobre ela. De novo, ela sentiu, como um fato, sem hostilidade, a esterilidade dos homens, pois, se ela não o fizesse, ninguém mais o faria e, por isso, dando em si mesma uma leve sacudida como a que damos em um relógio que parou, a velha e familiar pulsação voltou a bater, assim como o relógio começa o tique-taque... um, dois, três, um, dois, três. E assim por diante, e assim por diante, ela repetia, ouvindo-a, abrigando e cultivando a pulsação ainda fraca, tal como protegemos uma chama tênue com uma folha de jornal. E então, assim, ela concluiu, inclinando-se a William Bankes, curvando-se em silêncio em sua direção — pobre homem! Que não tinha mulher nem filhos e jantava sozinho em hospedarias, a não ser esta noite; e, por pena dele, já que a vida voltava agora a ser forte o bastante para sustentá-la, ela começou todo aquele trabalho, assim como um marinheiro, não sem cansaço, vê o vento encher a vela, mas tem pouca vontade de partir novamente e pensa como, se o navio tivesse afundado, ele teria girado e girado e encontrado repouso no fundo do mar.

— Encontrou as suas cartas? Eu disse para as deixarem no saguão para o senhor — disse para William Bankes.

Lily Briscoe a observava à deriva rumo àquela terra de ninguém onde seguir as pessoas é impossível e, no entanto, sua ida causa tamanho arrepio naqueles que as observam que eles sempre tentam, ao menos, acompanhá-las com os olhos, assim como quem segue um navio que vai fugindo da vista até as velas afundarem na linha do horizonte.

Ela parece tão velha, tão desgastada, pensou Lily, e tão distante. Então, quando se voltou para William Bankes, sorrindo, era como se o navio tivesse feito meia-volta, e o sol tivesse novamente atingido suas velas, e Lily pensou, com certo prazer, já que estava aliviada: Por que ela tem pena dele? Pois foi essa a impressão que ela deu, ao lhe dizer que suas cartas estavam no saguão. Pobre William Bankes, ela parecia estar dizendo, como se o próprio cansaço fosse em parte por sentir compaixão pelas pessoas, e como se a vida nela, sua determinação a viver novamente, tivesse sido movida pela piedade. E não era verdade, pensou Lily; era um daqueles seus erros de julgamento que pareciam ser instintivos, surgindo de alguma carência dela mesma, e não das outras pessoas. Ele não é nem um pouco digno de pena. Ele tem seu trabalho, Lily disse para si mesma. Lembrou-se, subitamente, como se tivesse encontrado um tesouro, que ela tinha seu trabalho. Em um relance, viu seu quadro e pensou: Sim, vou colocar a árvore mais para o meio; assim, devo evitar aquele vazio incômodo. É isso que vou fazer. É isso que vinha me intrigando. Ela pegou o saleiro e o colocou novamente em cima de um motivo floral na toalha, como para lembrá-la de mudar a árvore de lugar.

— É estranho que quase não recebamos nada que valha a pena pelo correio, e ainda assim sempre queiramos as nossas cartas — disse o sr. Bankes.

Como falam bobagem, pensou Charles Tansley, depositando a colher precisamente no meio do próprio prato, que ele havia praticamente limpado, como se, pensou Lily (ele estava sentado na frente dela, com as costas para a janela, exatamente no meio da vista), estivesse determinado a garantir que comeria toda a refeição. Tudo nele tinha essa rigidez mesquinha, essa desvelada antipatia. Mas, mesmo assim, permanecia o fato de que era impossível detestar qualquer pessoa se a observássemos bem. Ela gostava dos olhos dele; eram azuis, profundos, assustadores.

— Escreve muitas cartas, sr. Tansley? — perguntou a sra. Ramsay, com pena dele também, Lily supôs; porque essa era a verdade sobre a sra. Ramsay — ela sempre sentia piedade dos homens, como se lhes faltasse algo — nunca das mulheres, como se elas tivessem algo. Ele escrevia para a mãe; fora isso, acreditava redigir uma única carta por mês, disse o sr. Tansley, com brevidade.

Pois ele não ia falar o tipo de asneira que essas pessoas falavam, apenas para ser condescendentes com essas mulheres tolas. Estivera lendo no quarto, e agora tinha descido, e tudo lhe parecia bobo, superficial, fraco. Por que se vestiam a rigor? Ele descera com suas roupas comuns. Ele não tinha nenhuma roupa de festa. — Nunca recebemos nada que valha a pena pelo correio — eis o tipo de coisa que viviam dizendo. Elas faziam os homens dizerem esse tipo de coisa. Sim, até que era verdade, pensou ele. Nunca recebiam nada que valesse a pena do fim de um ano até o outro. Não faziam nada senão falar, falar, falar, comer, comer, comer. Era culpa das mulheres. As mulheres tornavam a civilização impossível com todo o seu "encanto", toda a sua tolice.

— Nada de ir ao Farol, amanhã, sra. Ramsay — disse ele, impondo-se. Ele gostava dela; ele a admirava; ele ainda pensava no homem no buraco do ralo que tinha olhado para ela lá debaixo; mas sentiu a necessidade de se impor.

Na verdade, ele era, pensou Lily Briscoe, apesar dos olhos, mas, nesse caso, olhem para seu nariz, olhem para suas mãos, o ser humano mais sem graça que já conhecera. Então, por que ela se importava com o que ele dizia? As mulheres não sabem escrever, as mulheres não sabem pintar... Que importância tinha aquilo, vindo dele, já que, claramente, não representava uma verdade para ele, contudo, por alguma razão, era-lhe útil, e era por isso que ele o havia dito? Por que ela se dobrava toda, como o trigo ao vento, e só se reerguia novamente dessa humilhação com um grande e bastante doloroso esforço? Deveria fazê-lo uma vez mais. Eis aqui o brotinho sobre a toalha; eis aqui o meu quadro; devo mudar a árvore para o meio; isso importa... nada mais. Será que ela não poderia se agarrar com firmeza àquilo?, perguntou-se, e não perder o juízo, e não discutir; e, se acaso quisesse se vingar, o faria rindo dele?

— Ah, sr. Tansley — disse ela — leve-me até o Farol com o senhor. Eu adoraria.

Ela estava mentindo, ele sabia. Estava dizendo o que não queria para irritá-lo, por algum motivo. Estava rindo dele. Ele vestia sua velha calça de flanela. Não tinha outra. Sentia-se bruto e isolado e solitário. Ele sabia que ela estava tentando provocá-lo, por alguma razão; ela não queria ir até o Farol com ele; ela o desprezava: assim como Prue; todos eles o desprezavam. Mas ele não se deixaria fazer de tolo por mulheres, então ele se virou deliberadamente na cadeira e olhou pela janela e disse, abruptamente, de um jeito bastante rude: amanhã estaria agitado demais para ela. Ela ficaria enjoada.

Irritava-o que ela o obrigasse a falar assim, com a sra. Ramsay ouvindo. Se ao menos ele pudesse ficar sozinho no quarto, trabalhando, pensou, entre seus livros. Era ali que se sentia à vontade. E ele nunca ficara devendo nem um centavo sequer; nunca havia custado ao pai um único centavo desde que fizera quinze anos; tinha ajudado a família com suas economias; estava educando a irmã. Ainda assim, gostaria de ter sabido como responder à srta. Briscoe apropriadamente; gostaria que não tivesse falado grosseiramente como o fizera. — Ficaria enjoada. — Gostaria de ser capaz de ter pensado em algo para dizer à sra. Ramsay, algo que lhe mostrasse que ele não era apenas um chato arrogante. Era o que todos pensavam dele. Virou-se para ela. Mas a sra. Ramsay estava falando com William Bankes a respeito de gente de quem ele nunca tinha ouvido falar.

— Sim, pode tirar da mesa — disse ela brevemente, interrompendo o que dizia a William Bankes para falar com a criada. — Deve ter sido há quinze – não, vinte anos, que eu a vi pela última vez — dizia ela, virando-se novamente para ele como se não pudesse perder um só momento da conversa deles, porque ela estava absorta no que estavam dizendo. Então, ele realmente tinha ouvido falar dela naquela tarde! E Carrie ainda estava morando em Marlow, e tudo ainda continuava igual? Ah, ela conseguia se lembrar como se fosse ontem... no rio, sentindo como se tudo tivesse acontecido ontem... navegando pelo rio, sentindo muito frio. Mas se os Manning tinham um plano, nunca o abandonavam. Ela jamais se esqueceria de Herbert matando uma vespa com uma colher na margem do rio! E tudo aquilo continuava igual, refletia a sra. Ramsay, deslizando como um fantasma por entre as cadeiras e as mesas daquela sala de estar às margens do Tâmisa onde sentira muito, muito frio, vinte anos atrás; mas agora ela caminhava entre essas coisas como um espectro; e isso a fascinava, como se, enquanto ela tivesse mudado, aquele dia em particular, agora parecendo muito sereno e bonito, tivesse permanecido igual, todos aqueles anos. Será que a própria Carrie lhe escrevera? perguntou.

— Sim. Ela diz que estão construindo uma nova sala de bilhar — afirmou ele. Não! Não! Aquilo estava fora de questão! Construindo uma nova sala de bilhar! Parecia-lhe impossível.

O sr. Bankes não conseguia entender que houvesse algo de tão estranho nisso. Eles estavam muito bem de vida agora. Será que ele deveria transmitir a afeição dela a Carrie?

— Ah — disse a sra. Ramsay, assustando-se levemente. — Não — acrescentou, refletindo que não conhecia essa Carrie que construía uma nova sala de bilhar. Mas que estranho, repetiu ela, para o prazer do sr. Bankes, que eles ainda continuassem indo lá. Porque era extraordinário pensar que tivessem sido capazes de seguir vivendo todos esses anos quando ela não pensara neles mais do que uma vez durante todo esse tempo. Como sua própria vida tinha sido agitada, durante esses mesmos anos. Mas talvez Carrie Manning tampouco tivesse pensado nela. A ideia era estranha e desagradável.

— As pessoas se distanciam logo — disse o sr. Bankes, sentindo, no entanto, certa satisfação ao pensar que, no fim das contas, ele conhecia tanto os Manning quanto os Ramsay. Ele não tinha se distanciado, pensou, pousando a colher sobre a mesa e limpando meticulosamente os lábios bem barbeados. Mas talvez ele fosse um tanto quanto incomum nesse tipo de coisa, pensou; ele nunca se deixava cair na rotina. Tinha amigos em todos os círculos... Nesse momento, a sra. Ramsay teve que interromper sua fala para dizer à criada algo sobre manter a comida quente. Era por isso que ele preferia jantar sozinho. Todas essas interrupções lhe incomodavam. Bom, pensou William Bankes, manter uma atitude de fina cortesia, estendendo ligeiramente os dedos da mão esquerda sobre a toalha como um mecânico examina uma ferramenta

lindamente polida e pronta para uso em seu intervalo para descansar, eis os sacrifícios que os amigos exigem de nós. Ela teria ficado magoada se ele tivesse se recusado a vir. Mas para ele, nada daquilo valia a pena. Olhando para a própria mão, ele pensou que, se tivesse ficado sozinho, o jantar já estaria quase no fim; ele estaria livre para trabalhar. Sim, concluiu, é uma terrível perda de tempo. Ainda havia crianças chegando.
— Gostaria que um de vocês subisse correndo até o quarto de Roger — dizia a sra. Ramsay. Como era fútil tudo aquilo, como era entediante tudo aquilo, pensou ele, em comparação com a outra coisa — o trabalho. Ei-lo ali sentado, tamborilando os dedos sobre a mesa, quando poderia estar... teve um visão geral de seu trabalho em um instante. Como tudo aquilo era, seguramente, uma perda de tempo! Mas, pensou, trata-se de uma de minhas amigas mais antigas. Aliás, sou um de seus devotos. Porém, agora, neste momento, sua presença não significa absolutamente nada para mim: sua beleza não significa nada para mim; ela, sentada com seu garotinho à janela... nada, nada. Ele apenas desejava estar sozinho e retomar aquele livro. Sentia-se desconfortável; sentia-se traiçoeiro, pois conseguia se sentar ao seu lado sem sentir nada por ela. A verdade é que ele não apreciava a vida em família. Era uma dessas situações em que qualquer um se perguntava: Qual a razão de viver? Por que, nos questionamos, fazemos todo esse esforço para que a raça humana continue? É algo assim tão desejável? Somos atraentes como espécie? Nem tanto, pensou ele, observando aqueles meninos tão desleixados. Sua preferida, Cam, estava na cama, supunha. Questões tolas, questões fúteis, questões que ninguém se perguntava quando estava ocupado. É isso a vida humana? É aquilo a vida humana? Nunca tínhamos tempo para pensar a esse respeito. Mas, nesse instante, ei-lo aqui se fazendo esse tipo de pergunta, porque a sra. Ramsay estava dando ordens às criadas e, também, porque tinha se dado

conta, pensando em como a sra. Ramsay tinha ficado surpresa por Carrie Manning ainda estar viva, que as amizades, mesmo as melhores, são frágeis. Nós nos distanciamos. Censurou-se novamente. Estava sentado ao lado da sra. Ramsay e não tinha absolutamente nada a lhe dizer.

— Mil perdões — disse a sra. Ramsay, virando-se finalmente para ele. Ele se sentia rígido e inútil, como um par de botas que ficaram encharcadas e depois secaram, de forma que era quase impossível enfiá-las nos pés novamente. Mas ele tinha que forçar os pés nelas. Ele tinha que se obrigar a falar. A menos que fosse muito cuidadoso, ela descobriria essa traição dele; que ele não se importava nem um pouco com ela, e que isso não seria de maneira nenhuma agradável, pensou. Assim, inclinou a cabeça com cortesia na direção dela.

— Como o senhor deve detestar ter de jantar nessa balbúrdia — disse ela, lançando mão, como fazia quando se distraía, de sua conduta social. Assim como, quando há um conflito entre línguas, em alguma reunião, o presidente, para conseguir determinada unidade, sugere que todos falem em francês. Talvez, em um francês péssimo; o francês pode não conter as palavras que expressem os pensamentos do orador; ainda assim, o francês impõe alguma ordem, alguma uniformidade. Respondendo-lhe na mesma língua, o sr. Bankes disse:
— Não, de modo nenhum — e o sr. Tansley, que não tinha qualquer conhecimento dessa língua, mesmo falada assim, em monossílabos, suspeitou imediatamente de sua falsidade. Eles diziam bobagens, pensou ele, os Ramsay; e se agarrou a esse novo exemplo com prazer, pensando em uma nota que, qualquer dia desses, ele leria em voz alta para um ou dois amigos. Então, em um grupo em que podia dizer o que quisesse, ele descreveria sarcasticamente como era "hospedar-se com os Ramsay" e o tipo de besteiras que eles diziam. Valia

a pena fazê-lo uma única vez, ele diria; mas apenas uma. As mulheres eram tão entediantes, diria. É claro que Ramsay tinha se deixado levar ao se casar com uma bela mulher e ter oito filhos. Algo assim acabaria tomando forma, mas agora, naquele instante, sentado preso ali, ao lado de uma cadeira vazia, nada tomava forma alguma. Tudo era apenas um monte de recortes e fragmentos. Sentia-se extremamente desconfortável, até mesmo fisicamente. Desejava que alguém lhe desse uma oportunidade para ele se impor. Desejava-o com tanta urgência que se inquietava na cadeira, olhando para uma pessoa, depois para outra, tentando entrar nas conversas, abria a boca apenas para fechá-la em seguida. Estavam falando sobre a indústria pesqueira. Por que ninguém pedia a opinião dele? O que eles sabiam sobre a indústria pesqueira?

Lily Briscoe sabia de tudo aquilo. Sentada à sua frente, ela por acaso não podia ver, assim como em um raio X, as costelas e os fêmures do desejo do rapaz de impressionar, aparecendo com tons escuros contra a névoa de sua carne — aquela névoa fina que a convenção sobrepusera a sua vontade ardente de participar da conversa? Mas, pensou ela, agitando os olhos chineses, e lembrando-se de como ele ridicularizava as mulheres, "não sabem pintar, não sabem escrever", por que deveria ajudá-lo a se aliviar daquele fardo?

Há um código de comportamento, ela sabia bem, cujo artigo sétimo (talvez) dizia que, em ocasiões desse tipo, compete à mulher, qualquer que seja a sua ocupação, acudir o jovem diante de si, para que ele possa revelar e libertar os fêmures, as costelas, da própria vaidade, de seu urgente desejo de se impor; assim como, de fato, é dever deles, refletiu ela, com seu velho senso de justiça de uma dama, socorrer-nos no caso de o metrô arder em chamas. Então, pensou, eu certamente deveria esperar que o sr. Tansley me tirasse do vagão. Entretanto, o que aconteceria, pensou, se nenhum de nós fizesse nenhuma dessas coisas? Então, continuou ali sentada, sorrindo.

— Você não tem planos de ir até o Farol, tem, Lily? — perguntou a sra. Ramsay. — Lembre-se do pobre sr. Langley; ele tinha dado a volta ao mundo dúzias de vezes, mas me contou que nunca sofreu tanto quanto na vez em que meu marido o levou para lá. É um bom marinheiro, sr. Tansley? — ela perguntou.

O sr. Tansley ergueu um martelo; sacudiu-o no ar; mas, percebendo, ao fazê-lo descer, que não poderia golpear aquela borboleta com um instrumento daqueles, disse apenas que nunca ficara enjoado em toda a vida. Mas, com aquela única frase, confirmara de maneira rápida e sucinta, como pólvora, que o avô fora pescador; o pai, farmacêutico; que subira na vida inteiramente à própria custa; que se orgulhava disso; que ele era Charles Tansley — um fato que ninguém ali parecia ter percebido; mas, qualquer dia desses, não haveria uma só pessoa que desconhecesse isso. Olhava diante de si fazendo uma carranca. Poderia quase chegar a sentir pena daquelas pessoas ligeiramente cultas, que acabariam explodindo pelos ares, como fardos de lã ou barris de maçã, em decorrência da pólvora que havia em seu íntimo.

— O senhor me levaria? — disse Lily ligeira e gentilmente, já que, é claro, se a sra. Ramsay lhe dissesse, como com efeito disse: — Estou me afogando, minha querida, em mares de fogo. A menos que você aplique algum bálsamo à angústia deste momento e diga algo agradável àquele rapaz ali, a vida irá de encontro às rochas — na verdade, ouço os rangidos e grunhidos neste mesmo instante. Meus nervos estão tensos como as cordas de um violino. Mais um toque e arrebentarão — quando a sra. Ramsay disse tudo isso, como indicava o brilho em seus olhos, pela centésima quinquagésima vez, certamente Lily Briscoe teve de renunciar ao seu experimento — o que acontece quando não somos simpáticos com aquele jovem rapaz ali — e ser amável.

Julgando a mudança no humor dela corretamente — já que agora se mostrava amigável — ele se livrou do egoísmo e lhe disse então como fora jogado para fora de um barco quando era bebê; como o pai costumava fisgá-lo com um gancho náutico; que foi assim que tinha aprendido a nadar. Um de seus tios cuidava do farol de algum rochedo ou algo do gênero na costa da Escócia, disse. Havia estado lá com ele durante uma tempestade. Isso foi dito em voz alta e pausadamente. Foram obrigados a ouvi-lo quando afirmou que estivera com o tio em um farol durante uma tempestade. Ah, pensou Lily Briscoe, enquanto a conversa dava essa auspiciosa reviravolta, e ela sentia a gratidão da sra. Ramsay (porque a sra. Ramsay estava livre para falar um pouco agora, ela própria), ah, pensou, mas o que eu não paguei para lhe oferecer isso? Ela não tinha sido sincera.

Tinha usado o truque de sempre — tinha sido gentil. Ela nunca o conheceria de verdade. Ele nunca a conheceria de verdade. As relações humanas são assim, pensou ela, e as piores (não fosse pelo sr. Bankes) eram aquelas entre homens e mulheres. Inevitavelmente, essas relações eram extremamente falsas, pensou. Então, o olho dela fitou o saleiro que havia colocado ali para recordá-la, e ela se lembrou de que, na manhã seguinte, deveria mudar a árvore mais para o meio, e seu humor melhorou tanto, ao pensar que pintaria amanhã, que ela riu alto daquilo que o sr. Tansley dizia. Ele que falasse a noite toda, se quisesse.

— Mas por quanto tempo deixam os homens em um farol? — perguntou ela. Ele lhe respondeu. Ele era surpreendentemente bem-informado. E como estava grato, e como gostava dela, e estava começando a se divertir, então, agora, pensou a sra. Ramsay, ela poderia voltar àquela terra de sonhos, àquele lugar irreal, mas fascinante, a sala de estar dos Manning em Marlow vinte anos atrás; onde as pessoas se moviam sem pressa ou ansiedade, já que não havia nenhum futuro com que se preocupar. Ela sabia o que tinha acontecido com eles, com ela. Era como ler um livro bom novamente, pois ela sabia o fim da história, uma vez que havia acontecido há vinte anos, e a vida, que jorrava em cascatas até mesmo da mesa desta sala de jantar, sabe lá Deus para onde, lá estava lacrada, repousando calmamente, como um lago, placidamente entre as margens. Ele disse que tinham construído uma sala de bilhar... era possível? Será que William ia continuar a falar sobre os Manning? Ela queria que sim. Mas, não... por alguma razão ele não tinha mais vontade. Ela tentou. Ele não respondeu. Não podia forçá-lo. Ficou desapontada.

— As crianças são terríveis — disse ela, suspirando. Ele disse algo sobre a pontualidade ser uma das menores virtudes, que só adquirimos mais tarde na vida.

— Se é que chegamos a adquiri-la — disse a sra. Ramsay, meramente para preencher o vazio, pensando em como ele estava começando a se parecer com uma solteirona. Consciente de sua traição, consciente do desejo dela de falar sobre algo mais íntimo, embora sem vontade para aquilo naquele instante, ele sentiu o embaraço da vida invadir seu íntimo, ali sentado, esperando. Talvez os outros estivessem dizendo algo interessante? O que estavam dizendo?

Que a temporada de pesca estava ruim; que os homens estavam emigrando. Estavam falando sobre salários e desemprego. O rapaz estava atacando o governo. William Bankes, pensando em como era um alívio estar a par de um assunto desse tipo quando a vida pessoal era desagradável, ouviu-o dizer algo sobre "um dos atos mais escandalosos do governo atual". Lily escutava; a sra. Ramsay escutava; todos estavam escutando. Mas, já entediada, Lily sentia que algo estava faltando; o sr. Bankes sentia que algo estava faltando. Ajeitando o xale em volta do corpo, a sra. Ramsay sentia que algo estava faltando. Todos eles, inclinando-se para ouvir, pensavam, "Queira Deus que o interior da minha mente não seja exposto", já que cada um pensava, "Os outros estão sentindo isso. Estão ultrajados e indignados com o governo em razão dos pescadores. Ao passo que eu não estou sentindo absolutamente nada". Mas, talvez, pensou o sr. Bankes, enquanto observava o sr. Tansley, eis aqui o homem. Estavam sempre esperando pelo homem. Havia sempre uma chance. A qualquer momento o líder poderia aparecer; o homem de gênio, tanto em termos de política, como em qualquer outro assunto. Provavelmente, ele se mostrará extremamente desagradável para conosco, velhos ultrapassados, pensou o sr. Bankes, esforçando-se para ser tolerante, pois sabia, por alguma curiosa sensação física, como se pelos nervos tensos na espinha, que estava com ciúmes, em parte dele, em parte, mais provavelmente, de seu trabalho, sua opinião, sua ciência; por isso, ele não se mostrava inteiramente aberto nem completamente justo, já que o sr. Tansley parecia estar dizendo: vocês desperdiçaram sua vida. Vocês estão todos errados. Pobres velhos ultrapassados, vocês estão irremediavelmente atrasados. Ele parecia bastante convencido, esse jovem rapaz; e seus modos eram terríveis. Mas o sr. Bankes se obrigou a observar, ele tinha coragem; ele tinha capacidade; ele era extremamente bem-informado dos fatos. Provavelmente, pensou o sr. Bankes, enquanto Tansley atacava o governo, havia muito de verdade no que dizia.

— Agora, conte-me... — disse ele. Então, começaram a discutir política, e Lily olhava para a folha na toalha; e a sra. Ramsay, deixando a discussão totalmente nas mãos dos dois homens, perguntou-se por que estava tão aborrecida com aquela conversa, e desejou, olhando para o marido, na outra ponta da mesa, que ele dissesse algo. Uma palavra, disse para si mesma. Porque, se ele dissesse uma só coisa, faria toda a diferença. Ele ia ao âmago das coisas. Ele se preocupava com os pescadores e seu salário. Ele não conseguia dormir pensando neles. Era completamente diferente quando ele falava; então, ninguém sentia, queira Deus que não percebam quão pouco me importo, porque realmente nos importávamos. Então, dando-se conta de que era porque o admirava tanto que estava esperando que ele falasse, ela sentiu como se alguém estivesse elogiando o marido e seu casamento, e ficou toda radiante sem perceber que havia sido ela mesma quem os elogiara. Olhou para ele pensando encontrar aquilo em seu rosto; ele deveria estar parecendo maravilhado... Mas não, de jeito nenhum! Estava carrancudo, com uma cara feia e o cenho franzido, e vermelho de raiva. O que estava acontecendo?, perguntou-se ela. Qual poderia ser o problema? Apenas porque o pobre velho Augustus havia pedido outro prato de sopa — só por isso. Era impensável, era detestável (foi o que ele lhe indicou do outro lado da mesa) que Augustus tivesse começado a tomar sopa de novo. Ele odiava que as pessoas ainda estivessem comendo depois que já tinha acabado. Ela via a raiva entrando nos olhos dele, na testa, como uma matilha de cães, e sabia que, em um momento, algo violento explodiria, e então... graças a Deus! Ela o viu mudar de marcha e puxar o freio, e todo o corpo dele parecia emitir faíscas, mas não palavras. Ficou ali sentado, fazendo uma cara feia. Não havia dito nada, ia fazer com que ela o notasse. Que ela lhe desse o crédito por aquilo! Mas por que, afinal, não deveria o pobre do Augustus pedir outro prato de sopa? Ele havia simplesmente tocado o braço de Ellen e dito:

— Ellen, por favor, outro prato de sopa — e, então, o sr. Ramsay fez aquela cara feia.

E por que não?, perguntava a sra. Ramsay. Certamente podiam deixar Augustus tomar sua sopa se quisesse. Ele detestava que as pessoas se enchessem de comida, o sr. Ramsay franzia o cenho para ela. Ele detestava tudo que se arrastava por horas, como aquilo. Mas ele tinha se controlado, o sr. Ramsay faria com que ela percebesse, por mais repugnante que aquela visão fosse. Mas por que mostrá-lo com tanta clareza, perguntou a sra. Ramsay (eles olhavam-se ao longo da comprida mesa, enviando essas perguntas e respostas de uma ponta à outra, cada um sabendo exatamente o que o outro sentia). Todo mundo podia perceber, pensou a sra. Ramsay. Rose fitando o pai, Roger fitando o pai; ambos teriam um ataque de riso em um segundo, ela sabia, por isso, disse imediatamente (na verdade, já estava na hora):

— Acendam as velas — e eles pularam no mesmo instante da cadeira e começaram a mexer no aparador.

Por que ele nunca conseguia esconder seus sentimentos?, perguntou-se a sra. Ramsay, imaginando se Augustus Carmichael tinha notado. Talvez tivesse; talvez não. Não podia deixar de respeitar a compostura com que ele se sentava ali, tomando sua sopa. Se ele queria sopa, pedia sopa. Quer rissem dele, quer se irritassem com ele, ele continuava impassível. Ele não gostava dela, ela sabia disso; mas, em parte justamente por essa razão, ela o respeitava, e o olhando enquanto ele tomava sopa, muito grandalhão e calmo à luz que diminuía, e monumental, e contemplativo, ela se perguntava então acerca do que estava sentindo, e por que sempre se mostrava satisfeito e digno; e ela pensou o quão devotado a Andrew ele era, convidando-o ao quarto dele, onde, dizia Andrew, "mostrava-lhe coisas". E ficava o dia inteiro estendido na grama refletindo, supostamente, sobre sua poesia, chegando a se parecer com um gato à espreita dos passarinhos, e batendo então as patas uma na outra quando encontrava a palavra certa, e o marido dela dizia, "Pobre do velho Augustus... ele é um poeta de verdade" — o que era um grande elogio, vindo do marido.

Agora, oito velas estavam dispostas sobre a mesa e, depois da primeira agitação, as chamas se estabilizaram e tornaram visível a longa mesa por inteiro, com uma bandeja amarela e roxa de frutas no centro. O que ela tinha aprontado, perguntou-se a sra. Ramsay, porque o arranjo de uvas e peras de Rose, da casca rosada em formato de chifre das bananas, lembrava-lhe um troféu trazido do fundo do mar, do banquete de Netuno, no cacho que pende com folhas de parreira sobre os ombros de Baco (em um quadro qualquer), entre as peles de leopardo e as tochas cintilando vermelho e dourado... Trazido assim subitamente à luz, ele parecia possuir tamanho e profundidade enormes, como um mundo para onde qualquer um poderia levar um cajado e escalar colinas, pensou ela, e descer vales, e para seu prazer (já que aquilo os levava, momentaneamente, a um estado de solidariedade), ela viu que Augustus também banqueteava a mesma bandeja de frutas com os olhos, mergulhando, colhendo uma flor aqui, uma espiga ali, e retornando, depois de ter se empanturrado, à sua colmeia. Era a maneira dele de olhar, diferente da dela. Mas o olhar em conjunto os unia.

Todas as velas estavam acesas agora, e os rostos em ambos os lados da mesa ficaram mais próximos em consequência da luz das velas, e compunham, diferentemente do que tinha acontecido na penumbra, um grupo ao redor de uma mesa, porque a noite havia se separado deles pelas vidraças, que, longe de proporcionar qualquer visão acurada do mundo exterior, ecoavam-no de um modo tão estranho que, ali, dentro da sala, parecia haver ordem e terra firme; lá fora, um reflexo em que as coisas ondulavam e desapareciam, como um fluido.

Alguma mudança se deu imediatamente em todos eles, como se aquilo tivesse realmente acontecido, e todos se tornaram conscientes de compor um grupo coeso em um buraco, em uma ilha; tinham uma causa comum contra a fluidez lá fora. A sra. Ramsay, que andara inquieta, esperando que Paul e Minta chegassem, e incapaz, sentia, de finalizar os preparativos, percebia agora que seu desconforto havia se tornado expectativa. Porque agora eles tinham que chegar, e Lily Briscoe, tentando analisar o motivo da súbita animação, comparou-a com aquele momento na quadra de tênis, em que a solidez desapareceu subitamente e espaços tão vastos se formaram entre eles; e, agora, o mesmo efeito era produzido pelas muitas velas na sala parcamente mobiliada, e pelas janelas sem cortina, e pelos rostos com um aspecto de máscara brilhante, sob a luz das velas. Algum peso fora retirado de cada um deles; qualquer coisa podia acontecer, ela sentia. Eles devem chegar agora, pensou a sra. Ramsay, olhando para a porta e, naquele instante, Minta Doyle, Paul Rayley e uma criada, carregando uma grande bandeja nas mãos, entraram juntos. Estavam terrivelmente atrasados; estavam horrivelmente atrasados, disse Minta, enquanto tomavam seu lugar em diferentes pontas da mesa.

— Eu perdi o meu broche... o broche da minha avó — disse Minta, com um tom de lamento na voz e uma torrente nos grandes olhos castanhos, olhando para um lado e para o outro, enquanto se sentava ao lado do sr. Ramsay, o que despertou de tal maneira seu cavalheirismo que ele lhe fez alguns gracejos.

Como ela podia ser tão tola, perguntou ele, a ponto de perambular em meio às rochas usando joias?

Era evidente que ela morria de medo dele — ele era tão terrivelmente inteligente, e na primeira noite em que se sentou ao lado dele, e ele falou sobre George Eliot, ela realmente se apavorara, pois tinha esquecido o terceiro volume de Middlemarch no trem e nunca soube o que acontecia no fim; mas, depois disso, adaptou-se perfeitamente, e até se fazia parecer mais ignorante do que era, simplesmente porque ele gostava de lhe dizer que era uma tola. Então, nessa noite, a partir do exato momento em que ele riu dela, ela não se sentiu mais amedrontada. Além disso, ela percebeu, assim que entrou na sala, que o milagre acontecera; ela estava envolta em sua névoa dourada. Isso ocorria algumas vezes; outras, não. Nunca sabia por que ela aparecia, nem por que sumia, ou se tinha aparecido, até que entrasse na sala e, então, sabia instantaneamente pela forma como algum homem olhava para ela. Sim, nessa noite ela tinha aparecido, tremendamente; ela sabia pelo jeito como o sr. Ramsay lhe dissera para não ser uma tola. Sentou-se ao lado dele, sorrindo.

Então, deve ter acontecido, pensou a sra. Ramsay; estão noivos. E, por um momento, sentiu o que nunca esperava sentir de novo — ciúmes. Porque ele, seu marido, também sentia... o brilho de Minta; ele gostava desse tipo de garota, essas moças meio ruivas, meio loiras, com algo de esvoaçante, um ar tanto quanto selvagem e leviano, que não "prendiam o cabelo", que não eram, como ele falava, referindo-se à pobre Lily Briscoe, "pequeninas". Havia determinado atributo que ela mesma não tinha, certo esplendor, certa riqueza, que o atraía, que o divertia, que o levava a tornar garotas como Minta suas favoritas. Elas podiam cortar o cabelo dele, trançar correntes de relógio para ele, ou interrompê-lo no trabalho, chamando-o (ela as ouvia): — Venha conosco, sr. Ramsay; agora é nossa vez de acabar com eles — e lá ia ele jogar tênis.

Mas, na verdade, ela não era ciumenta, apenas vez ou outra, quando se obrigava a se olhar no espelho, um tanto quanto ressentida por ter envelhecido, talvez por sua própria culpa. (A conta da estufa e todo o resto.) Sentia-se grata por rirem dele. (— Quantos cachimbos fumou hoje, sr. Ramsay? — e assim por diante), até que ele parecesse um jovem rapaz; um homem muito atraente para as mulheres, não sobrecarregado, não curvado pelo peso da imensidão de seus trabalhos e pelas mágoas do mundo e por sua fama ou seu fracasso, mas, novamente, assim como ela o havia conhecido, abatido, porém galante; ajudando-a a descer de um barco, lembrou-se ela; com modos deliciosos, como agora (ela olhou para ele, e ele parecia espantosamente jovem, provocando Minta). Quanto a ela — Pode colocar ali — disse, ajudando a moça suíça a pousar gentilmente diante dela a enorme panela marrom em que estava o BOEUF EN DAUBE — quanto a ela, ela gostava de seus homens tolos. Paul tinha que se sentar ao lado dela. Ela tinha guardado um lugar para ele. De fato, ela às vezes pensava que gostava mais dos tolos. Eles não aborreciam ninguém com suas dissertações. Afinal, havia tanta coisa de que não se davam conta, esses homens tão inteligentes! Na verdade, tornavam-se ressequidos demais. Havia algo, pensou ela enquanto se sentava, de muito encantador em Paul. Agradavam-lhe seus modos, e o nariz afilado e os brilhantes olhos azuis. Ele era tão atencioso. Será que ele lhe contaria — agora que todos tinham voltado a conversar — o que tinha acontecido?

— Nós voltamos para procurar o broche de Minta — ele disse, sentando-se ao lado dela. "Nós", aquilo já era o suficiente. Ela sabia, pelo esforço, pela elevação em sua voz para superar uma palavra difícil, que era a primeira vez que ele dissera "nós". — Nós fizemos isso, nós fizemos aquilo. — Eles vão dizer isso durante toda a vida deles, pensou ela, e um refinado aroma de azeitonas e azeite e molho se erguia da grande panela marrom quando Marthe, com um discreto floreio, levantou a tampa. A cozinheira despendera três dias nesse prato. E ela tinha que tomar muito cuidado, pensou a sra. Ramsay, mergulhando no delicado caldo, para escolher um pedaço especialmente tenro para William Bankes. E deu uma espiada dentro da panela, com as paredes brilhantes e a confusão de saborosas carnes amarelas e marrons e as folhas de louro e o vinho, e pensou: Isto vai celebrar a ocasião — uma curiosa sensação surgindo nela, excêntrica e delicada ao mesmo tempo, de estar comemorando um festival, como se duas emoções estivessem se entranhando nela, uma delas profunda — pois o que poderia ser mais sério do que o amor de um homem por uma mulher, o que de mais preponderante, mais impressionante, carregando em seu peito as sementes da morte; ao mesmo tempo, esses amantes, essas pessoas que adentravam a ilusão com os olhos cintilantes, deveriam ser envolvidas por uma dança jocosa, portando grinaldas.

— É um triunfo — disse o sr. Bankes, largando a faca por um instante. Ele tinha comido com atenção. Estava suntuoso; estava tenro. Estava perfeitamente cozido. Como ela conseguia fazer essas coisas nas profundezas do campo?, perguntou-lhe. Ela era uma mulher maravilhosa. Todo o seu amor, toda a sua reverência, tinha voltado; e ela sabia disso.

— É uma receita francesa da minha avó — disse a sra. Ramsay, falando com um tom de grande prazer na voz. Claro que era francesa. O que passa por culinária na Inglaterra é uma abominação (eles concordaram). É mergulhar repolhos na água. É assar a carne até virar couro. É tirar as deliciosas cascas dos vegetais. — Onde — disse o sr. Bankes — toda a virtude do vegetal está contida. — E o desperdício, disse a sra. Ramsay. Uma família francesa inteira poderia viver daquilo que uma cozinheira inglesa joga fora. Impulsionada pela sensação de que a afeição de William por ela voltara, e de que tudo estava bem novamente, e que seu suspense acabara, e que agora ela estava livre para triunfar e zombar, ela ria, ela gesticulava, até Lily pensar: Que infantilidade, que absurdo a forma como se portava, ali sentada com toda a sua beleza novamente desabrochada, falando sobre as cascas dos vegetais. Havia algo amedrontador nela. Ela era irresistível. No fim, sempre conseguia o que queria, pensou Lily. Agora mesmo, tinha arquitetado aquilo — Paul e Minta, podia-se supor, estavam noivos. O sr. Bankes estava jantando aqui. Ela enfeitiçava todos eles, desejando, de uma maneira tão simples, tão direta, e Lily contrastava aquela abundância com a própria pobreza de espírito, e supôs que era em parte essa crença (pois seu rosto estava todo iluminado — sem parecer jovem, ela parecia radiante) nessa estranha e aterrorizante característica, que fazia Paul Rayley, o centro de tudo aquilo, estremecer todo, ainda que abstraído, absorto, calado. A sra. Ramsay, sentia Lily, enquanto falava sobre as cascas dos vegetais, exaltava isso, idolatrava isso; colocava as mãos sobre isso para reconfortá-los, para proteger e, no entanto, tendo causado tudo aquilo, de certo modo ria, conduzia suas vítimas, sentia Lily, ao altar. Agora, também a dominava — a emoção, a vibração do amor. Como se sentia discreta ao lado de Paul! Ele, brilhante, fervoroso; ela, distante, satírica; ele, pronto para a aventura; ela, atracada ao porto; ele, projetado, incauto; ela, solitária, abandonada — e disposta a implorar sua parte, mesmo que fosse um desastre, o desastre dele, ela disse timidamente:

— Quando Minta perdeu o broche?

Ele sorriu o mais belo dos sorrisos, velado pela memória, tingido pelos sonhos. Ele balançou a cabeça. — Na praia — disse ele.

— Vou encontrá-lo — disse ele — vou me levantar cedo.

— É um segredo que Minta não pode saber, ele baixou a voz,

e voltou os olhos para onde ela estava sentada, rindo, ao lado do sr. Ramsay.

Lily queria protestar com violência e ultraje seu desejo de ajudá-lo, antevendo, no amanhecer, na praia, que seria ela quem se lançaria sobre o broche meio oculto por alguma pedra, fazendo-se incluir, assim, entre os marinheiros e os aventureiros. Mas o que ele respondeu diante de sua oferta? Ela realmente disse com uma emoção que raramente deixava transparecer: — Deixe-me ir com você — e ele riu. Ele quis dizer sim ou não — até mesmo talvez. Mas não foi o que ele quis dizer com aquilo — foi a estranha risada que deu, como se tivesse dito: Jogue-se do penhasco se quiser, não me importo. Ele acendeu no rosto dela o calor do amor, seus horrores, sua crueldade, sua falta de escrúpulos. Isso fazia com que ela ardesse, e Lily, olhando para Minta, mostrando-se encantadora para o sr. Ramsay na outra ponta da mesa, estremeceu por ela estar exposta àquelas presas, e se sentiu grata. Porque, de qualquer maneira, disse para si mesma, notando o saleiro em cima do desenho da tolha, ela não precisava se casar, graças aos Céus: não precisava passar por essa degradação. Estava a salvo dessa prostração. Ela mudaria a árvore ainda mais para o meio.

Tal era a complexidade das coisas. Porque o que acontecia com ela, especialmente quando se hospedava na casa dos Ramsay, é que era levada a sentir violentamente duas emoções opostas ao mesmo tempo; isso é o que você sente, era uma delas; isso é o que eu sinto, era a outra; e então, elas combatiam uma à outra em sua mente, como agora. É tão bonito, tão excitante, esse amor, que me abalo ao me deparar com ele, e me ofereço, algo completamente diferente de meu costume, para procurar um broche na praia; além disso, trata-se da mais estúpida, da mais bárbara das paixões humanas, e transforma um jovem e gentil rapaz com o perfil de uma pedra preciosa (o de Paul era primoroso) em um brutalhão com um pé de cabra (ele se mostrava presunçoso, insolente), na estrada Mile End. Mas, disse para si mesma, desde o início dos tempos, odes têm sido cantadas ao amor; coroas e rosas empilhadas; e, se perguntarmos, nove entre cada dez pessoas diriam não querer nada além de... amor; enquanto as mulheres, a julgar pela própria experiência, estariam o tempo todo sentindo: Não é isso que nós queremos; não há nada mais entediante, pueril e desumano do que isso; ainda assim, também é bonito e necessário. E daí, e daí?, perguntou ela, de alguma forma esperando que os outros continuassem com a discussão, como se, em um debate como aquele, cada um arremessasse seu pequeno dardo que não atingiria o alvo, obviamente, e confiasse aos outros a tarefa de levá-lo adiante. Então, ela voltou a ouvir o que eles diziam no caso de lançarem alguma luz sobre a questão do amor.

— E — disse o sr. Bankes — ainda há aquele líquido que os ingleses chamam de café.

— Ah, o café! — disse a sra. Ramsay. Mas era muito mais uma questão (ela estava completamente exaltada, Lily podia perceber, e falava muito enfaticamente) de manteiga de verdade e leite puro. Falando com ardor e eloquência, ela descreveu a iniquidade do sistema de laticínios inglês, e em que estado o leite era entregue de porta em porta, e estava a ponto de provar suas acusações, já que tinha analisado a questão, quando, ao redor de toda a mesa, começando com Andrew bem no meio, como um fogo saltando de um arbusto de mato ao outro, seus filhos começaram a rir; o marido ria; estavam rindo dela, cercada pelo fogo, forçada a baixar a crista, a fazer apear as baterias, restando-lhe apenas, como única retaliação, apresentar ao sr. Bankes a zombaria e o escárnio da mesa como exemplo daquilo que sofreria quem atacasse os preconceitos do povo britânico.

De propósito, no entanto, pois ela colocara na cabeça que Lily, que a tinha ajudado com o sr. Tansley, estava indiferente a tudo aquilo, excluindo-a do resto; disse: — Lily, de um jeito ou de outro, concorda comigo — e, assim, trouxe-a para a conversa, um tanto quanto agitada, um tanto quanto assustada. (Pois ela estava pensando sobre o amor.) Eles estavam, ambos, indiferentes à conversa, estivera pensando a sra. Ramsay, tanto Lily quanto Charles Tansley. Sofriam ambos em virtude do brilho dos outros dois. Ele, ficara claro, sentia-se inteiramente alheio; nenhuma mulher olharia para ele com Paul Rayley na sala. Coitado! Mas ele tinha a sua dissertação, a influência de alguém sobre algo: podia tomar conta de si mesmo. Com Lily era diferente. Ela esmaecia diante do brilho de Minta; tornava-se mais imperceptível do que nunca, em seu vestidinho cinza, com o pequeno rosto enrugado e os miúdos olhos chineses. Tudo nela era tão diminuto. Ainda assim, pensou a sra. Ramsay, comparando-a com Minta, enquanto pedia a colaboração dela (porque Lily deveria confirmar que ela não falava sobre as leiterias mais do que o marido sobre as botas — ele podia falar por horas sobre suas botas), aos quarenta anos, Lily vai ser a melhor das duas. Havia em Lily a continuidade de algo; a centelha de algo; uma característica só dela que a sra. Ramsay realmente apreciava, mas que homem nenhum, temia ela, apreciaria. É claro que não, a menos que fosse um homem muito mais velho, como William Bankes. Mas, por outro lado, ele se importava, bom, a sra. Ramsay às vezes pensava que ele se importava, desde a morte da mulher, talvez por causa dela. Ele não estava, obviamente, "apaixonado"; era uma daquelas afeições inclassificáveis que existem aos montes. Ah, mas que bobagem, pensou; William deve se casar com Lily. Eles têm tantas coisas em comum. Lily gosta tanto de flores. São ambos frios e distantes e bastante autossuficientes. Ela ia arranjar tudo para que dessem uma longa caminhada juntos.

Tolamente, ela os tinha colocado na frente um do outro. Isso poderia ser remediado amanhã. Se o tempo estivesse bom, eles deveriam sair para um piquenique. Tudo parecia possível. Tudo parecia correto. Nesse exato momento (mas isso não pode durar, ela pensou, dissociando-se do instante, enquanto todos estavam falando sobre botas), nesse exato momento, ela tinha alcançado a segurança; pairava no ar como um falcão em pleno voo; como uma bandeira, flutuava em um elemento de alegria que preenchia cada nervo de seu corpo plena e docemente, sem ruídos, porém solenemente, pois ele surgia, pensou ela, olhando para todos que ali comiam, do marido e dos filhos e dos amigos; tudo isso subindo nessa profunda quietude (ela estava servindo mais um pedaço bem pequeno para William Bankes, e deu uma olhada no fundo da panela de barro) parecia, naquele instante, por nenhuma razão especial, pairar ali como uma fumaça, como um vapor ascendendo aos céus, mantendo-os juntos e em segurança. Nada precisava ser dito; nada podia ser dito. Ele estava ali, ao redor de todos eles. Fazia parte, sentia ela, cuidadosamente servindo um pedaço especialmente tenro ao sr. Bankes, da eternidade; exatamente como ela já se sentira a respeito de algo diferente, certa vez, antes daquela tarde; há uma coerência nas coisas, uma estabilidade; algo, ela quis dizer, está imune às mudanças, e reluz (ela olhou para a janela com sua onda de luzes refletidas) em meio ao fluido, ao fugaz, ao espectral, como um rubi; de maneira que, mais uma vez essa noite, ela tinha a sensação, que já tivera ainda hoje, de paz, de repouso. Desses momentos, pensou ela, é feito aquilo que permanece para sempre.

— Sim — ela assegurou William Bankes — tem de sobra para todos.

— Andrew — disse ela — abaixe o prato, senão vou derramar. — (O BOEUF EM DAUBE era um perfeito triunfo.)

Nesse instante, ela sentiu, largando a colher, onde cada um poderia se mover ou apenas repousar; onde ela podia agora esperar (todos tinham sido servidos), escutando; poderia então, como um falcão que subitamente se precipita de sua posição privilegiada, facilmente se mostrar e cair na gargalhada, largando todo o peso sobre aquilo que, na outra ponta da mesa, o marido estava dizendo a respeito da raiz quadrada de mil, duzentos e cinquenta e três. Aparentemente, esse era o número que figurava no relógio dele.

O que significava tudo aquilo? Até hoje, ela não tinha a mínima ideia. Uma raiz quadrada? O que era aquilo? Seus filhos sabiam. Ela se apoiava neles; quanto a raízes cúbicas e quadradas; era sobre aquilo que falavam agora; sobre Voltaire e Madame de Staël; o caráter de Napoleão; o sistema francês de posse de terras; Lord Rosebery; as memórias de Creevey: ela deixou que tudo aquilo a protege e sustentasse, essa admirável trama da inteligência masculina, que corria para cima e para baixo, atravessava este e aquele caminho, como vigas de ferro cruzando a estrutura em balanço, defendendo o mundo, de maneira que ela poderia confiar em si própria sem ressalvas, até mesmo fechar os olhos ou piscar por uns instantes, como uma criança que, do travesseiro, olha para cima e pisca ao ver as miríades de camadas das folhas de uma árvore. E, então, ela despertou. Tudo ainda estava sendo armado. William Bankes estava elogiando os romances da série Waverley.

Lia um deles a cada seis meses, disse ele. E por que isso deveria irritar Charles Tansley? Ele se intrometeu (tudo, pensou a sra. Ramsay, por Prue não ser simpática com ele) e criticou os romances da série Waverley, mesmo não sabendo nada a respeito deles, absolutamente nada, pensou a sra. Ramsay, mais o observando do que escutando o que dizia. Ela era capaz de perceber qual era o problema pelo modo de falar — ele queria se impor, e seria sempre assim, até que conseguisse o cargo de professor na universidade ou se casasse, não necessitando mais ficar sempre dizendo: — Eu... eu... eu. — Pois era sobre isso essa sua crítica ao pobre sr. Walter, ou talvez a Jane Austen. — Eu... eu... eu. — Ele estava pensando em si mesmo e na impressão que estava causando, como ela podia concluir do tom de sua voz e da ênfase e inquietação. O sucesso seria bom para ele. De qualquer forma, eles tinham começado de novo. Agora, ela não precisava ouvir. Não duraria, ela sabia, mas, naquele momento, seus olhos estavam tão límpidos que pareciam circular pela mesa desvelando cada uma daquelas pessoas, e seus pensamentos e sentimentos, sem esforço, como uma luz furtiva debaixo d'água, fazendo com que suas ondulações e os juncos dentro dela e os peixinhos agitados e a inesperada e silenciosa truta ficassem todos iluminados, suspensos, trêmulos. Era assim que ela os via; que os ouvia; entretanto, qualquer coisa que eles diziam também tinha essa qualidade, como se o que haviam dito fosse como o movimento de uma truta quando, simultaneamente, pode-se ver a ondulação e o cascalho, algo à direita, algo à esquerda; e o todo se mantinha íntegro; porque, ao passo que na vida ativa ela estaria conectando e separando uma coisa da outra; ela estaria dizendo que gostava dos romances da série Waverley ou que não os tinha lido; ela estaria se obrigando a avançar; agora, ela nada dizia. Nesse instante, permanecia em suspenso.

 — Ah, mas por quanto tempo o senhor acredita que isso vai durar? — alguém disse. Era como se ela tivesse antenas vibrando, e ao interceptar determinadas frases, elas as trouxessem à sua atenção. Essa era uma delas. Farejara perigo na direção do marido. Uma pergunta dessas levaria quase certamente a dizerem algo que o faria se lembrar do próprio fracasso. Por quanto tempo ele seria lido... ele pensaria nisso imediatamente. William Bankes (que estava inteiramente livre dessa vaidade) riu, e disse que não dava qualquer importância às mudanças em voga. Quem poderia dizer o que duraria — seja em literatura, seja, na verdade, em qualquer outra coisa?

— Vamos apreciar o que apreciamos de verdade — disse ele. Para a sra. Ramsay, a integridade dele parecia extremamente admirável. Ele jamais parecia pensar, nem por um momento, Mas como isso me afeta? No entanto, por outro lado, quem tivesse o temperamento oposto, que precisa ser elogiado, que precisa ser encorajado, naturalmente começaria (e ela sabia que o sr. Ramsay estava começando) a se sentir inquieto; a querer que alguém dissesse: Ah, mas o seu trabalho há de durar, sr. Ramsay, ou algo do tipo. Ele agora mostrava sua inquietação a olhos vistos, dizendo, com certa irritação, que, para ele, de alguma maneira, Scott (ou era Shakespeare?) duraria por toda a vida. Disse isso impaciente. Todo mundo, pensou ela, se sentiu um pouco desconfortável, sem saber o motivo. Então, Minta Doyle, cujo instinto era apurado, disse com toda a franqueza, inesperadamente, que não acreditava que alguém realmente gostasse de ler Shakespeare. O sr. Ramsay afirmou, sombriamente (mas a mente dele estava voltada para outra coisa de novo), que pouquíssimas pessoas gostavam de lê-lo tanto quanto diziam. Mas, ainda assim, acrescentou, há considerável mérito em algumas de suas peças, e a sra. Ramsay viu que, de qualquer modo, por enquanto estava tudo bem; ele riria de Minta, e ela, notou a sra. Ramsay, percebendo a extrema ansiedade dele quanto a si próprio, faria, à sua maneira, com que fosse acudido e o elogiaria, de um jeito ou de outro. Porém ela desejava que aquilo não fosse necessário: talvez fosse culpa dela que aquilo fosse necessário. De qualquer forma, agora ela estava livre para ouvir o que Paul Rayley estava tentando dizer a respeito dos livros que liam quando eram crianças.

Aqueles duravam, dizia ele. Ele tinha lido algo de Tolstói na escola. Havia um do qual ele sempre se lembrava, mas tinha esquecido o nome. Os nomes russos eram impossíveis, disse a sra. Ramsay. — Vronsky — disse Paul. Ele se lembrava daquele porque sempre pensou ser um nome bom para um vilão. — Vronsky — repetiu a sra. Ramsay. — Ah, Ana Karênina — mas aquilo não os levava muito longe; os livros não eram a especialidade deles. Não, Charles Tansley corrigiria ambos a respeito de livros em um segundo, entretanto, estava tudo tão misturado com, Estou dizendo a coisa certa? Estou causando uma boa impressão? que, no fim das contas, ficaram sabendo mais sobre ele do que sobre Tolstói, contudo, o que Paul estava dizendo era simplesmente sobre a coisa, não sobre si mesmo, nada mais. Como todas as pessoas ignorantes, ele também tinha um tipo de modéstia, uma consideração pelo que o outro estava sentindo que, pelo menos de vez em quando, ela achava atraente. Agora, ele estava pensando não nele mesmo, ou em Tolstói, e sim se ela estava com frio, se estava sentindo uma corrente de ar, se não gostaria de uma pera.

Não, disse ela, ela não queria uma pera. Na verdade, ela estivera vigiando com ciúmes a bandeja de frutas (sem perceber), esperando que ninguém a tocasse. Seus olhos vagavam entre as curvas e sombras da fruta, os ricos tons púrpura das uvas das terras baixas, e, depois, sobre os sulcos calejados da casca, interpondo um amarelo contra um roxo, um formato curvo contra um redondo, sem saber o porquê de fazê-lo, ou por que, cada vez que o fazia, sentia-se mais e mais serena; até que, ah, que pena que tivessem de fazer aquilo — uma mão se estendeu, pegou uma pera, e estragou tudo. Lançou um olhar de empatia para Rose. Olhou para Rose, sentada entre Jasper e Prue. Que estranho que a própria filha fosse capaz de fazer aquilo!

Que estranho vê-los ali sentados, em uma fileira, seus filhos, Jasper, Rose, Prue, Andrew, quase em silêncio, mas com alguma piada interna circulando, deduziu ela, pela contração dos lábios deles. Era algo completamente à parte de todo o resto, algo que estavam guardando para rir no próprio quarto. Não era sobre o pai deles, esperava ela. Não, achava que não. O que seria, perguntava-se, bastante triste, pois lhe parecia que iriam rir quando ela não estivesse presente. Tudo aquilo estava escondido detrás daqueles rostos bastante endurecidos, imóveis, como máscaras, pois eles não se integravam com facilidade; eram como observadores, inspetores, um tanto quanto sobressaltados ou separados dos adultos. Mas, quando olhava para Prue nessa noite, via que aquilo não era verdade no caso dela. Ela estava apenas começando, apenas se mexendo, apenas descendo. No rosto dela, via-se a mais fraca das luzes, como se o brilho de Minta, à sua frente, certa emoção, certa expectativa de felicidade se refletisse nela, como se o sol do amor de homens e mulheres surgisse sobre a borda da toalha e, sem saber do que se tratava, ela se inclinasse em sua direção e o cumprimentasse. Continuou olhando para Minta, com timidez, mas curiosidade, de maneira que a sra. Ramsay olhava de uma para a outra e dizia, falando com Prue na própria mente: Algum dia, você será tão feliz quanto ela nesta ocasião. Você será muito mais feliz, acrescentou, porque é minha filha, queria dizer; a própria filha deve ser mais feliz do que a filha dos outros. Mas o jantar tinha acabado. Era hora de saírem. Estavam somente remexendo os restos no prato. Ela esperaria até que parassem de rir de alguma história que o marido estava contando. Ele estava fazendo alguma brincadeira com Minta sobre uma aposta. Então, ela se levantaria.

Ela gostava de Charles Tansley, pensou, subitamente; gostava da risada dele. Gostava dele por se irritar tanto com Paul e Minta. Gostava de seu embaraço. Havia muita coisa naquele jovem rapaz, no fim das contas. E Lily, pensou ela, colocando o guardanapo ao lado do prato, ela sempre tem alguma piada só dela. Ninguém precisava se preocupar com Lily. Ela esperou. Ela colocou o guardanapo embaixo da borda do prato. Bom, tinham terminado agora? Não. Aquela história levara a outra. Seu marido estava bastante animado essa noite, e querendo, supunha ela, acertar as contas com o velho Augustus depois daquela cena da sopa, trazendo-o para a conversa — estavam fazendo relatos sobre alguém que ambos tinham conhecido na faculdade. Ela olhou para a janela contra a qual as chamas das velas ardiam com ainda mais luminosidade agora que as vidraças estavam escuras e, olhando para o lado de fora, as vozes chegavam até ela de uma forma muito estranha, como se fossem vozes em alguma missa em uma catedral, porque ela não ouvia as palavras. As súbitas gargalhadas e, então, uma voz (a de Minta) falando sozinha, fizeram-na se lembrar de homens e meninos entoando as palavras latinas de uma missa em alguma catedral católico-romana. Ela esperou. O marido falava. Estava repetindo algo, e ela sabia ser poesia, pelo ritmo e tom de exultação e melancolia na voz dele:

> *Venha aqui fora e escale a trilha do jardim,*
> *Luriana, Lurilee.*
> *A rosa-da-china está florescendo e*
> *zumbindo com a abelha amarela.*

As palavras (ela estava olhando para a janela) soavam como se estivessem flutuando como flores sobre a água lá fora, separadas deles todos, como se ninguém as tivesse dito, vindo à existência por elas mesmas.

> *E todas as vidas que já vivemos e*

todas as vidas ainda por existir
Estão cheias de árvores e folhas inconstantes.

Ela não sabia o que significavam, mas, assim como a música, as palavras pareciam ser faladas por sua própria voz, fora dela mesma, dizendo com muita facilidade e naturalidade o que tinha estado na mente dela a noite toda enquanto dizia coisas diferentes. Ela sabia, sem olhar ao redor, que cada uma das pessoas à mesa ouvia a voz dizendo:

Pergunto-me se isso também lhe parece, Luriana, Lurilee

com o mesmo tipo de alívio e prazer que ela tinha, como se aquilo fosse, no fim das contas, a coisa natural a se dizer, como se fosse a própria voz deles falando.

Mas a voz tinha parado. Ela olhou em volta. Obrigou-se a se levantar. Augustus Carmichael também tinha se levantado e, segurando o guardanapo de modo que se parecesse com uma longa túnica branca, pôs-se de pé, cantando:

Para ver os reis passarem cavalgando
Sobre a grama e as margaridas
Com suas folhas de palmeira e de cedro
Luriana, Lurilee,

e quando ela passou por ele, ele se virou ligeiramente para ela, repetindo as últimas palavras:

Luriana, Lurilee

e lhe fez uma reverência como se lhe prestasse uma homenagem. Sem saber o porquê, ela sentia que ele gostava mais dela do que jamais gostara antes; e, com um sentimento de alívio e gratidão, retribuiu-lhe a reverência e passou pela porta que ele mantinha aberta para ela.

Agora, era necessário levar tudo um passo adiante. Com o pé na soleira da porta, ela esperou por mais um momento, em uma cena que desaparecia no exato instante em que ela a olhava, e então, enquanto se movia e tomava o braço de Minta e saía da sala, a cena mudou, configurou-se de uma maneira diferente; ela sabia, lançando-lhe um último olhar por cima do ombro, que já se tornara passado.

18

Como de costume, pensou Lily. Sempre havia algo que tinha de ser feito naquele momento preciso, algo que a sra. Ramsay havia decidido que deveria ser feito instantaneamente por motivos conhecidos só por ela, mesmo que fosse quando todos estavam em pé fazendo piadas, como agora, incapazes de decidir se iam para a sala de fumar, a sala de estar, se subiriam para o sótão. Então, viram a sra. Ramsay, no meio daquela agitação, ali parada, de braço dado com Minta, considerar ela mesma, — Sim, agora é a hora — e, então, sair imediatamente, com um ar misterioso, para fazer algo sozinha. E, prontamente, ela passou por uma espécie de desintegração; eles vacilaram, foram por rumos diferentes, o sr. Bankes pegou Charles Tansley pelo braço e saiu com ele para o terraço para terminar a discussão sobre política que tinham começado durante o jantar, causando, assim, uma reviravolta em toda a estabilidade da noite, fazendo o peso recair em uma direção distinta, como se, pensou Lily, ao vê-los sair, e escutando uma ou outra palavra sobre a política do Partido Trabalhista, eles tivessem ido para a ponte de comando do navio para combinar o paradeiro deles;

a mudança de poesia para política lhe causara essa impressão; então, o sr. Bankes e Charles Tansley saíram, ao passo que os outros ficaram olhando a sra. Ramsay subindo as escadas sozinha à luz do lampião. Para onde, perguntou-se Lily, ela ia com tanta rapidez?

Não que ela de fato estivesse correndo ou com pressa; na verdade, ia bastante devagar. Sentia-se bastante inclinada, apenas por um momento, a ficar quieta depois de toda aquela conversa, e a se concentrar em algo em particular; o que importava; removê-lo; separá-lo; limpá-lo de todas as emoções e futilidades e, assim, segurá-lo diante de si, e levá-lo ao tribunal onde, dispostos em conclave, sentavam-se os juízes que ela instituíra para decidir sobre essas coisas. É bom, é ruim, é certo ou errado? Para onde estamos todos indo?, e assim por diante. Então, ela se recuperou depois do choque do evento, e de maneira bastante inconsciente e contraditória, usou os galhos dos olmos lá fora para ajudá-la a estabilizar sua posição. Seu mundo estava mudando: eles estavam imóveis. O evento lhe dera uma sensação de movimento. Tudo deveria estar em ordem. Devia acertar isto e acertar aquilo, pensou ela, insensivelmente aprovando a dignidade da quietude das árvores, e agora, mais uma vez, da magnífica ascensão (como a proa de um navio subindo uma onda) dos galhos do olmo à medida que o vento os elevava. Porque estava ventando (ela se pôs de pé por um momento para olhar para fora). Estava ventando, fazendo com que, vez ou outra, as folhas revelassem uma estrela, e as próprias estrelas pareciam estar tremendo e disparando luz e tentando brilhar por entre as bordas das folhas. Sim, aquilo então estava feito, cumprido; e, como acontece com todas as coisas realizadas, tornara-se solene. Agora, um pensamento a respeito, isento de conversas e emoções, parecia que sempre tinha existido, só que, agora, fora exposto e, ao ser exposto, tornava tudo estável. Eles voltariam àquela noite, pensou, continuando novamente, não importando quanto tempo vivessem; àquela lua; àquele vento; àquela casa: e a ela também. Aquilo a lisonjeava, justo no ponto em que era mais suscetível à lisonja, pensar em como, emaranhada como estava no coração deles, assim continuaria enquanto eles vivessem; e isso, e isso, e isso, pensou ela, subindo as escadas, rindo, porém afetuosamente, do sofá no patamar da escada (havia sido da mãe); da cadeira de balanço (do pai); do mapa das ilhas Hébridas. Tudo isso seria revivido novamente na vida de Paul e Minta; "os Rayley"... ela saboreava o novo nome; e sentiu, com a mão na porta do quarto das crianças, aquela comunhão de sentimentos com outras pessoas que a emoção proporciona, como se as paredes da divisória tivessem se tornado tão finas, que praticamente (o sentimento era de alívio e felicidade) haviam se transformado em um fluxo único, e as cadeiras, as mesas, os mapas eram dela, eram deles, não importava de quem eram, e Paul e Minta levariam aquilo adiante quando ela estivesse morta.

Ela girou a maçaneta com firmeza, para que não rangesse, e entrou, contraindo ligeiramente os lábios, como se para lembrar a si mesma que não deveria falar alto. Contudo, logo que entrou, viu, com irritação, que aquela precaução não era necessária. As crianças não estavam dormindo. Era irritante demais. Mildred tinha que ser mais cuidadosa. James estava completamente sem sono, e Cam, sentada, e Mildred fora da cama com os pés no chão, e eram quase onze da noite, e estavam todos conversando. Qual era o problema? Era aquela horrível caveira outra vez. Ela havia dito para Mildred tirá-la dali, mas Mildred, é claro, tinha esquecido, e agora Cam estava completamente desperta, e James estava completamente desperto, discutindo, quando deveriam estar dormindo há horas. O que havia possuído Edward a ponto de lhes enviar aquela horrível caveira? Ela tinha sido tola demais para os deixarem pregá-la ali. Estava bem pregada, disse Mildred, e Cam não podia dormir com ela no quarto, e James gritava se ela tocasse nela.

Mas Cam tinha que dormir (ela tinha chifres grandes, disse Cam)... tinha que dormir e sonhar com adoráveis palácios, disse a sra. Ramsay, sentando-se na cama ao seu lado. Ela conseguia ver os chifres, disse Cam, por todo o quarto. Era verdade. Onde quer que eles colocassem o lampião (e James não podia dormir sem lampião) havia sempre uma sombra em algum lugar.

— Mas pense bem, Cam, é apenas um porco velho — disse a sra. Ramsay — um belo porco preto como os da fazenda. — Mas Cam achava que era algo horrível, ramificando-se até ela por todo o quarto.

— Bom — disse a sra. Ramsay — então, vamos cobri-la — e todos a viram ir até a cômoda, e abrir rapidamente as gavetinhas, uma depois da outra e, ao não ver nada que servisse, tirar rapidamente o próprio xale e o enrolar em volta da caveira, uma vez e outra e outra; e, então, voltou para Cam e pousou a cabeça quase totalmente no travesseiro ao lado dela, e disse como tinha ficado adorável agora; como as fadas amariam aquilo; era como o ninho de um pássaro; era como uma bela montanha igual às que ela tinha visto no exterior, com vales e flores e sinos tocando e pássaros cantando e cabritinhos e antílopes e... Ela podia ver as palavras ecoando, enquanto as pronunciava ritmicamente, na mente de Cam, e Cam repetindo depois dela, que era como uma montanha, o ninho de um pássaro, um jardim, e havia pequenos antílopes, e os olhos dela abriam e fechavam, e a sra. Ramsay continuou a falar com um tom ainda mais monótono, e mais rítmico e mais sem sentido, como ela devia fechar os olhos e dormir e sonhar com montanhas e vales e estrelas cadentes e papagaios e antílopes e jardins, e com tudo que é adorável, disse ela, levantando a cabeça muito devagar e falando mais e mais mecanicamente, até se sentar e ver que Cam estava dormindo.

Agora, murmurou ela, passando para a cama dele, James tem que dormir também, porque, veja bem, disse, a caveira do javali ainda estava ali; elas não tinham tocado nela; tinham feito exatamente o que ele queria; estava ali como antes, intocada. Ele conferiu se a caveira ainda estava lá, debaixo do xale. Mas queria fazer outra pergunta. Iriam ao Farol amanhã?

Não, amanhã não, disse ela, mas, em breve, prometeu para ele; no próximo dia em que o tempo estivesse bom. Ele era muito bonzinho. Deitou-se. Ela o cobriu. Mas ele nunca se esqueceria, ela sabia, e sentiu raiva de Charles Tansley, do marido, e dela mesma, pois tinha alimentado suas esperanças. Então, sentindo falta do xale e se lembrando de que o tinha enrolado em volta da caveira do javali, levantou-se, e abaixou a janela mais alguns centímetros, e ouviu o vento, e inspirou um sopro do ar gelado e perfeitamente indiferente da noite e murmurou boa-noite para Mildred e saiu do quarto e deixou a lingueta da porta se alongar lentamente na fechadura e se afastou.

Ela esperava que ele não batesse os livros dele no chão acima da cabeça deles, pensou ela, ainda pensando em quão irritante Charles Tansley era. Porque nenhuma delas dormia bem; eram crianças irrequietas e, como ele tinha dito coisas como aquela sobre o Farol, parecia-lhe provável que ele derrubasse uma pilha de livros, bem na hora que elas estavam pegando no sono, desajeitadamente os varrendo para fora da mesa com o cotovelo. Porque ela supôs que ele tivesse subido para trabalhar. Ainda que ele parecesse tão desolado; ainda que ela se sentisse aliviada quando ele fosse embora; ainda que ela providenciasse para que o tratassem melhor amanhã; ainda que ele fosse admirável com o marido; ainda que seus modos certamente precisassem melhorar; ainda que ela gostasse da risada dele — pensando nisso, enquanto descia as escadas, ela percebeu que agora podia ver a própria lua pela janela do patamar — a lua cheia amarela — e se voltou, e eles a viram, parada acima deles, na escadaria.

— Essa é a minha mãe — pensou Prue. Sim; Minta deveria olhar para ela; Paul Rayley deveria olhar para ela. Ali estava o elemento genuíno, sentia ela, como se houvesse apenas uma pessoa como aquela no mundo; a sua mãe. E, da pessoa completamente adulta de um instante atrás, conversando com os outros, ela se transformou novamente em uma criança, e tudo o que eles estiveram fazendo até então nada mais era do que um jogo, e será que a mãe aprovaria seu jogo, ou o condenaria?, perguntou-se ela. E, pensando que privilégio era para Minta e Paul e Lily a verem, e sentindo que extraordinária sorte era, para ela, tê-la para si, e que ela nunca cresceria e nunca sairia de casa, disse, como uma criança — Nós pensamos em descer até a praia para observar as ondas.

Instantaneamente, sem qualquer motivo, a sra. Ramsay se tornou uma moça de vinte anos, cheia de alegria. Um clima de farra subitamente tomou conta dela. É claro que deveriam ir; é claro que deveriam ir, ela gritou, rindo; e, descendo rapidamente os últimos três ou quatro degraus, começou a se virar de um para o outro e dando risadas e ajeitando a manta de Minta em volta dela e dizendo que gostaria tanto de poder ir também, e iam demorar muito, e ia ficar tarde demais, e algum deles tinha relógio?

— Sim, Paul tem — disse Minta. Paul tirou um lindo relógio de ouro de um estojo de camurça para mostrar a ela. E, enquanto ele o segurava na palma da mão diante dela, ele sentiu: — Ela sabe tudo a respeito. Não preciso dizer nada.
— Ele lhe dizia, enquanto mostrava o relógio: — Consegui, sra. Ramsay. Devo tudo isso à senhora. — E, vendo o relógio

de ouro na mão dele, a sra. Ramsay sentiu: Como Minta é extraordinariamente sortuda! Está se casando com um homem que tem um relógio de ouro em um estojo de camurça!

— Como gostaria de ir com vocês — exclamou ela. Mas foi contida por algo tão forte que nunca nem sequer pensou em se perguntar o que era. É claro que era impossível para ela ir com eles. Porém teria gostado de ir, não fosse pela outra coisa e, animada pelo absurdo de seu pensamento (que sorte se casar com um homem com um estojo de camurça para o relógio), foi, com um sorriso nos lábios, para a outra sala, onde o marido estava sentado, lendo.

19

É claro, disse para si mesma, entrando na sala, ela tinha de vir até aqui para pegar algo de que precisava. Primeiro, precisava se sentar em uma cadeira específica sob um abajur específico. Mas precisava de algo mais, embora não soubesse, não fosse capaz de imaginar o que seria. Olhou para o marido (pegando a meia e começando a tricotar) e viu que não queria ser interrompido... aquilo estava claro. Ele lia algo que o emocionava muito. Estava meio que sorrindo e, então, ela soube que ele estava controlando sua emoção. Virava as páginas com violência. Estava representando... talvez estivesse pensando que ele era a pessoa no livro. Perguntou-se que livro seria aquele. Ah, era um dos antigos volumes de sr. Walter, viu, ajustando a cúpula do abajur para fazer com que a luz recaísse no tricô. Porque Charles Tansley andava dizendo (olhou para cima como se esperasse ouvir a queda dos livros no andar superior), andava dizendo que as pessoas não liam mais Scott. Então, o marido pensou: — É o que dirão de mim — portanto, saiu e pegou um daqueles livros. E, se ele chegasse à conclusão — É verdade — o que Charles Tansley afirmara, ele aceitaria aquilo que fora dito a respeito de Scott. (Ela podia ver que ele avaliava, considerava, contrapondo uma coisa à outra enquanto lia.) Mas não o que dizia respeito a quem o dissera. Ele estava sempre inseguro quanto a si próprio. Isso a incomodava. Estava sempre se preocupando com os próprios livros... vão ser lidos, são bons, por que não são melhores, o que as pessoas pensam sobre mim? Sem gostar de pensar nele daquela forma, e se perguntando se eles tinham percebido, no jantar, por que de repente ele ficara tão irritado enquanto conversavam sobre fama e livros que duravam, questionando-se se as crianças estavam rindo daquilo, ela arrematou a meia, e todas as delicadas estampas se imprimiram com instrumentos de aço em torno dos seus lábios e da sua testa, e ela foi se tranquilizando, como uma árvore que estivera agitada e balançando e agora, com a brisa caindo, volta, folha por folha, à calma.

Nada daquilo tinha importância, pensou ela. Um grande homem, um grande livro, fama... quem poderia dizer? Ela não sabia nada sobre aquilo. Mas era a atitude dele para consigo mesmo, seu rigor... por exemplo, no jantar, ela estivera pensando muito instintivamente, Se ele pelo menos falasse a respeito! Tinha completa confiança nele. E, pondo tudo isso de lado, assim como se deixa para trás, em um mergulho, ora uma alga, ora um junco, ora uma bolha, ela sentiu novamente, mergulhando mais fundo, como se sentira no saguão enquanto os outros estavam conversando, Há algo de que preciso... algo que vim buscar, e ela afundava cada vez mais, sem saber muito bem o que era, com os olhos fechados. E esperou um pouco, tricotando, imaginando, e lentamente surgiram os versos que haviam recitado durante o jantar, "A rosa-da-china está florescendo e zumbindo com a abelha amarela", começaram lentamente a jorrar de um lado para o outro de sua mente de maneira ritmada, e à medida que jorravam, as palavras, como luzinhas veladas, uma vermelha, outra azul, outra amarela, acendiam na escuridão da sua cabeça, e pareciam abandonar seu poleiro lá no alto para voar de um lado para o outro, ou gritar e virar eco; então, ela se virou e tateou a mesa ao lado em busca de um livro.

E todas as vidas que já vivemos e
todas as vidas ainda por existir
Estão cheias de árvores e folhas inconstantes.

ela murmurou, enfiando as agulhas na meia. E abriu o livro e começou a ler aqui e ali, ao acaso e, à medida que o fazia, sentia-se escalando para trás, para cima, abrindo caminho nas alturas por debaixo de pétalas que se curvavam sobre ela, de modo que ela só sabia que esta é branca, ou esta é vermelha. Ela não tinha a menor ideia, a princípio, do que aquelas palavras queriam dizer.

Conduzam, conduzam para cá suas naves
aladas, exaustos marinheiros.

ela leu e virou a página, balançando-se, ziguezagueando para um lado e para o outro, de uma linha para a outra, como de um galho para o outro, de uma flor branca e uma vermelha para a próxima, até que um leve ruído a despertou... seu marido dando tapinhas nas coxas. Os olhos deles se encontraram por um segundo; mas não queriam falar um com o outro. Não tinham nada para dizer, mas algo parecia, ainda assim, dirigir-se dele para ela. Era a vida, o seu poder, era o terrível humor, ela sabia, que fazia com que ele desse tapinhas nas coxas. Não me interrompa, ele parecia estar dizendo, não diga nada; apenas fique aí sentada. E ele continuou a ler. Seus lábios se contraíram. Isso o preenchia. Fortificava-o. Ele esquecia completamente todos os percalços da noite, e o quanto o entediava, de forma inenarrável ficar sentado, imóvel, enquanto as pessoas comiam e bebiam interminavelmente, e ficar tão irritado com a mulher, e tão sensível e incomodado quando ignoravam seus livros como se simplesmente não existissem. Mas, agora, sentia que não tinha a mínima importância quem chegava ao Z (se o pensamento funcionasse como o alfabeto, de A a Z). Alguém o alcançaria — se não ele, outra pessoa. A força e a sanidade desse homem, sua sensibilidade para as coisas simples e diretas, aqueles pescadores, a pobre criatura velha e enlouquecida no casebre de Mucklebackit o faziam se sentir tão vigoroso, tão aliviado de algo, que ele se sentiu entusiasmado e triunfante e não conseguiu conter as lágrimas. Erguendo um pouco o livro para esconder o rosto, deixou-as escorrer e balançou a cabeça de um lado para o outro e esqueceu de si mesmo completamente (mas não de uma ou duas reflexões sobre a moralidade e os romances franceses e ingleses e as mãos atadas de Scott, mesmo se sua perspectiva fosse tão verdadeira quanto a outra), completamente esquecido das próprias preocupações e fracassos, absorto que estava no afogamento de Steenie e no pesar de Mucklebackit (eis aí Scott na sua melhor forma) e na surpreendente sensação de prazer e vitalidade que isso lhe causava.

Bom, que façam melhor do que isso, pensou ele ao terminar o capítulo. Sentia que andara discutindo com alguém, e levara a melhor. Não podiam superar isso, não importava o que dissessem; e sua própria posição se tornou mais segura. Os amantes eram uma bobagem, pensou ele, reunindo tudo em sua mente de novo. Isso é bobagem, isso é excelente, pensou ele, contrapondo uma coisa à outra. Mas ele tinha de ler aquilo novamente. Não conseguia se lembrar do formato da coisa na íntegra. Tinha de manter o julgamento em suspenso. Então, retornou ao outro pensamento — se os jovens não ligavam para aquilo, naturalmente tampouco ligavam para ele. Não devíamos nos queixar, pensou o sr. Ramsay, tentando reprimir o desejo de reclamar com a mulher, que os jovens não o admiravam. Mas ele estava determinado; não iria incomodá-la novamente. Nesse momento, olhou para ela, lendo. Ela parecia muito tranquila, lendo. Ele gostava de pensar que cada um tinha tomado o próprio rumo e que ele e ela estavam sozinhos. A vida não consistia apenas em ir para a cama com uma mulher, pensou ele, retornando a Scott e a Balzac, ao romance inglês e ao romance francês.

A sra. Ramsay ergueu a cabeça e, como uma pessoa cochilando levemente, parecia dizer que, se ele quisesse que ela acordasse, ela o faria, ela realmente o faria, mas, caso contrário, será que ela podia continuar dormindo, só mais um pouquinho, só mais um pouquinho? Estava escalando aqueles galhos, por aqui e por ali, agarrando uma flor e depois outra.

Tampouco elogiei o carmesim profundo da rosa,

leu ela e, lendo aquilo ela ascendia, sentia ela, ao topo, ao cume. Que satisfação! Que restaurador! Todas as ninharias do dia colavam naquele ímã; sua mente se sentia varrida, sentia-se limpa. E então lá estava ele, subitamente inteiro; ela o segurou nas mãos, belo e razoável, claro e completo, ali... o soneto.

Mas ela começava a perceber que o marido a observava. Estava sorrindo para ela, questionador, como se a estivesse ridicularizando gentilmente, por ela estar dormindo em plena luz do dia, porém, ao mesmo tempo, pensando: Continue lendo. Você não parece triste agora, pensou ele. E ele se perguntou o que ela estava lendo, exagerando sua ignorância, sua simplicidade, porque gostava de pensar que ela não era inteligente, que não tinha qualquer formação. Perguntava-se se ela estava entendendo o que lia. Provavelmente não, pensou.

Era espantosamente bela. Para ele, sua beleza parecia, se é que aquilo era possível, aumentar.

Embora ainda parecesse inverno, e você estivesse longe,
Como uma sombra sua, com estas me diverti de verdade,

ela terminou.

— E então? — ela disse, ecoando seu sorriso como em um sonho, e erguendo os olhos do livro.

Como uma sombra sua, com estas me diverti de verdade, ela murmurou, colocando o livro sobre a mesa.

O que tinha acontecido, ela se perguntava enquanto retomava o tricô, desde que o tinha visto sozinho? Ela se lembrava de ter se vestido, e observado a lua; de Andrew segurando o prato alto demais, no jantar; de ter se sentido deprimida por algo que William dissera; os pássaros nas árvores; o sofá no patamar; as crianças ainda acordadas; Charles Tansley as despertando com seus livros caindo no chão... ah, não, isso ela tinha inventado; e de Paul ter um estojo de camurça para o relógio. Quais dessas situações ela ia contar para ele?

— Eles estão noivos — disse ela, começando a tricotar — Paul e Minta.

— Eu tinha imaginado — disse ele. Não havia muito o que dizer sobre aquilo. A mente dela ainda continuava subindo e descendo, subindo e descendo com a poesia; ele ainda se sentia muito vigoroso, muito direto, após ter lido sobre o funeral de Steenie. Então, ficaram sentados em silêncio. E ela se deu conta de que queria que ele dissesse algo.

Qualquer coisa, qualquer coisa, pensou ela, continuando com o tricô. Qualquer coisa serve.

— Como seria agradável se casar com um homem com um estojo de camurça para o relógio — disse ela, pois esse era o tipo de piada que faziam juntos.

Ele bufou. Sentia, quanto àquele noivado, o que sempre sentia em relação a qualquer noivado; a garota é boa demais para aquele rapaz. Lentamente, ela sentiu lhe vir à cabeça, por que é, então, que queremos que as pessoas se casem? Qual era o valor, o sentido das coisas? (Cada palavra que dissessem agora seria verdadeira.) Diga logo algo, pensou ela, desejando apenas ouvir a voz dele. Porque a sombra, a coisa que os envolvia, estava começando, ela sentia, a se cerrar em torno dela. Diga qualquer coisa, implorava ela, olhando para ele, como que pedindo socorro.

Ele estava quieto, movimentando a argola da corrente do relógio para um lado e para o outro, e pensando nos romances de Scott e de Balzac. Mas, através das paredes crepusculares da intimidade deles, já que estavam se aproximando, involuntariamente, ficando lado a lado, muito próximos, ela podia sentir a mente dele, como uma mão erguida lançando uma sombra sobre a mente dela; e ele estava começando, agora que os pensamentos dela tomavam um rumo que ele não gostava — indo para aquele "pessimismo", como ele o chamava — a ficar agitado, mesmo não dizendo nada, levando a mão à testa, enrolando uma mecha de cabelo, deixando-a cair novamente.

— Você não vai terminar essa meia ainda esta noite — disse ele, apontando para o tricô dela. Era isso que ela queria — a aspereza em sua voz, reprovando-a. Se ele diz que é errado ser pessimista, provavelmente é errado, pensou ela; o casamento será um sucesso.

— Não — disse ela, estendendo a meia sobre o joelho — não vou terminar.

E então, o quê? Porque ela sentia que ele ainda estava olhando para ela, mas que seu olhar tinha mudado. Ele queria algo — queria aquilo que ela sempre achava difícil lhe dar; queria que ela lhe dissesse que o amava. E isso, não, ela não podia fazer. Ele falava com muito mais facilidade do que ela. Ele era capaz de dizer coisas... Ela, jamais. Então, naturalmente, era sempre ele quem as dizia e, assim, por alguma razão, ele subitamente se incomodava com aquilo e a repreendia. Uma mulher sem coração, era como a chamava; ela nunca dizia para ele que o amava. Mas não era assim... não era assim. Ela apenas jamais conseguia dizer o que sentia. Não havia uma migalha no seu casaco? Nada que ela pudesse fazer por ele? Levantando-se, postou-se perto da janela, com as meias marrom-avermelhadas nas mãos, em parte para se afastar dele, em parte porque se lembrava do quão belo aquilo frequentemente era... o mar à noite. Mas ela sabia que ele tinha virado a cabeça quando ela se virou; ele a estava observando. Sabia que ele estava pensando, Você está mais bonita do que nunca. E ela própria se sentia muito bonita. Você não vai me dizer, nem menos uma vez, que me ama? Ele pensava aquilo, porque estava animado, em razão da história de Minta e do livro dele, e porque era o fim do dia, e por terem discutido sobre ir ao Farol. Porém ela não era capaz de fazê-lo; ela não era capaz de dizê-lo. Então, sabendo que ele a estava observando, em vez de dizer algo, ela se virou, segurando a meia, e olhou para ele. E enquanto olhava para ele, ela começou a sorrir, pois, embora não tivesse dito uma palavra, ele sabia, claro que sabia, que ela o amava. Ele não podia negar. E, sorrindo, ela olhou pela janela e disse (pensando consigo mesma: nada sobre a Terra se compara a essa felicidade)...

— Sim, você estava certo. Vai chover amanhã. Não vamos poder ir. — E olhou para ele, sorrindo. Porque ela tinha triunfado uma vez mais. Ela não tinha dito aquilo, mas ele sabia.

O TEMPO PASSA

1

— Bom, devemos esperar que o futuro mostre — disse o sr. Bankes, vindo do terraço.

— Está quase escuro demais para ver — disse Andrew, subindo da praia.

— Quase não dá para dizer o que é mar e o que é terra — disse Prue.

— Devemos deixar aquela luz acesa? — disse Lily enquanto tiravam os casacos dentro de casa.

— Não — disse Prue — não se todo mundo já entrou.

— Andrew — gritou ela — apague logo a luz do saguão.

Uma a uma, as luzes foram apagadas, enquanto o sr. Carmichael, que gostava de ficar acordado um pouco mais lendo Virgílio, manteve a vela acesa por um período bem mais longo do que o restante deles.

2

Então, com as luzes todas apagadas, a lua no horizonte, e uma chuva fina tamborilando no telhado, um aguaceiro de imensa escuridão começou. Nada parecia ser capaz de sobreviver ao dilúvio, à profusão de trevas que, movendo-se furtivamente pelos buracos das fechaduras e pelas frestas, penetrava pelas persianas, atingia os quartos, engolia aqui um jarro e uma bacia, acolá um vaso de dálias vermelhas e amarelas, mais além as quinas pontudas e a solidez de uma cômoda. Não era só a mobília que se confundia; não restava quase nada de corpo ou mente com o qual se poderia dizer: — Isto é ele — ou — Isto é ela. — Às vezes, uma mão se erguia como que para agarrar algo ou, talvez, para se afastar de alguma coisa; ou alguém gemia, ou alguém ria alto, como se partilhasse uma piada com o nada.

Nada se mexia na sala de estar, ou na sala de jantar, ou nas escadarias. Apenas, através das dobradiças enferrujadas e madeiras inchadas pela maresia, certos ares, separados do corpo do vento (afinal, a casa estava em ruínas), insinuavam-se pelos cantos e se aventuravam no interior da residência. Quase era possível fantasiá-los, à medida que entravam na sala de estar questionando e imaginando, brincando com as pontas soltas do papel de parede, perguntando, ainda vai ficar grudado por muito tempo, quando vai cair? Então, roçando suavemente as paredes, passavam adiante, pensativos, como se indagassem às flores vermelhas e amarelas do papel de parede se elas iriam desbotar, e interrogando (com toda a calma, pois tinham tempo de sobra) as cartas rasgadas na cesta de papéis, as flores, os livros, que estavam, agora, todos abertos para eles: Eram aliados? Eram inimigos? Por quanto tempo resistiriam?

Assim, com uma luz aleatória os conduzindo, com seus pálidos passos pelos degraus e pelo capacho, de alguma estrela descoberta, ou navio errante, ou até mesmo do Farol, os pequenos ares subiram as escadarias e farejaram as portas dos quartos. Mas, aqui, certamente, eles devem cessar. O que quer que possa perecer e desaparecer, o que repousa aqui é inabalável. Aqui, podia-se dizer àquelas luzes deslizantes, àqueles atrapalhados ares que sopram e se inclinam sobre o próprio leito, aqui, vocês não podem tocar nem destruir. Diante disso, de uma forma abatida, espectral, como se tivessem dedos tão leves quanto uma pluma e sua ligeira persistência, eles contemplaram, uma única vez, os olhos fechados e as mãos delicadamente entrelaçadas, e, exaustivamente, dobraram as roupas deles e desapareceram. E então, farejando, roçando, foram para a janela das escadarias, para os quartos dos criados, para os baús nos sótãos; descendo, empalideceram as maçãs sobre a mesa da sala de jantar, remexeram nas pétalas das rosas, julgaram o quadro sobre o cavalete, varreram o capacho e sopraram um resto de areia por todo o assoalho. Enfim, desistindo, detiveram-se, reuniram-se, suspiraram todos juntos; todos juntos deixaram escapar a esmo uma rajada de lamentos, retrucada por alguma porta na cozinha se escancarando, sem deixar entrar nada, e batendo com força.

[Nesse instante, o sr. Carmichael, que estava lendo Virgílio, apagou a vela. Passava da meia-noite.]

3

Mas o que é, afinal, uma noite? Um espaço curto, especialmente quando a escuridão diminui tão cedo, e tão cedo um pássaro canta, um galo cacareja, ou um verde desbotado desperta, assim como uma folha revirada no vazio de uma onda. A noite, entretanto, sucede à noite. O inverno estoca um bom punhado delas e as distribui igualmente, com imparcialidade, com dedos infatigáveis. Elas aumentam; elas escurecem. Algumas mantêm lá no alto planetas límpidos, placas de esplendor. As árvores do outono, devastadas como estão, trajam o clarão de bandeiras esfarrapadas ardendo na escuridão dos porões frios das catedrais, onde letras douradas em páginas de mármore descrevem a morte na batalha e como, lá longe, os ossos desbotam e queimam nas areias indianas. As árvores do outono brilham diante do luar amarelo, à luz das luas cheias, a luz que amadurece a energia do trabalho, e suaviza o resíduo, e traz a onda batendo azul na praia.

Agora, parecia como se, tocada pela penitência humana e por todo o seu trabalho, a bondade divina tivesse aberto as cortinas e mostrado, por detrás dela, únicos, distintos, a lebre à espreita; a onda quebrando; o barco sacudindo; os quais, se os merecêssemos, deveriam ser sempre nossos. Mas, que tristeza... a divina bondade, puxando o cordão, fecha as cortinas; isso não lhe agrada; ela cobre seus tesouros com uma enxurrada de granizo, e os rompe de tal maneira, de tal maneira os confunde, que parece impossível que sua calma algum dia retorne, ou que algum dia possamos, de seus fragmentos, recompor um todo perfeito ou ler nas peças espalhadas as claras palavras da verdade. Porque nossa penitência merece apenas um vislumbre; nosso trabalho, apenas uma trégua.

As noites estão agora repletas de vento e destruição; as árvores mergulham e se curvam, e suas folhas voam a esmo até recobrir todo o gramado e acabar aos montes nas bocas-de-lobo, entupindo os bueiros, e espalhando trilhas inundadas. Também o mar se agita e rebenta, e caso algum dorminhoco imagine que possa encontrar na praia uma resposta para suas dúvidas, um comparsa para sua solidão, e se desfaça das roupas de cama e desça sozinho para caminhar na areia, nenhuma imagem que pareça poder ajudá-lo com divina presteza acorrerá prontamente para trazer a noite à ordem e fará o mar refletir a bússola da alma. A mão definha em sua mão; a voz berra em seu ouvido. Parece quase inútil perguntar à noite, em uma confusão dessas, aquelas questões referentes ao quê, e ao porquê, e ao para quê, que atentaram o dorminhoco a sair da cama para buscar uma resposta.

[O sr. Ramsay, tropeçando ao longo de um corredor, em determinada manhã escura, estendeu os braços, contudo, tendo a sra. Ramsay morrido um tanto subitamente na noite anterior, os braços dele, embora estendidos, continuaram vazios.]

4

Assim, com a casa vazia e as portas trancadas e os colchões dobrados, aqueles ares abandonados, guarda avançada de grandes exércitos, rugiam, varriam tábuas nuas, mordiscavam e abanavam, sem nada encontrar nos quartos ou na sala de estar que lhes resistisse completamente, a não ser a tapeçaria que ficava batendo, a madeira que rangia, as pernas nuas das mesas, as panelas e as louças já incrustadas, manchadas, rachadas. O que as pessoas tinham retirado e deixado — um par de sapatos, um chapéu de caça, algumas camisas desbotadas e casacos em armários — somente aquilo conservava a forma humana e, no vazio, indicava como, certa vez, fora recheado e animado; como, certa vez, as mãos tinham estado ocupadas com ganchos e botões; como, certa vez, o espelho retivera um rosto; retivera um mundo cavado, em que uma figura se virava, uma mão surgia, a porta se abria, crianças entravam correndo e tropeçando; e saíam novamente. Agora, dia após dia, a luz se virava, como uma flor refletida na água, sua imagem nítida sobre a parede oposta. Apenas as sombras das árvores, florescendo ao vento, prestavam reverência à parede e, por um instante, escureciam a poça em que a luz se refletia; ou os pássaros, voando, faziam uma leve mancha tremular ao longo do piso do quarto.

E era assim que o encanto e a quietude reinavam e, juntos, compunham a própria forma do encanto, uma forma da qual a vida se separara; solitária como uma poça ao entardecer, muito distante, vista da janela de um trem, desaparecendo tão rapidamente que a poça, pálida ao entardecer, quase não é furtada de sua solidão, apesar de já vista. O encanto e a quietude apertaram as mãos no quarto e, entre os jarros e as cadeiras encobertos, nem mesmo a intromissão do vento e o delicado nariz dos pegajosos ares marinhos, roçando, farejando, afirmando e reiterando suas perguntas — Vocês vão desaparecer? Vocês vão perecer? — raramente perturbavam a paz, a indiferença, o ar de pura integridade, como se a questão que vinham fazendo dificilmente precisasse ser respondida: nós permanecemos.

Parecia que nada conseguiria danificar aquela imagem, corromper aquela inocência, ou perturbar o oscilante manto de silêncio que, semana após semana, na sala vazia, tecia em si mesmo os cantos cadentes dos pássaros, os navios apitando, o zumbido e o murmúrio dos campos, o latido de um cão, o grito de um homem, e os dobrava ao redor da casa em silêncio. Uma única vez, uma tábua se soltou no patamar; uma única vez, no meio da noite, com um estrondo, com um rompimento, assim como, após séculos de quietude, uma rocha se desprende da montanha e se choca no fundo do vale, uma dobra do xale se afrouxou e ficou balançando. Então, novamente a paz emanou; e a sombra tremulou; a luz se curvou para a própria imagem em adoração na parede do quarto; e a sra. McNab, rasgando o véu de silêncio com mãos acostumadas à tina de lavar roupas, triturando-o com botas que tinham esmagado o cascalho, chegou, assim como fora instruída, para abrir todas as janelas e tirar o pó dos quartos.

5

Enquanto cambaleava (já que ela rolava como um navio no mar) e olhava lascivamente (porque seus olhos não miravam nada diretamente, mantinham um olhar de soslaio que desaprovava o desdém e a raiva do mundo — ela era tola, sabia bem), enquanto segurava os corrimões e se arrastava escada acima e rolava de um quarto para o outro, ela cantava. Esfregando o vidro do longo espelho e encarando de lado sua imagem oscilante, um som lhe saiu dos lábios — algo que talvez tivesse sido alegre diante do palco vinte anos antes, que tinha sido cantado e dançado, mas agora, vindo da caseira de touca e desdentada, era destituído de sentido, era como a voz da estupidez, do humor, da própria persistência, algo que fora pisado, mas que levantara novamente, de maneira que, enquanto cambaleava, espanando, esfregando, ela parecia dizer que, como era um trabalho longo e pesaroso, bastava se levantar e voltar para a cama mais uma vez, tirar as coisas para fora e guardá-las de novo. Não era fácil ou cômodo este mundo que ela já conhecia há quase oitenta anos. Estava curvada pelo cansaço. Por quanto tempo, perguntava ela, guinchando e gemendo, de joelhos sob a cama, espanando o assoalho, por quanto tempo aquilo duraria? Mas, mancando, pôs-se de pé, ajeitou-se e, novamente, com o olhar atravessado que deslizava e desviava até mesmo do próprio rosto, e das próprias desgraças, postou-se boquiaberta diante do espelho, sorrindo ao acaso, e recomeçou o velho passo lento e capenga, levantando capachos, pousando porcelanas, olhando-se de esguelha no espelho, como se, afinal, ela tivesse seus consolos, como se de fato se enrolasse em torno de seu canto fúnebre alguma incorrigível esperança. Deveria ter havido visões de prazer na banheira, quem sabe com os filhos (apesar de dois serem bastardos e um tê-la abandonado), no bar, bebendo; revirando quinquilharias nas suas gavetas. Deveria ter havido alguma rachadura na escuridão, algum canal nas profundezas de obscuridade pelo qual jorrasse luz suficiente para distorcer o seu rosto sorrindo no espelho e fazê-la, ao retomar o serviço, balbuciar a velha canção da sala de concertos. Os místicos, os visionários, andando pela praia em uma noite bonita, remexendo uma poça, observando uma pedra, perguntando-se — O que sou eu? O que é isso? — tinham subitamente uma resposta garantida: (não conseguiam dizer qual era) de maneira que se aqueciam na geada e se confortavam no deserto. Mas a sra. McNab continuava a beber e fofocar como antes.

6

A primavera, sem uma folha para jogar de um lado para o outro, vazia e brilhante como uma virgem feroz em sua castidade, desdenhosa em sua pureza, estendia-se pelos campos de olhos arregalados e atenta, inteiramente indiferente ao que era feito ou pensado pelos espectadores.

[Prue Ramsay, apoiada no braço do pai, foi concedida em casamento. O que, diziam as pessoas, poderia ter sido mais apropriado? E, acrescentavam, como estava bonita!]

Com a aproximação do verão, com o prolongamento das tardes, chegavam aos despertos, aos esperançosos, andando pela praia, remexendo a poça, imaginações do tipo mais estranho — da carne convertida em átomos impulsionados pelo vento, de estrelas fulgurando em seu coração, de penhasco, mar, nuvem e céu, acumulados de propósito para reunir no exterior as partes dispersas da visão interior. Nesses espelhos, a mente dos homens, nessas poças de águas agitadas, em que as nuvens sempre passam e sombras se formam, os sonhos persistiam, e era impossível resistir à estranha intimação que cada gaivota, flor, árvore, homem e mulher, e a própria terra branca pareciam declarar (mas, se questionada, imediatamente negar) que o bem triunfa, a felicidade prevalece, a ordem reina; ou resistir ao extraordinário estímulo para se estender de um lado até o outro, em busca de algum bem absoluto, de algum cristal de intensidade, distante dos prazeres conhecidos e das virtudes familiares, algo alheio aos processos da vida doméstica, único, duro, brilhante, como um diamante na areia, que tornaria seu proprietário seguro. Além disso, suavizada e aquiescente, a primavera, com suas abelhas zumbindo e mosquitos dançando, jogava seu manto sobre si, velava os olhos, desviava a cabeça, e em meio a sombras passageiras e torrentes de garoa, parecia ter tomado para si o conhecimento das dores da humanidade.

[Prue Ramsay morreu naquele verão, de algum mal ligado ao parto, o que era, na verdade, uma tragédia, diziam as pessoas, tudo, diziam elas, fora tão promissor.]

E agora, no calor do verão, o vento enviava de novo seus espiões à casa. As moscas trançavam uma rede nos quartos ensolarados; as ervas daninhas que tinham crescido perto da janela durante a noite batiam metodicamente na vidraça. Quando a escuridão caía, o clarão do Farol, que se estendia com tanta autoridade sobre o carpete nas noites escuras, contornando sua padronagem, vinha agora, à luz mais suave da primavera, misturado ao luar, deslizando gentilmente, como que depositando sua carícia e se demorando furtivamente e olhando e voltando mais uma vez, amorosamente. Mas na própria bonança dessa amorosa carícia, enquanto o longo clarão se reclinava sobre a cama, o rochedo se rompia; outra dobra do xale se afrouxava; pendia e balançava. Ao longo das curtas noites de verão e dos longos dias de verão, quando os cômodos vazios pareciam murmurar com os ecos dos campos e o zumbido das moscas, a longa flâmula ondulava suavemente, balançava a esmo; enquanto o sol riscava e obstruía os quartos e os enchia de uma névoa amarela de tal maneira que a sra. McNab, quando ali adentrava cambaleando de um lado para o outro, espanando, varrendo, parecia um peixe tropical abrindo caminho por entre águas perfuradas pelo sol.

Porém, ainda que mais tarde chegassem letargia e sono, também vinham, com o verão, sons agourentos, como golpes ritmados de martelos amortecidos pelo feltro que, com seus repetidos choques, afrouxavam ainda mais o xale e rachavam as xícaras de chá. De tempos em tempos, alguma taça tilintava na cristaleira como se uma voz gigante tivesse gritado tão alto em agonia, que os copos de outra cristaleira também vibravam. Então, o silêncio recaía novamente; e assim, noite após noite, e às vezes em pleno dia, quando as rosas brilhavam e a luz incidia mais uma vez seu formato claro sobre a parede, parecia que também pendia naquele silêncio, naquela indiferença, naquela integridade, o ruído surdo de algo caindo.

[Uma granada explodiu. Vinte ou trinta rapazes foram feitos em pedaços na França, entre eles Andrew Ramsay, cuja morte, misericordiosamente, foi instantânea.]

Naquela temporada, aqueles que tinham descido para caminhar pela praia e perguntar ao mar e ao céu que mensagem eles traziam ou que visão confirmavam, tinham de considerar, entre os sinais habituais da generosidade divina — o pôr do sol sobre o mar, a palidez da aurora, o surgimento da lua, os barcos de pesca contra a lua, e as crianças atirando bolinhos de lama ou bombardeando umas às outras com punhados de grama — algo em desarmonia com essa vivacidade e essa calma. Houve, por exemplo, a silenciosa aparição de um navio cinza, surgindo, desaparecendo; houve uma mancha com tons púrpura sobre a calma superfície do mar, como se algo tivesse fervido e sangrado, invisível, logo abaixo. Essa intrusão em uma cena calculada para despertar as mais sublimes reflexões e levar às mais confortáveis conclusões lhes deteve o passo. Era difícil ignorá-la serenamente; abolir sua significância na paisagem; continuar, enquanto caminhavam junto ao mar, e se mostrar maravilhados com o modo como a beleza externa espelhava a beleza interna.

Será que a natureza suplementava o que o homem antecipava? Completava o que ele começou? Com igual complacência, ela via sua miséria, sua mesquinhez e seu sofrimento. Aquele sonho, de compartilhar, de completar, de buscar sozinho na praia uma resposta, nada mais era do que um reflexo em um espelho, e o próprio espelho não era senão a superfície vítrea que se forma na serenidade, quando os poderes mais nobres dormem logo abaixo? Impacientes, desesperados, ainda que relutantes em ir embora (porque a beleza oferece seus atrativos, tem suas consolações), caminhar pela praia era impossível; a contemplação era insuportável; o espelho se quebrou.

[O sr. Carmichael publicou um livro de poemas naquela primavera que alcançou sucesso inesperado. A guerra, diziam as pessoas, tinha reavivado o interesse pela poesia.]

7

Noite após noite, verão e inverno, o tormento das tempestades, a quietude estável do tempo bom se mantinha no centro das atenções sem qualquer interferência. Escutando (se houvesse alguém para escutar) dos cômodos superiores da casa vazia, apenas um gigantesco caos atravessado por relâmpagos, poderia ser ouvido, derrubando e revirando, à medida que os ventos e as ondas se divertiam, como amontoados amorfos de leviatãs cuja fronte não se deixa atravessar por nenhum vislumbre de razão, e se amontoavam, e se arremessavam e mergulhavam na escuridão ou na luz do dia (pois noite e dia, mês e ano ocorriam desordenadamente juntos), em meio a jogos idiotas, até que parecesse que o universo estava combatendo e despencando em uma bruta confusão, com injustificada cobiça, ao acaso, por conta própria.

Na primavera, os vasos do jardim, aleatoriamente ocupados com plantas semeadas pelo vento, estavam vivos como nunca. As violetas e os narcisos cresciam. Mas a calma e a luminosidade do dia eram tão estranhas quanto o caos e o tumulto da noite, com as árvores paradas ali, e as flores paradas ali, olhando para a frente, olhando para cima, mas sem nada enxergar, sem olhos, e tão terríveis.

8

Sem querer fazer nenhum mal, pois a família não voltaria, nunca mais, diziam alguns, e a casa seria vendida no feriado de São Miguel, a sra. McNab se abaixou e colheu um punhado de flores para levar consigo para casa. Colocou-as sobre a mesa enquanto espanava. Gostava de flores. Era uma pena deixá-las estragar. Imagine que a residência seja vendida (postou-se com as mãos no quadril, em frente ao espelho), precisariam que cuidassem dela — certamente precisariam. Tinha estado ali todos aqueles anos sem vivalma. Os livros e os objetos estavam mofados, já que, com a guerra e a dificuldade de encontrar mão de obra, a casa não tinha sido limpa como ela teria desejado. Estava além das forças de uma só pessoa a endireitar agora. Ela estava velha demais. Doíam-lhe as pernas. Todos aqueles livros precisavam ser estendidos na grama, sob o sol; havia gesso caído no saguão; a calha sobre a janela do escritório estava entupida e deixava a água entrar; o tapete estava completamente arruinado. Mas as pessoas é que deveriam ter vindo; deveriam ter mandado alguém para olhar. Porque havia roupas nos armários; tinham deixado roupas em todos os quartos. O que devia fazer com elas? Elas estavam cheias de traças... as coisas da sra. Ramsay. Pobre senhora! Ela nunca mais ia precisar DELAS. Tinha morrido, diziam; anos atrás, em Londres. Havia a velha capa cinza que ela usava quando cuidava do jardim (a sra. McNab tocou nela). Podia vê-la, enquanto subia pelo acesso, com as roupas lavadas, inclinada sobre as flores dela (dava pena de ver o jardim agora, com tudo uma bagunça, e coelhos saltando dos canteiros sobre a gente)... podia vê-la com um dos filhos ao lado, naquela capa cinza. Havia botas e sapatos ali, e uma escova e um pente deixados na cômoda, para todo mundo ver, como se ela esperasse voltar amanhã. (Tinha morrido muito subitamente, diziam.) E, certa vez, eles estavam para vir, mas tiveram que adiar, com a guerra, e viajar era tão difícil nesses dias; nunca tinham vindo em todos esses anos; apenas mandavam o dinheiro dela; porém nunca escreviam, nunca vinham e esperavam encontrar as coisas como as tinham deixado, ah, Deus do céu! Ora, as gavetas da cômoda estavam cheias de itens (ela as abriu), lenços, pedaços de fitas. Sim, ela podia ver a sra. Ramsay ao subir pelo acesso com a roupa lavada.

— Boa tarde, sra. McNab — ela diria.

Era muito agradável com ela. Todas as garotas gostavam dela. Mas, minha nossa, muitas coisas tinham mudado desde então (ela fechou a gaveta); muitas famílias tinham perdido entes queridos. Assim, ela estava morta; e o sr. Andrew tinha sido morto; e a srta. Prue morta também, diziam, com o primeiro bebê; mas todo mundo tinha perdido alguém nesses anos. Os preços tinham subido vergonhosamente e nunca mais abaixaram. Podia se lembrar muito bem dela na capa cinza.

— Boa tarde, sra. McNab — ela dizia, e mandava a cozinheira guardar um prato de migas de leite para ela... certamente achava que ela fosse querer, depois de ter carregado o pesado cesto por toda a subida do vilarejo até ali. Podia vê-la agora, inclinando-se sobre as flores; e fraca e tremendo, como um raio amarelo ou o círculo na ponta de um telescópio, uma senhora usando uma capa cinza, inclinando-se sobre as flores, perambulou por sobre a parede do quarto, ao longo do lavatório, enquanto a sra. McNab mancava lentamente, espanando, arrumando. E agora, qual o nome da cozinheira? Mildred? Marian?... Algum nome parecido. Ah, tinha esquecido... ela esquecia as coisas. Enérgica, como todas as ruivas. Tinham gargalhado bastante juntas. Ela era sempre bem-vinda na cozinha. Ela as fazia rir, fazia mesmo. As coisas naquele tempo eram melhores do que agora.

Ela suspirou; tinha trabalho demais para uma mulher só. Balançou a cabeça para um lado e para o outro. Ali tinha sido o quarto das crianças. Ora, estava tudo úmido aqui; o gesso estava caindo. Por que quiseram pendurar a caveira de um animal ali? Acabou mofando também. E ratos por todo o sótão. A chuva entrava. Mas eles nunca mandaram ninguém; nunca vieram. Algumas das fechaduras tinham sumido, e as portas ficavam batendo. Ela também não gostava de ficar sozinha ali em cima ao anoitecer. Era demais para uma mulher só, demais, demais. Ela guinchava, ela gemia. Bateu a porta. Virou a chave na fechadura e deixou a casa sozinha, fechada, trancada.

9

A casa foi abandonada; a casa foi desertada. Foi abandonada como uma concha em uma duna, à espera de ser preenchida com grãos de sal seco, agora que a vida a deixara. A longa noite parecia ter se acomodado; os ares frívolos, mordiscando, os sopros pegajosos, vasculhando, pareciam ter triunfado. A panela enferrujara e o capacho se desintegrara. Os sapos tinham invadido. Preguiçosamente, ao acaso, o xale pendente balançava para um lado e para o outro. Um cardo tinha se infiltrado entre os ladrilhos da despensa. As andorinhas fizeram ninho na sala de estar; o assoalho estava infestado de juncos; o gesso caía aos montes; os caibros estavam à mostra; os ratos roubavam uma ou outra coisa para ir roê-la atrás dos lambris. Borboletas antiopas irrompiam das crisálidas e tamborilavam sua vida sobre as vidraças. Papoulas se espalhavam em meio às dálias; o gramado ondulava a relva crescida; alcachofras gigantes se erguiam entre rosas; um craveiro florescia em meio às couves; e o suave toque de uma erva daninha contra a janela se tornara, nas noites de inverno, o rufar de vigorosas árvores e roseiras-bravas cheias de espinhos, que deixavam o aposento todo verde no verão.

Qual poder poderia agora prevenir a fertilidade, a insensibilidade da natureza? O sonho de adulta da sra. McNab, de uma criança, de um prato de migas de leite? Ele tremulara pelas paredes, como um raio de luz do sol, e desaparecera. Ela tinha trancado a porta; ido embora. Estava além das forças de uma mulher só, disse ela. Eles nunca mandaram ninguém. Nunca escreveram. Havia coisas lá em cima apodrecendo nas gavetas... Era uma vergonha deixá-las daquele jeito, disse ela. O lugar estava entregue à decadência. Apenas o raio do Farol entrava nos cômodos, por um momento, enviava seu súbito olhar sobre a cama e a parede na escuridão do inverno, examinava com igualdade o cardo e a andorinha, o rato e o junco. Nada agora lhes apresentava obstáculo; nada lhes dizia não. Que o vento sopre; que a papoula se espalhe e que o cravo cruze com a couve. Que a andorinha faça seu ninho na sala de estar, e o cardo empurre os ladrilhos, e a borboleta tome sol na chita desbotada das poltronas. Que a porcelana e os copos quebrados se esparramem pelo gramado e se enrosquem com a grama e as amoras silvestres.

Porque agora chegara aquele instante, aquela hesitação, quando a aurora estremece e a noite fica paralisada, quando uma pena, colocada na balança, fará com que ela abaixe. Uma única pena, e a casa, afundando, caindo, teria virado e sido lançada às profundezas da escuridão. Na sala em ruínas, pessoas em piquenique teriam aquecido suas chaleiras; amantes teriam ali buscado abrigo, deitados nas tábuas nuas; e o pastor teria guardado seu jantar nos tijolos, e o vagabundo teria dormido enrolado em seu casaco para afastar o frio. Então, o teto teria caído; roseiras-brancas e cicutas teriam tomado os corredores, os degraus e as janelas; teriam crescido, de maneira desigual, mas vigorosamente, sobre o entulho, até que algum intruso, perdido, poderia ter deduzido, simplesmente em virtude de um lírio-tocha em meio às urtigas, ou um caco de porcelana nas cicutas, que alguém vivera ali determinada vez; que aquilo já tinha sido uma casa.

Se a pena tivesse caído, se tivesse feito baixar a balança, toda a residência teria mergulhado nas profundezas para jazer nas areias do esquecimento. Mas havia uma força em ação; algo não muito consciente; algo que olhava de soslaio, algo que cambaleava; algo não inspirado a realizar seu trabalho com um ritual digno ou um cântico solene. A sra. McNab gemia; a sra. Bast rangia. Estavam velhas; estavam rígidas; doíam-lhes as pernas. Vinham, afinal, com suas vassouras e baldes; punham-se ao trabalho. Subitamente, será que a sra. McNab poderia ver se a casa estava pronta, uma das mocinhas escreveu: ela poderia arrumar isso; podia arrumar aquilo; tudo de uma hora para a outra. Talvez eles viessem para o verão; tinham deixado tudo para a última hora; esperavam encontrar as coisas como as tinham deixado. Lenta e penosamente, com vassoura e balde, lavando, esfregando, a sra. McNab e a sra. Bast detiveram a decomposição e a podridão; recuperaram da poça do tempo, que se encerrava rapidamente sobre elas, ora uma bacia, ora um armário; arrancaram do esquecimento, certa manhã, todos os romances da série Waverley e um conjunto de chá; à tarde, restituíram ao sol e ao ar um guarda-fogo de latão e um jogo de atiçadores de aço. George, o filho da sra. Bast, caçou os ratos e aparou a grama. Vieram os construtores. Ao som do ranger das dobradiças e do guincho dos parafusos, das batidas e dos estrondos das madeiras inchadas pela umidade, alguma espécie de parto enferrujado e laborioso parecia estar acontecendo, enquanto as mulheres, abaixando-se, levantando-se, gemendo, cantando, batiam e fechavam, ora no andar de cima, ora nos porões. Ah, disseram elas, quanto trabalho!

Às vezes, elas tomavam o chá no quarto, ou no escritório; tirando uma folga ao meio-dia, com a fuligem no rosto e as velhas mãos crispadas e entorpecidas no cabo das vassouras. Atirando-se nas cadeiras, comtemplavam ora a magnífica vitória sobre as torneiras e a banheira; ora o triunfo mais árduo e mais parcial sobre as longas fileiras de livros, pretos como corvos antes, tingidos de branco agora, procriando cogumelos pálidos e escondendo furtivas aranhas. Uma vez mais, enquanto a sra. McNab sentia o calor do chá dentro de si, o telescópio se ajustou aos olhos dela e, em um círculo de luz, ela viu o velho senhor, magro como um ancinho, balançando a cabeça, à medida que ela chegava com a roupa lavada, falando sozinho, supunha ela, no gramado. Ele nunca prestava atenção a ela. Alguns diziam que ele estava morto; alguns diziam que ela estava morta. Qual era a verdade? A sra. Bast também não sabia ao certo. O jovem rapaz tinha morrido. Disso, ela estava segura. Tinha lido o nome dele nos jornais.

Também tinha a cozinheira, Mildred, Marian, um nome parecido com esses — uma mulher ruiva, enérgica, como todas as do seu tipo, mas também gentil, se a gente soubesse como lidar com ela. Tinham dado muitas gargalhadas juntas. Ela guardava um prato de sopa para Maggie; às vezes, um pedaço de presunto; o que tivesse. Eles viviam bem naqueles dias. Tinham tudo de que precisavam (sem hesitações, alegremente, com o chá quente dentro de si, ela desenrolava seu novelo de memórias, sentada na poltrona de vime, próximo à grade da lareira do quarto das crianças). Sempre havia muito o que fazer, gente na casa, às vezes vinte pessoas hospedadas, e lavando tudo até bem depois da meia-noite.

A sra. Bast (ela nunca os conhecera; morava em Glasgow naquela época) se perguntava, pousando a xícara, o porquê de terem pendurado aquela caveira de bicho ali. Morto em algum lugar estrangeiro, sem dúvida.

Até que poderia ser, disse a sra. McNab, divertindo-se com suas lembranças; eles tinham amigos em países orientais; senhores que se hospedavam ali, senhoras em vestido de gala;

vira-os certa vez, pela porta da sala de jantar, todos sentados à mesa para comer. Vinte, ela ousava dizer, todos com joias, e lhe pediram que ficasse para ajudar a lavar a louça, poderia passar da meia-noite.

Ah, disse a sra. Bast, encontrariam a casa mudada. Debruçou-se sobre a janela. Ela observava o filho George ceifando a grama. Poderiam muito bem perguntar: o que fora feito dela?, imaginando que era o velho Kennedy quem deveria ter tomado conta dela, mas sua perna tinha ficado muito ruim depois que ele caíra da carroça; e, depois ninguém, talvez durante um ano; ou quase um ano inteiro, e então Davie Macdonald, e poderiam ter mandado sementes, mas quem seria capaz de dizer se elas algum dia chegaram a ser plantadas? Encontrariam a casa mudada.

Observava o filho ceifando. Ele era muito bom no trabalho — um desses tipos calados. Bom, elas deviam continuar com os armários, supunha. Elas se levantaram.

Por fim, depois de dias de trabalho na área interna, após dias cortando e cavando lá fora, os espanadores foram sacudidos nas janelas, as janelas foram fechadas, as chaves foram viradas por toda a casa; a porta da frente foi trancada; tinham acabado.

E agora, como se o limpar e o esfregar e o ceifar e o aparar a tivessem inundado, aquela melodia que mal reconheciam surgiu, aquela música intermitente que o ouvido tenta captar, mas deixa fugir; um latido, um balido; irregulares, intermitentes, mas de algum modo relacionados; o zumbido de um inseto, o tremular da grama cortada, descobertos, mas de certa forma pertencentes; o zunido de um besouro, o rangido de uma roda, alto, baixo, mas misteriosamente ligados; que o ouvido se esforça por juntar e está sempre a ponto de harmonizar, mas eles nunca são muito escutados, nunca plenamente harmonizados e, por fim, no entardecer, um após o outro, os sons morrem, e a harmonia vacila e o silêncio cai. Com o pôr do sol, a nitidez se perdeu e, assim como se ergue a névoa, o silêncio se elevou, o silêncio se espalhou, o vento se acomodou; livremente, o mundo se agitava para dormir, aqui, no escuro e sem nenhuma luz, a não ser a que passava entre as folhas, ou empalidecida sobre as flores no canteiro perto da janela.

[Carregaram a bagagem de Lily Briscoe até a casa, muito tarde, em uma noite de setembro. O sr. Carmichael chegou no mesmo trem.]

10

Então, efetivamente, a paz chegara. Mensagens de paz sopravam do mar em direção à praia. Nunca mais interromper seu sono, acalentá-lo, em vez disso, com mais afinco para o repouso e, não importando o que sonhassem os sonhadores de modo sagrado, o que sonhassem de maneira sábia, a fim de confirmar... o que mais estavam murmurando?... enquanto Lily Briscoe deitava a cabeça no travesseiro no quarto limpo e inerte e ouvia o mar. Pela janela aberta, a voz da beleza do mundo chegava murmurando, baixinho demais para que se ouvisse exatamente o que era dito... mas que importava se o sentido era óbvio?... rogando aos adormecidos (a casa estava cheia novamente; a sra. Beckwith estava hospedada ali, e também o sr. Carmichael), se eles na verdade não desciam até a praia, ao menos que levantassem as persianas e dessem uma olhada. Veriam, então, a noite escorrendo em tons púrpura; sua cabeça coroada; seu cetro engastado de joias; e o quanto uma criança poderia olhá-lo nos olhos. E se eles ainda falhassem (Lily estava cansada da viagem e dormiu quase imediatamente; mas o sr. Carmichael lia um livro à luz de velas), se ainda dissessem não, que aquilo era vapor, aquele seu esplendor, e que o orvalho tinha mais poder do que ele, e eles prefeririam dormir; gentilmente, então, sem reclamações, sem discussões, a voz cantaria a sua canção. Gentilmente, as ondas quebrariam (Lily as ouvia no sono); delicadamente, a luz caiu (parecia lhe atravessar as pálpebras). E tudo parecia tanto, pensou o sr. Carmichael, fechando o livro, caindo no sono, com o que costumava parecer anos atrás.

A voz realmente poderia retomar, enquanto as cortinas das trevas envolviam a casa, envolviam a sra. Beckwith, o sr. Carmichael e Lily Briscoe, para que eles repousassem em meio a inúmeras dobras de escuridão nos olhos, por que não aceitar aquilo, contentar-se com aquilo, consentir e se resignar? O suspiro de todos os mares quebrando, no mesmo ritmo, em torno das ilhas, acalmava-os; a noite os enlaçava; nada interrompia seu sono, até que, os pássaros cantando e a aurora tecendo suas vozes finas na própria brancura, uma carroça rangendo, um cão latindo em algum lugar, o sol levantou as cortinas, rompeu o véu em seus olhos, e Lily Briscoe se agitou no sono. Ela agarrou as cobertas, como alguém caindo se agarra à terra à beira de um penhasco. Seus olhos se arregalaram. Ei-la aqui novamente, pensou, sentando-se, ereta e vibrante, na cama. Desperta.

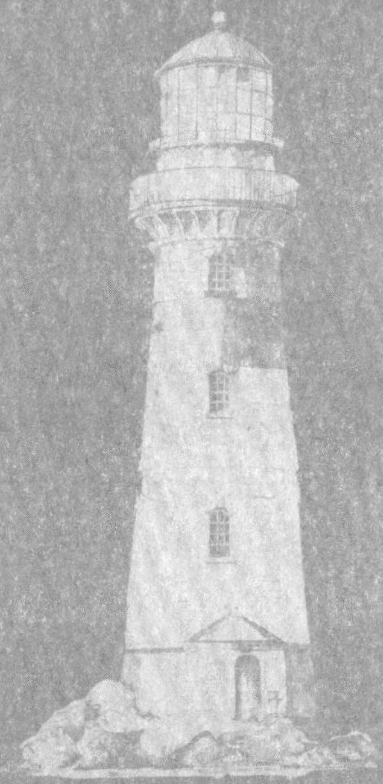

O FAROL

1

O que isso significa, então, o que pode tudo isso significar?, perguntou-se Lily Briscoe, querendo saber, uma vez que a tinham deixado sozinha, se devia ir até a cozinha buscar outra xícara de café ou esperar ali. O que aquilo significa?... era apenas uma expressão, subtraída de algum livro, que se ajustava levemente ao seu pensamento, pois ela não seria capaz, nessa primeira manhã com os Ramsay, de definir seus sentimentos, conseguindo apenas, para cobrir o vazio da mente, fazer ressoar uma frase até que aqueles vapores tivessem diminuído. Pois o que ela realmente sentia, ao voltar depois de todos aqueles anos, com a sra. Ramsay morta? Nada, nada... nada que ela pudesse exprimir de algum modo.

Tinha chegado tarde na noite passada, quando tudo estava misterioso, escuro. Agora estava desperta, no seu antigo lugar à mesa do café da manhã, mas sozinha. Também, era cedo demais, nem oito horas ainda. Havia a tal excursão... iam ao Farol, o sr. Ramsay, Cam e James. Já deviam ter saído... tinham que aproveitar a maré ou algo assim. E Cam não estava pronta, e James não estava pronto, e Nancy tinha se esquecido de mandar preparar os sanduíches, e o sr. Ramsay tinha ficado irritado e saído da sala batendo a porta.

— De que adianta ir agora? — e saíra enraivecido.

Nancy tinha desaparecido. Ali estava ele, andando para cima e para baixo no pátio, furioso. Pareciam ouvir portas batendo e vozes gritando por toda a casa. Então, Nancy entrou subitamente e, olhando ao redor da sala, perguntou, com um jeito esquisito, em parte confuso, em parte desesperado, — O que se deve enviar ao Farol? — como se estivesse se obrigando a fazer o que temia jamais ser capaz.

O que se deve mesmo enviar ao Farol? Em qualquer outro momento, Lily poderia ter razoavelmente sugerido chá, tabaco, jornais. Mas, nessa manhã, tudo parecia tão extraordinariamente estranho que uma pergunta como a de Nancy... O que se deve enviar ao Farol?... abria portas na nossa mente que ficavam batendo e balançando para um lado e para o outro e nos fazia perguntar, com um ar estupefato: O que se deve enviar? O que se deve fazer? Por que estamos aqui sentadas, afinal?

Sentada sozinha (pois Nancy saíra novamente) em meio às xícaras limpas na longa mesa, ela se sentia isolada das outras pessoas, e capaz apenas de continuar olhando, perguntando, imaginando. A casa, o lugar, a manhã, tudo lhe parecia anormal. Não tinha nenhum apego àquele local, ela sentiu, nenhum tipo de relação com aquilo, e qualquer coisa podia acontecer e, o que quer que acontecesse, um ruído de passos lá fora, uma voz chamando (— Não está no armário; está no patamar — alguém gritou), era uma questão, como se o elo que mantinha as coisas juntas tivesse sido cortado, e elas flutuassem, de alguma forma, aqui, lá embaixo, para fora. Como tudo aquilo era aleatório, como era caótico, como era irreal, pensou ela, olhando para a xícara de café vazia. A sra. Ramsay morta; Andrew assassinado; Prue morta também...

Por mais que repetisse, ela não sentia qualquer emoção em seu íntimo. E todos nos reunimos em uma casa como esta, em uma manhã como esta, disse ela, olhando pela janela. Fazia um belo e sereno dia.

2

Subitamente, o sr. Ramsay ergueu a cabeça ao passar e olhou diretamente para ela, com seu olhar agoniado e enfurecido, mas que era tão penetrante, como se ele nos visse, por um segundo, pela primeira vez, para sempre; e ela fingiu tomar café da xícara vazia para poder evitá-lo... evitar a pressão que ele exercia sobre ela, para poder deixar de lado por mais um instante aquela imperiosa necessidade. E ele balançou a cabeça na direção dela, e continuou andando a passos largos (— Sozinhos — ouviu-o dizer — Sucumbimos — ouviu-o dizer) e, como tudo o mais nessa estranha manhã, as palavras se tornavam símbolos, escreviam-se sozinhas por todas as paredes verde-acinzentadas. Se ao menos conseguisse juntá-las, sentia ela, e escrevê-las em uma frase, então teria captado a verdade das coisas. O velho sr. Carmichael entrou caminhando gentilmente, preparou seu café, pegou a xícara e saiu para se sentar ao sol. A extraordinária irrealidade era apavorante, mas também emocionante. Ir ao Farol. Mas o que se deve enviar ao Farol? Sucumbimos. Sozinhos. A luz verde-acinzentada na parede oposta. Os lugares vazios. Essas eram algumas das partes, mas como juntá-las?, ela perguntou. Como se qualquer interrupção conseguisse quebrar a frágil forma que ela compunha sobre a mesa, virou as costas para a janela para que o sr. Ramsay não pudesse vê-la. Ela tem que escapar para algum lugar, ficar sozinha em algum lugar. Subitamente, lembrou-se.

Quando se sentara ali pela última vez, dez anos atrás, havia um galhinho ou uma folha no desenho da toalha, que ela tinha visto em um momento de revelação. Tinha havido um problema quanto ao primeiro plano de uma pintura. Mova a árvore para o meio, ela tinha dito. Nunca terminara aquela pintura. Aquilo tinha ficado martelando em sua mente durante todos esses anos. Onde estavam suas tintas?, ela imaginou. Suas tintas, sim. Ela as tinha deixado no saguão na noite passada. Levantou-se rapidamente, antes que o sr. Ramsay se virasse.

Pegou uma cadeira para se sentar. Armou o cavalete com seus movimentos precisos de velha solteirona, no limite do gramado, não tão perto do sr. Carmichael, mas perto o suficiente para ficar sob sua proteção. Sim, deve ter sido precisamente aqui que ela tinha ficado dez anos antes. Ali estava o muro; a cerca viva; a árvore. A questão tinha a ver com certa relação entre aqueles volumes. Ficara com aquilo na cabeça durante todos esses anos. Era como se a solução tivesse acabado de lhe ocorrer: agora, ela sabia o que queria fazer.

Mas, com o sr. Ramsay se aproximando dela, não era capaz de fazer nada. Cada vez que ele chegava perto — estava andando para cima e para baixo no pátio — a ruína se aproximava, o caos se aproximava. Ela não conseguia pintar. Ela se inclinava, virava-se; pegava esse trapo; espremia aquele tubo. Mas tudo o que conseguia era afastá-lo por um instante. Ele a impossibilitava de fazer qualquer coisa. Porque se ela lhe desse a mínima chance, se ele a visse sem fazer nada por um momento, olhando na sua direção por um instante, ele viria até ela, dizendo, como dissera na noite passada, — Você está nos vendo muito mudados. — Na noite passada, ele tinha se levantado e parado diante dela, e dito aquilo. Embora todos tivessem ficado quietos, sentados olhando para o nada, os seis filhos que eles costumavam chamar com as alcunhas dos reis e rainhas da Inglaterra — o Ruivo, a Bela, a Perversa, o Cruel — ela sentia o quanto estavam intimamente enraivecidos. A velha e boa sra. Beckwith disse algo sensato. Mas era uma casa cheia de paixões desconectadas — ela sentira aquilo durante toda a noite. E, para coroar esse caos, o sr. Ramsay se levantou, apertou-lhe a mão, e disse: — Você está nos vendo muito mudados — e nenhum deles se mexera ou falara; mas ficaram ali sentados como se fossem forçados a deixá-lo dizer aquilo. Apenas James (sem dúvida, o Sombrio) fez uma careta para o lampião; e Cam enrolou seu lenço no dedo. Então, ele os recordou que iriam ao Farol amanhã. Deviam estar prontos, no saguão, quando desse sete e meia. Então, com a mão na porta, ele se deteve; virou-se para eles. Não queriam ir? perguntou. Se eles tivessem ousado dizer não (ele tinha alguma razão para desejar que o fizessem), ele teria tragicamente se atirado de costas nas amargas águas do desespero. Era grande o seu talento para o drama. Parecia um rei no exílio. Obstinadamente, James disse sim. Cam hesitou mais lamentavelmente. Sim, ah, sim, estariam ambos prontos, disseram. E ela por fim se deu conta, aquilo era uma tragédia —não os caixões, as cinzas, e as mortalhas; e sim as crianças coagidas, seu espírito subjugado. James tinha dezesseis anos, Cam, dezessete, talvez. Ela tinha olhado em volta, em busca de alguém que não estivesse ali, talvez da sra. Ramsay. Mas havia apenas a boa sra. Beckwith folheando seus esboços sob a luz do lampião. Então, por estar cansada, sua mente ainda subindo e descendo com o mar, o gosto e o cheiro que têm os lugares depois de uma longa ausência tomando conta dela, as velas tremulando nos olhos, ela se perdera e sucumbiu. Fazia uma noite maravilhosa, cheia de estrelas; ouviam o barulho das ondas enquanto subiam as escadas; a lua os surpreendera, enorme, pálida, quando passaram pela janela do patamar. Ela adormecera imediatamente.

Ela montou com firmeza sua tela limpa no cavalete, como uma barreira, frágil, mas, esperava ela, suficientemente sólida para manter o sr. Ramsay e sua minúcia longe. Fez o melhor que pôde para analisar a pintura enquanto ele estava de costas para ela; aquela linha ali, aquele volume ali. Mas era impossível. Até mesmo a quinze metros de distância, ainda que nem sequer nos dirigisse a palavra, mesmo que nem sequer nos visse, ele se interpunha, ele prevalecia, ele coagia. Ele mudava tudo. Ela não podia ver a cor; ela não podia ver as linhas; mesmo com as costas dele voltadas para ela, ela só conseguia pensar: mas ele vai vir aqui em um instante, exigindo... algo que ela sentia que não podia oferecer. Rejeitou um pincel; escolheu outro. Quando chegariam aquelas crianças? Quando iriam todos embora?, agitava-se. Aquele homem, pensou ela, a raiva crescendo dentro dela, nunca concedia; aquele homem tirava. Ela, por outro lado, seria obrigada a conceder. A sra. Ramsay tinha concedido. Foi concedendo, concedendo, concedendo, que ela morreu... e deixara tudo aquilo. Estava realmente com raiva da sra. Ramsay. Com o pincel levemente tremendo nos dedos, ela olhou para a cerca viva, para o degrau, para o muro. Era tudo culpa da sra. Ramsay. Ela estava morta. E ali estava Lily, aos quarenta e quatro anos, perdendo tempo, incapaz de fazer algo, ali em pé, brincando de pintar, brincando com a única coisa com que não deveriam brincar, e tudo por culpa da sra. Ramsay. Ela estava morta. O degrau em que costumava se sentar estava vazio. Ela estava morta.

Mas por que ficar repetindo aquilo sem parar? Por que estava sempre tentando invocar um sentimento que nunca sentira? Havia uma espécie de blasfêmia naquilo. Estava tudo seco: tudo murcho: tudo gasto. Não deveriam tê-la convidado; ela não deveria ter vindo. Não se pode perder tempo aos quarenta e quatro anos, pensou. Odiava brincar de pintar.

Um pincel, a única coisa confiável em um mundo de brigas, ruína, caos... algo com que não se devia brincar, nem mesmo conscientemente: ela detestava aquilo. Mas ele a obrigava. Você não deve tocar na tela, ele parecia dizer, aproximando-se dela, enquanto não me tiver dado o que quero de você. Aqui estava ele, pertinho dela de novo, ávido, aflito. Bom, pensou Lily, desesperada, deixando a mão direita cair do lado do corpo, seria mais simples, então, acabar com aquilo de vez. Com certeza, ela podia imitar, de memória, o brilho, a rapsódia, a renúncia de si mesma que vira no rosto de tantas mulheres (no da sra. Ramsay, por exemplo), quando, em uma ocasião como esta, elas resplandeciam... ela conseguia se lembrar do olhar no rosto da sra. Ramsay... tomadas por um ímpeto de simpatia, de deleite na recompensa que obtinham, o que, embora o motivo lhe escapasse, evidentemente lhes conferia o maior dos êxtases que a natureza humana era capaz de proporcionar. Aqui estava ele, parado ao lado dela. Ela lhe daria o que pudesse.

3

Ela parecia ter enrugado um pouco, pensou ele. Parecia pequenina, magrela; mas não pouco atraente. Ele gostava dela. No passado, houvera certa conversa sobre ela se casar com William Bankes, porém não dera em nada. A mulher dele gostava muito dela. Também tinha estado um pouco irritado durante o café da manhã. E então, e então... Esse era um daqueles momentos em que uma enorme necessidade o impelia, sem que tivesse consciência do que se tratava, de chegar próximo de uma mulher, para forçá-la, ele não se importava como, tamanha era sua necessidade, a lhe dar o que ele desejava: simpatia.

Havia alguém cuidando dela?, perguntou ele. Tinha tudo de que precisava?

— Ah, obrigada, tudo — disse Lily Briscoe nervosamente. Não; ela não conseguia fazê-lo. Devia ter instantaneamente se deixado levar por alguma onda expansiva de simpatia: a pressão sobre ela era tremenda. Mas ela continuou paralisada. Houve uma pausa terrível. Ambos olharam para o mar. Por que, pensou o sr. Ramsay, ela tem que ficar olhando para o mar quando estou aqui? Esperava que estivesse suficiente calmo para poderem desembarcar no Farol, disse ela. O Farol! O Farol! O que aquilo tinha a ver com isto?, pensou ele, impaciente. Imediatamente, com a força de algum impulso primitivo (pois ele realmente não podia mais se conter), dele irrompeu um gemido tamanho que qualquer outra mulher em todo o mundo teria feito algo, dito algo — todas menos eu, pensou Lily, recompondo-se com amargor, que não sou uma mulher, e sim, talvez, apenas uma velha solteirona rabugenta, mal-humorada, exaurida.

[O sr. Ramsay suspirou profundamente. Esperou. Ela não ia dizer nada? Não tinha entendido o que ele queria dela? Então, ele disse que tinha uma razão particular para querer ir ao Farol. A mulher dele costumava enviar coisas para os homens. Havia um pobre menino com tuberculose no quadril, o filho do faroleiro. Ele suspirou profundamente. Ele suspirou expressivamente. Tudo o que Lily queria era que aquela enorme inundação de dor, aquela insaciável fome de simpatia, aquela exigência de que ela deveria se render a ele inteiramente e, mesmo assim, ele teria aflições suficientes a lhe fornecer para sempre, largasse-a, desviasse dela (ela continuava olhando para a casa, na esperança de qualquer interrupção) antes que a arrastasse em sua correnteza.]

— Essas expedições — disse o sr. Ramsay, raspando o chão com o pé — são muito dolorosas. — Ainda assim, Lily não disse nada. (Ela é um tronco, ela é uma pedra, ele disse para si mesmo.) — São muito exaustivas — disse ele, observando, com um olhar repulsivo, que a deixava nauseada (ela sentia que ele estava representando, esse grande homem estava fazendo drama), para as belas mãos dele. Era horrível, era indecente. Será que não chegariam nunca, perguntou-se, porque ela não conseguia aguentar essa enorme carga de angústia, suportar o fardo daquelas pesadas fantasias de luto (ele tinha assumido uma pose de extrema decrepitude; chegara a vacilar um pouco enquanto ficava ali parado) por mais um segundo.

Ainda assim, ela não pôde dizer nada; todo o horizonte parecia ter sido despido de assuntos de conversa; apenas conseguia sentir, admirada, enquanto o sr. Ramsay ficava ali parado, como o olhar dele parecia recair tristemente sobre a grama ensolarada e fazê-la perder toda a cor, e lançar sobre a figura corada, sonolenta e completamente satisfeita do sr. Carmichael, que lia um romance francês em uma espreguiçadeira, um véu de crepe, como se tal existência, ostentando sua prosperidade em um mundo de infortúnios, fosse suficiente para provocar os pensamentos mais deprimentes. Olhe para ele, ele parecia estar dizendo, olhe para mim; e, de fato, durante todo o tempo ele sentia, Pense em mim, pense em mim. Ah, se ao menos aquela carga pudesse ser levada com eles, desejou Lily; se ao menos tivesse instalado o cavalete um ou dois metros mais perto dele; um homem, qualquer homem, teria estancado essa efusão, teria suspendido aquelas lamentações. Uma mulher, ela tinha provocado esse horror; uma mulher, ela deveria saber como lidar com aquilo. Contava imensamente para seu descrédito, sexualmente, ficar ali calada. Alguém diria... o que alguém diria?... Ah, sr. Ramsay! Querido sr. Ramsay!

Era isso que aquela velha gentil senhora que desenhava, a sra. Beckwith, teria dito instantaneamente, e corretamente. Mas, não. Ficaram ali parados, isolados do resto do mundo. A imensa autopiedade dele, a necessidade de simpatia jorrava e se espalhava, formando poças aos pés dos dois, e tudo o que ela fazia, pobre pecadora que era, era apertar um pouco mais a saia ao redor dos tornozelos para não se molhar. Em completo silêncio, ela ficou ali, segurando firmemente o pincel.

Os céus nunca poderiam ser suficientemente louvados! Ela ouviu sons na casa. James e Cam deviam estar chegando. Mas o sr. Ramsay, como se soubesse que seu tempo era curto, exerceu sobre a solitária figura de Lily a imensa pressão de seu concentrado infortúnio; de sua idade; de sua fragilidade; de sua desolação; quando, subitamente, sacudindo a cabeça sem a mínima paciência, em meio à irritação... pois, afinal, que mulher poderia resistir a ele?... notou que os cadarços das botas estavam desamarrados. Além disso, eram botas notáveis, pensou Lily, baixando os olhos para observá-las: esculpidas, colossais; como tudo o que o sr. Ramsay usava, desde a gravata gasta até o colete abotoado pela metade, típicos dele, inquestionavelmente. Ela podia vê-las caminhando por si próprias para o quarto dele, expressivas diante da ausência de páthos dele, da rispidez, da falta de atrativos.

— Que belas botas! — exclamou ela. Estava envergonhada de si mesma. Elogiar as botas quando ele lhe pedira que consolasse a alma; quando ele lhe mostrara as mãos ensanguentadas, o coração dilacerado, e esperava a compaixão dela, dizer-lhe então, animada — Ah, mas que belas botas o senhor está usando! — fazia com que ela merecesse, tinha consciência disso e ergueu os olhos esperando ser lançada por um de seus súbitos rompantes de mau humor à completa aniquilação.

Em vez disso, o sr. Ramsay sorriu. Sua mortalha, suas fantasias, suas debilidades o abandonaram. Ah, sim, disse ele, erguendo o pé para que ela pudesse olhar, eram botas de primeira. Havia apenas um homem na Inglaterra capaz de produzir botas como aquelas. As botas estão entre as principais pragas da humanidade, disse. — Os sapateiros tornaram sua ocupação — exclamou — aleijar e torturar o pé humano. — Também são os seres mais teimosos e perversos da humanidade. Tomou-lhe a melhor parte da juventude tentar fazer com que as botas fossem produzidas como deveriam. Ele fez com que ela observasse (levantou o pé direito e, depois, o esquerdo) que nunca havia visto botas feitas com um formato igual ao daquelas antes. Além disso, tinham sido fabricadas com o melhor couro do mundo. A maior parte do couro era simplesmente papel marrom e papelão. Ele olhava complacente para o próprio pé, ainda suspenso no ar. Tinham atingido, ela sentia, uma ilha ensolarada onde morava a paz, a sanidade reinava e o sol brilhava para sempre, a abençoada ilha das botas de qualidade. O coração dela se afeiçoou a ele. — Agora, deixe-me ver se você é capaz de dar um laço — disse ele. Ele desdenhou seu frágil sistema. Mostrou-lhe a própria invenção. Uma vez amarrado, nunca se desfazia sozinho. Ele amarrou os sapatos dela três vezes; três vezes, ele os desamarrou.

Por que, naquele momento completamente impróprio, quando ele se inclinava sobre os sapatos dela, ela deveria se atormentar tanto em demonstrar simpatia por ele a ponto de, enquanto ela também se inclinava, o sangue lhe subir ao rosto, e, pensando na própria insensibilidade (ela o tinha chamado de dramático), sentir os olhos incharem e arderem com lágrimas? Assim ocupado, ele parecia uma figura de infinita compaixão. Ele amarrava laços. Ele comprava botas. Não havia como ajudar o sr. Ramsay na jornada em que ele embarcara. Mas, agora, justamente quando ela queria lhe dizer algo, poderia ter-lhe dito algo, talvez, ali estavam eles – Cam e James. Eles surgiram no pátio. Chegavam, atrasados, lado a lado, um par sério, melancólico.

  Mas por que estavam chegando assim? Não podia deixar de se sentir irritada com eles; podiam ter chegado mais animados; poderiam ter dado ao pai, agora que tinham saído, o que ela não tivera chance de dar. Porque ela sentiu um súbito vazio; uma frustração. O sentimento dela chegara tarde demais; ali estava ele, pronto; mas o sr. Ramsay não precisava mais dele. Tornara-se um homem de idade, muito distinto, que não precisava dela para nada. Ela se sentiu esnobada. Ele pendurou uma mochila nos ombros. Partilhou os pacotes — havia uma série deles, mal embrulhados em papel pardo. Mandou Cam buscar uma capa. Tinha toda a aparência de um líder se aprontando para uma expedição. Então, dando meia-volta, tomou a frente com seu firme passo militar, naquelas maravilhosas botas, carregando pacotes de papel pardo, trilha abaixo, com os filhos o seguindo. Parecia, pensou ela, que o destino lhes tinha conferido alguma rígida tarefa, e a ela se dirigiam, ainda jovens o bastante para serem arrastados no encalço do pai, obedientemente, mas com uma palidez nos olhos que a fazia sentir que sofriam, calados, algo muito além do que a idade lhes permitiria. Passaram, então, pela beira do gramado, e Lily tinha a impressão de estar observando uma procissão puxada por alguma força vinda de um sentimento comum que fazia deles, ainda que vacilassem e fraquejassem, um pequeno batalhão, unido e estranhamente admirável para ela. Educadamente, mas bastante distante, o sr. Ramsay ergueu a mão e a cumprimentou enquanto passavam.

  Mas que rosto, pensou ela, imediatamente encontrando a simpatia que não lhe haviam pedido a pressionando para ser manifestada. O que o tinha feito ficar assim? Pensando, noite após noite, supunha ela... sobre a realidade das mesas de cozinha, acrescentou, lembrando-se do símbolo que em sua ambiguidade em relação ao que o sr. Ramsay realmente pensava a respeito de Andrew lhe tinha sugerido. (Ele fora morto instantaneamente pelos estilhaços de uma granada, considerou ela.) A mesa de cozinha era algo visionário, austero; despojado, duro, não decorativo. Não tinha cor alguma; era toda de quinas e ângulos; era irremediavelmente simples. Mas o sr. Ramsay mantinha sempre os olhos fixos nela, sem jamais se permitir qualquer distração ou ilusão, até que o rosto dele também se tornasse gasto e ascético e tivesse algo daquela beleza sem nenhum ornamento que a impressionava com tanta profundidade. Então, lembrou-se (exatamente onde ele a tinha deixado, segurando o pincel), aflições a tinham desgastado... e de maneira não tão nobre. Ele deve ter tido dúvidas sobre aquela mesa, supunha ela; se a mesa era uma mesa real; se valia a pena o tempo que ele lhe dedicava; se ele era capaz, afinal, de encontrá-la. Ele tivera suas dúvidas, sentia ela, do contrário teria exigido menos das pessoas. Era sobre isso que às vezes eles conversavam tarde da noite, suspeitou ela; e, então, no dia seguinte, a sra. Ramsay parecia cansada, e Lily ficava furiosa com ele por algo absurdo e insignificante. Mas, agora, ele não tinha ninguém com quem falar sobre aquela mesa, ou as botas, ou os laços; e ele era como um leão procurando quem poderia devorar, e seu rosto tinha aquele toque de desespero, de exagero, que a deixava alarmada, fazendo-a apertar a saia em torno do corpo. E então, lembrou-se, houve aquela repentina revitalização, aquela repentina chama (quando ela elogiou as botas dele), aquele repentino resgate de vitalidade e interesse pelas ordinárias coisas humanas, que também passavam e mudavam (pois ele estava sempre mudando, e não escondia nada) naquela outra fase final que era nova para ela e, ela admitia, tinha feito com que se envergonhasse da própria irritabilidade, quando parecia que ele tinha se livrado de preocupações e ambições, e da esperança de simpatia e do desejo de elogios, que tinha entrado em outra região, levado, como que por curiosidade, a um mudo colóquio, consigo mesmo ou com outra pessoa, à frente daquela pequena procissão para além do nosso alcance. Um rosto extraordinário! O portão bateu.

4

Assim, partiram, pensou ela, suspirando com alívio e desapontamento. Sua simpatia pareceu ter sido lançada de volta para ela, como uma planta espinhosa acertando em cheio seu rosto. Sentia-se inusitadamente dividida, como se uma parte dela tivesse se dirigido para lá fora — fazia um dia calmo, nublado; naquela manhã, o Farol parecia estar extremamente distante; a outra tinha se fixado, teimosamente, solidamente, aqui no gramado. Ela via a tela como se tivesse flutuado no ar e se colocado, branca e inflexível, bem diante dela. Parecia repreendê-la com seu olhar frio por toda aquela pressa e agitação; essa loucura e desperdício de emoção; ela drasticamente a fazia evocar e estendia por toda a mente dela, primeiro, uma paz, assim que suas desordenadas sensações (ele tinha partido e ela tivera tanta pena dele e nada dissera) saíram de cena; e, depois, o vazio. Ela olhou vagamente para a tela, que a fitava com seu olhar frio e inflexível; da tela passou para o jardim. Havia algo (ficou parada franzindo os pequenos olhos chineses no rosto enrugado), algo de que se lembrava, nas relações entre aquelas linhas que atravessavam a tela de cima a baixo e, no volume da cerca viva, com sua caverna esverdeada de azuis e marrons, que tinha permanecido em sua mente; que tinha dado um nó tão grande na cabeça dela que, involuntariamente, em momentos ociosos, enquanto caminhava pela estrada de Brompton, enquanto penteava o cabelo, ela se via pintando aquele quadro, passando os olhos por ele, e desatando o nó na imaginação. Mas havia uma enorme diferença entre traçar planos no ar, longe da tela, e realmente pegar o pincel e fazer o primeiro traço.

Ela pegara o pincel errado em meio à agitação causada pela presença do sr. Ramsay, e o cavalete, fincado na terra tão nervosamente, estava no ângulo errado. E, agora, que tinha arrumado tudo e, ao fazê-lo, controlara as impertinências e irrelevâncias que tinham lhe distraído e a faziam se lembrar de que era tal e tal pessoa, de que tinha tais e tais relações com os outros, estendeu a mão e levantou o pincel. Por um momento, ele continuou a tremer no ar, em um doloroso, mas emocionante êxtase. Por onde começar?... Essa era a questão; em que ponto fazer o primeiro traço? Uma única linha colocada na tela a conectava a inúmeros riscos, a frequentes e irrevogáveis decisões. Tudo que, em ideia, parecia simples, tornava-se na prática imediatamente complexo; assim como as ondas se formam simetricamente desde o alto do rochedo, mas aos olhos do nadador imerso nelas se dividem em abismos profundos e cristas espumantes. Entretanto, o risco deve ser enfrentado; o primeiro traço, feito.

Com uma singular sensação física, como se fosse impelida para a frente e, ao mesmo tempo, devesse se conter, ela deu a primeira, rápida e decisiva, pincelada. O pincel desceu. Tingiu de marrom a tela branca, deixando um rastro contínuo. Fez o mesmo uma segunda vez... uma terceira vez. E, assim, parando e pincelando, ela conseguiu um movimento dançante e cadenciado, como se as pausas fossem uma parte do ritmo e as pinceladas, outra, e tudo estivesse relacionado; e então, delicada e rapidamente parando, pincelando, ela marcou a tela com linhas marrons contínuas e nervosas, que, assim que se acomodavam, envolviam (ela o sentia crescendo em sua direção) um espaço. Embaixo, no vazio de uma onda, via a próxima onda se elevando cada vez mais alto acima dela. Pois o que podia ser mais formidável do que aquele espaço? Aqui estava ela de novo, pensou, recuando para observá-lo, apartada das fofocas, da vida, da companhia das pessoas à presença desse seu antigo e formidável inimigo... Essa outra coisa, essa verdade, essa realidade, que subitamente colocava as mãos sobre ela, emergindo poderosa do fundo das aparências e exigindo sua atenção. Ela era metade relutância, metade indecisão. Por que ser sempre arrastada e carregada para longe? Por que não ser deixada em paz, para falar com o sr. Carmichael no gramado? Era, de qualquer modo, uma minuciosa maneira de conversação. Outros objetos de adoração se contentavam com a adoração; os homens, as mulheres, Deus, todos permitiam que nos prostássemos, de joelhos; mas essa forma, ainda que fosse apenas o formato de um abajur branco assomando sobre uma mesa de vime, desafiava-nos ao combate perpétuo, desafiava-nos a uma luta em que seríamos obviamente derrotados. Ela sempre tivera (era parte da sua natureza, ou do seu gênero, ela não sabia qual), antes de trocar a fluidez da vida pela concentração da pintura, uns poucos instantes de nudez quando parecia uma alma ainda por nascer, uma alma privada de corpo, hesitando em algum pináculo assolado pelos ventos e, sem proteção, exposta a todos os ataques de dúvida. Por que, então, ela fazia aquilo? Olhou para a tela, levemente marcada por linhas contínuas. Seria pendurada nos quartos dos criados. Seria enrolada e enfiada debaixo de um sofá. Por que pintá-la, então, e ouviu alguma voz dizendo que não sabia pintar, dizendo que não sabia criar, como se tivesse sido apanhada em uma daquelas correntes habituais em que, após certo tempo, a experiência se cristaliza na mente, de maneira que repetimos as palavras sem ter mais consciência de quem as disse originalmente.

Não sabem pintar, não sabem escrever, murmurou monotonamente, considerando com ansiedade qual deveria ser seu plano de ataque. Pois o volume se elevava diante dela; projetava-se; sentia-o pressionando seus globos oculares. Então, como se algum líquido necessário à lubrificação de suas faculdades mentais tivesse jorrado espontaneamente, ela começou precariamente a mergulhar entre os azuis e os ocres, movimentando o pincel para cá e para lá, mas agora ele estava mais pesado e se movia com mais lentidão, como se tivesse entrado em um ritmo que lhe estavam ditando (ela continuava a olhar para a cerca viva, para a tela), ritmo forte o suficiente para levá-la em sua corrente. Sem dúvida, ela estava perdendo a noção das coisas externas. E, à medida que perdia a noção das coisas externas, e do próprio nome e da própria personalidade e da própria aparência, e da presença ou ausência do sr. Carmichael, a mente dele continuava a arremessar das profundezas cenas, e nomes, e dizeres, e memórias e ideias, como uma fonte inundando aquele espaço branco terrivelmente difícil e cintilante, enquanto ela o modelava com verdes e azuis.

Charles Tansley costumava dizer, lembrou-se ela, que as mulheres não sabem pintar, não sabem escrever. Surgindo por detrás, ele se postara bem ao lado dela, algo que ela odiava, enquanto pintava aqui, neste exato lugar. — Tabaco ruim — disse ele — cinco centavos por trinta gramas — mostrando sua pobreza, seus princípios. (Mas a guerra abrandara o feminismo de Lily. Pobres diabos, pensamos, pobres diabos de ambos os sexos.) Ele andava sempre com um livro debaixo do braço — um livro roxo. Ele "trabalhava". Ele se sentava, recordou ela, trabalhando sob um sol abrasador. Ao jantar, sentava-se bem em frente à vista. Mas, afinal, refletiu ela, houve a cena na praia. Era preciso se lembrar daquilo. Era uma manhã de ventania. Tinham todos descido até a praia. A sra. Ramsay escrevia cartas, sentada próximo a uma rocha. Escrevia sem parar. — Ah — disse ela, erguendo os olhos ao ver algo boiando no mar — é uma armadilha de lagostas? É um barco virado? — Era tão míope que não conseguia enxergar e, então, Charles Tansley se tornou tão simpático quanto, possivelmente, conseguia ser. Começou a brincar de ricochetear pedrinhas na água. Eles escolhiam pedrinhas achatadas e pretas e as atiravam na superfície das ondas. De vez em quando, a sra. Ramsay olhava por cima dos óculos e ria deles. O que eles diziam ela não se lembrava, mas se recordava de Charles e ela atirando pedras e dos dois subitamente se dando muito bem, e da sra. Ramsay os observando. Estava bastante consciente disso. A sra. Ramsay, pensou ela, recuando e apertando os olhos. (O desenho deve ter sofrido grande alteração quando ela estava sentada no degrau com James. Devia haver uma sombra). Quando pensava em si mesma e em Charles brincando de ricochetear pedrinhas na água e na cena toda da praia, isso parecia depender, de certa maneira, da figura da sra. Ramsay sentada sob a rocha, com um bloco de papel sobre os joelhos, escrevendo cartas. (Ela escrevia inúmeras cartas e, às vezes, o vento as levava, e ela e Charles apenas conseguiam salvar uma única página do mar.) Mas que poder havia na alma humana! pensou ela. Aquela mulher ali sentada escrevendo sob a rocha tornava tudo muito simples; fazia com que aquelas raivas, aquelas irritações se desintegrassem como trapos velhos; ela juntava isto e isso e mais aquilo e, assim, transformava aquela deplorável tolice e maldade (ela e Charles discutindo, brigando, tinha sido tolo e maldoso) em algo... Essa cena na praia, por exemplo, esse momento de amizade e afeição... que sobrevivia, após todos esses anos, por completo, de maneira que ela mergulhou naquilo para reconstruir a lembrança que tinha dele, e ali permanecia na mente, afetando-nos quase como uma obra de arte.

— Como uma obra de arte — ela repetiu, olhando da tela para os degraus da sala de estar e de volta. Precisava descansar por um instante. E, descansando, olhando de um lugar para o outro vagamente, a velha questão que atravessava o firmamento da alma eternamente, a vasta e abrangente questão que tinha tudo para se sobressair em momentos como esse, quando ela liberava as habilidades que tinham estado sob tensão, pairou sobre ela, parou sobre ela, obscureceu-se sobre ela. Qual é o significado da vida? Isso era tudo... uma questão simples; algo que tendia a se aproximar mais e mais de nós com o passar dos anos. A grande revelação nunca chegara. A grande revelação talvez nunca chegasse. Em vez disso, havia pequenos milagres cotidianos, epifanias, fósforos inesperadamente riscados na escuridão; eis um deles. Isto e isso e mais aquilo; ela própria e Charles Tansley e a onda quebrando; a sra. Ramsay reunindo os dois; a sra. Ramsay dizendo: — Vida, pare bem aqui — a sra. Ramsay fazendo do instante algo permanente (assim como, em outra esfera, a própria Lily tentava fazer do instante algo permanente)... Essa era a natureza da revelação. Em meio ao caos, havia forma; este eterno passar e fluir (olhou para as nuvens se movendo e as folhas balançando) se tornava estabilidade. Vida, pare bem aqui, disse a sra. Ramsay. — A sra. Ramsay! A sra. Ramsay! — repetiu. Devia-lhe tudo aquilo.

Tudo era silêncio. Ninguém ainda parecia estar se movendo na casa. Olhou para ela, ali, dormindo na luz do sol da manhã, com as janelas verdes e azuis com o reflexo das folhas. O tênue pensamento que dedicava à sra. Ramsay parecia estar em consonância com a casa silenciosa; com essa névoa; com esse agradável ar matutino. Tênue e irreal, ele era surpreendentemente puro e excitante. Esperava que ninguém fosse abrir a janela ou sair da residência, e sim que a deixassem em paz para continuar pensando, continuar pintando. Virou-se para a tela. Mas, impelida por determinada curiosidade, impulsionada pelo desconforto da simpatia que não descarregara, deu um passo ou dois até a beira do gramado para ver se, lá embaixo na praia, conseguia enxergar aquele pequeno grupo prestes a velejar. Lá embaixo, em meio aos pequenos barcos que flutuavam, alguns com as velas recolhidas, alguns lentamente se distanciando, já que o dia estava bastante calmo, havia um muito separado dos outros. As velas estavam sendo içadas naquele exato momento. Ela decidiu que ali, naquele barquinho muito distante e inteiramente silencioso, o sr. Ramsay estava sentado com Cam e James. Agora, tinham conseguido içar as velas; agora, depois de uma ligeira hesitação e silêncio, viu o barco dar a partida com deliberação, deixando os outros barcos para trás em alto-mar.

5

As velas tremulavam acima da cabeça deles. A água vacilava e golpeava os lados do barco, que cochilava imóvel sob o sol. De vez em quando, as velas ondulavam com uma leve brisa, mas o balanço corria ao longo delas e então parava. O barco não fazia movimento algum. O sr. Ramsay estava sentado no meio do barco. Não vai demorar para ele ficar impaciente, James pensou, e Cam pensou, olhando para o pai, que estava sentado no meio do barco, entre eles (James controlava o leme; Cam se sentara sozinha na proa), com as pernas bastante encolhidas. Ele detestava ficar parado. E, de fato, após se remexer por um segundo ou dois, ele disse algo rápido para o filho de Macalister, que pegou os remos e começou a remar.

Mas o pai, eles sabiam bem, não se contentaria enquanto não estivessem a toda velocidade. Ele continuaria a procurar uma brisa, agitando-se, falando baixinho coisas que Macalister e o filho acabariam ouvindo, fazendo com que ambos se sentissem terrivelmente desconfortáveis. Ele os obrigara a vir. Em sua raiva, eles esperavam que a brisa nunca surgisse, que ele se frustrasse de todas as maneiras possíveis, uma vez que os obrigara a vir contra a vontade.

Durante todo o percurso até a praia, tinham ficado para trás, juntos, com ele lhes pressionando "Andem logo, andem logo", mesmo sem pronunciar uma única palavra. Iam com a cabeça baixa, iam com a cabeça pressionada para baixo em razão de uma implacável ventania. Não podiam falar com ele. Eram obrigados a ir; eram obrigados a seguir. Eram obrigados a caminhar atrás dele, carregando embrulhos de papel pardo. Mas juraram, em silêncio, enquanto caminhavam, apoiar-se mutuamente e levar adiante o grande pacto — resistir à tirania até a morte. Assim, sentariam-se um em uma ponta do barco e o outro, na outra, em silêncio. Não diriam nada, apenas olhariam de vez em quando para ele, sentado ali com as pernas torcidas, emburrado e agitado, desgostoso, reclamando e murmurando coisas para si mesmo, e aguardando impacientemente uma brisa. E eles esperavam que não ventasse. Esperavam que ele ficasse contrariado. Esperavam que toda a expedição fracassasse, e eles tivessem que voltar, com os embrulhos, para a praia.

Mas, agora, quando o filho de Macalister tinha conseguido, remando, avançar, as velas lentamente viraram, o barco ganhou velocidade, nivelou-se e partiu em disparada. Instantaneamente, como se uma grande tensão tivesse sido aliviada, o sr. Ramsay estendeu as pernas, tirou o estojo de fumo, passou-a, com um pequeno grunhido, a Macalister, e sentiu-se, eles sabiam, apesar de tudo que tinham sofrido, perfeitamente satisfeito. Agora, velejariam assim por horas, e o sr. Ramsay faria alguma pergunta ao velho Macalister — sobre a grande tempestade do inverno passado, muito provavelmente — e o velho Macalister responderia, e tirariam baforadas do cachimbo juntos, e Macalister pegaria uma corda coberta de piche, usando os dedos para fazer ou desfazer algum nó, e o filho pescaria algo, sem nunca dizer uma palavra a ninguém. James seria obrigado a ficar o tempo todo de olho na vela. Porque, se esquecesse de fazer isso, ela se afrouxaria e ficaria batendo, e o sr. Ramsay diria rispidamente: — Preste atenção! Preste atenção! — e o velho Macalister se viraria lentamente no assento. Ouviram, então, o sr. Ramsay fazendo uma pergunta sobre a tormenta do Natal. — Ela veio dando a volta no cabo — disse o velho Macalister, descrevendo a tempestade do último Natal, quando dez navios foram obrigados a parar na baía em busca de abrigo, e ele tinha visto — um ali, um ali, um ali — (devagar ele indicava pontos ao redor da baía. O sr. Ramsay o seguia, virando a cabeça.) Tinha visto quatro homens se agarrando ao mastro. Depois, ele sumiu. — E, no fim, nós conseguimos desencalhá-lo — continuou ele (mas, na raiva e no silêncio deles, captavam apenas uma palavra aqui e ali, sentados em pontas opostas do barco, unidos pelo pacto de combater a tirania até a morte). No fim, tinham-no desencalhado, tinham lançado o barco salva-vidas, e tinham conseguido levá-lo além do cabo — Macalister contou sua história; e, embora tivessem capturado apenas uma palavra aqui e ali, eles estavam conscientes o tempo todo da figura do pai — o quanto se inclinava para a frente, como ajustava a voz à de Macalister; como, tirando baforadas do cachimbo, e olhando para ali e para ali, para onde Macalister apontara, ele se deleitava com o pensamento da tormenta e da noite escura e dos pescadores lá lutando. Ele gostava que os homens fossem obrigados a se esforçar e suar à noite na praia castigada pelo vento; opondo músculos e cérebro contra as ondas e o vento; gostava que os homens trabalhassem daquele jeito, e que as mulheres cuidassem da casa e ficassem sentadas lá dentro ao lado das crianças dormindo, enquanto os homens morriam afogados lá fora na tempestade. Era o que James pensava, era o que Cam pensava (olhavam para ele, olhavam um para o outro), pelo jeito como ele mexia a cabeça e prestava atenção e pelo tom da sua voz, e pelo leve traço de sotaque escocês que a invadia, fazendo com que ele próprio parecesse um camponês, enquanto questionava Macalister sobre os onze navios que tinham sido levados para a baía durante uma tormenta. Três tinham afundado.

Ele olhava com orgulho para onde Macalister apontava; e Cam pensou, sentindo orgulho dele sem saber muito bem o porquê: se ele estivesse lá, teria lançado o barco salva-vidas, teria ido até o navio naufragado, pensou Cam. Ele era tão corajoso, tão aventureiro, pensou Cam. Mas lembrou-se. Havia o pacto; resistir à tirania até a morte. Sua injustiça pesava sobre eles. Tinham sido forçados; tinham sido intimados. Ele os tinha subjugado uma vez mais com sua infelicidade e autoridade, obrigando-os, naquela bela manhã, a cumprir as ordens dele, a ir ao Farol, porque assim queria, carregando esses embrulhos; obrigando-os a participar desses ritos em memória de pessoas mortas, que ele cumpria para o próprio prazer, mas que eles odiavam e, por isso, demoravam o mais que podiam, já que todo o prazer do dia havia sido frustrado.

Sim, a brisa era refrescante. O barco se inclinava, singrava a água com precisão, e ela se dividia em cascatas verdes, em borbulhas, em cataratas. Cam observava a espuma, o mar, com todo o seu tesouro e sua velocidade, a deixava hipnotizada, e o laço entre ela e James cedia um pouco. Afrouxava um pouco. Ela começou a pensar: Como vai rápido. Para onde estamos indo?, e o movimento a hipnotizava, enquanto James, sério, com os olhos fixos na vela e no horizonte, controlava o leme. Mas ele começou a pensar, enquanto pilotava, que poderia escapar; poderia se livrar de tudo aquilo. Eles podiam atracar em algum lugar; e, então, ser livres. Ambos, entreolhando-se por um instante, tiveram certa sensação de fuga e exaltação, em virtude da velocidade e mudança. Mas a brisa produziu no sr. Ramsay a mesma emoção e, enquanto o velho Macalister se virava para arremessar sua linha ao mar, ele exclamou alto:

— Sucumbimos — e depois, novamente — sozinhos. — E, então, com seu costumeiro acesso de remorso ou timidez, recompôs-se e acenou com a mão na direção da praia.

— Vejam a casinha — disse, apontando, desejando que Cam olhasse. Ela se levantou hesitante e olhou. Mas qual delas? Ela não conseguia mais distinguir, lá longe na encosta da colina, qual era a casa deles. Tudo parecia distante e pacífico e estranho. A praia parecia refinada, longínqua, irreal. A pequena extensão que tinham velejado já os levara para bem longe dela e lhe tinha dado o aspecto mudado, o aspecto sereno, de algo recuando com o qual não temos mais nenhuma relação. Qual era a casa deles? Ela não conseguia vê-la.

— Mas eu, sob um mar mais violento — murmurou o sr. Ramsay. Ele tinha encontrado a casa e, vendo-a assim, também vira a si próprio lá; vira a si próprio caminhando no pátio, sozinho. Andava para um lado e para o outro, por entre os vasos; e parecia, para si mesmo, muito velho e encurvado. Sentado no barco, inclinou-se, encolheu-se, representando instantaneamente seu papel — o papel de um homem desolado, viúvo, destituído; e, assim, evocou diante de si, aos montes, pessoas que simpatizavam com ele; representou para si mesmo, sentado ali no barco, um pequeno drama; o que exigia dele decrepitude e exaustão e infortúnio (ele ergueu as mãos e olhou para a finura delas, para confirmar seu sonho) e, então, foi-lhe dada em abundância a compaixão das mulheres, e ele imaginou como elas o consolariam e lhe ofereceriam sua compaixão, e, assim, obtendo em seu sonho algum reflexo do refinado prazer que a compaixão das mulheres representava para ele, suspirou e disse com um ar gentil e pesaroso:

Mas eu, sob um mar mais violento,
submergi em abismos ainda mais profundos,

de tal maneira que as lamuriosas palavras foram ouvidas com extrema clareza por todos eles. Cam praticamente pulou do assento. Aquilo a deixou chocada... aquilo a deixou ultrajada. O movimento despertou o pai; e ele estremeceu, e se interrompeu, exclamando: — Olhem! Olhem! — com tanta insistência que James também virou a cabeça para olhar por sobre os ombros para a ilha. Todos olharam. Olharam para a ilha.

Mas Cam não conseguia ver nada. Estava pensando em como todas aquelas trilhas e o gramado, cheios e entrelaçados com a vida que eles tinham vivido ali, haviam desaparecido: tinham sido apagados; eram passado; eram irreais e, agora, isto era real; o barco e a vela com seu remendo; Macalister com seus brincos; o barulho das ondas... tudo isso era real. Pensando nisso, ela murmurava para si mesma: — Sucumbimos, sozinhos — porque as palavras do pai irrompiam e voltavam a irromper em sua mente, quando ele, vendo-a olhar tão vagamente, começou a provocá-la. Ela não conhecia os pontos cardeais?, perguntou ele. Não distinguia o norte do sul? Ela achava mesmo que eles moravam bem ali? E ele apontou de novo, e lhe mostrou onde ficava a casa deles, lá, ao lado daquelas árvores. Ele gostaria que ela tentasse ser mais precisa, ele disse: — Diga-me... qual é o leste, qual é o oeste? — questionou ele, em parte rindo dela, em parte a repreendendo, porque ele não era capaz de compreender o estado mental de ninguém, a não ser alguém completamente imbecil, que não conhecesse os pontos cardeais. Mas ela não conhecia. E ao vê-la contemplativa, com os olhos vagos e agora um tanto quanto assustados, fixos onde não havia nenhuma casa, o sr. Ramsay esqueceu seu sonho; que ele andava para um lado e para o outro entre os vasos do pátio; que os braços se estendiam na sua direção. Ele pensou: as mulheres são sempre assim; a ambiguidade da mente delas é irremediável; era algo que nunca conseguira entender; mas era assim. Tinha sido assim com ela... sua mulher. Não eram capazes de manter nada claramente fixo na mente delas. Mas errara ao se irritar com ela; além disso, ele não gostava, de certa forma, dessa ambiguidade das mulheres? Era parte de seu extraordinário encanto. Farei com que ela sorria para mim, pensou. Ela parece assustada. Estava tão silenciosa. Ele cerrou os punhos, e decidiu que sua voz e seu rosto, e todos os gestos rápidos e expressivos que estiveram sob seu comando, fazendo com que as pessoas tivessem pena dele e o elogiassem todos aqueles anos, deveriam diminuir. Faria com que ela sorrisse para ele. Encontraria algo simples e fácil para lhe dizer. Mas, o quê? Porque, ocupado com o trabalho como ele estava, esquecia o tipo de coisas de que falavam. Havia um filhote de cachorro. Eles tinham um filhotinho. Quem estava tomando conta do filhotinho?, perguntou ele. Sim, pensou James sem piedade, vendo a cabeça da irmã contra a vela, agora ela vai ceder. Ficarei sozinho lutando contra o tirano. O pacto teria que ser seguido por ele. Cam nunca resistiria à tirania até a morte, pensou ele, soturno, observando o rosto dela, triste, emburrado, rendido. E, assim como às vezes acontece quando uma nuvem encobre uma encosta verde, e a gravidade desce e ali, em meio a todos os morros ao redor, há tristeza e melancolia, e parece que os próprios morros deveriam levar em consideração o destino da encosta nublada, da encosta escurecida, seja por compaixão, seja maliciosamente se regozijando com seu desânimo: é assim que Cam se sentia agora, encoberta, ali sentada entre pessoas calmas, decididas, e não sabia como responder ao pai sobre o filhotinho; como resistir à sua súplica... perdoe-me, importe-se comigo; enquanto James, o legislador, com as tabuletas da eterna sabedoria abertas sobre os joelhos (a mão sobre o timão se tornara simbólica para ela), dizia: Resista. Combata-o. Dizia-o de maneira tão correta; tão justa. Porque eles deviam combater a tirania até a morte, pensou ela. De todas as qualidades humanas, a justiça era a que ela mais reverenciava. O irmão era mais parecido com um deus, o pai, com um suplicante. E a qual deles se renderia?, pensou, sentada entre os dois, olhando para a praia, cujos pontos cardeais eram completamente desconhecidos para ela, e pensando que o gramado e o pátio e a casa tinham agora sumido, e a paz reinava ali.

— Jasper — disse ela, com um ar taciturno. Ele estava tomando conta do filhotinho.

E que nome ela ia dar para o cachorro?, insistiu o pai. Ele tivera um de nome Frisk quando menino. Ela vai ceder, pensou James, enquanto observava certo olhar estampar o rosto dela, um olhar que ele conhecia. Elas olham para baixo, pensou, para seu tricô ou qualquer outra coisa. E, então, de repente, olham para cima. Houve um clarão azul, lembrava-se e, então, alguém, sentado ao lado dele, riu, rendida, e ele ficou muito irritado. Deve ter sido a mãe, pensou, sentada em uma poltrona, com o pai em pé, olhando-a de cima. Ele começou a procurar em meio à infinita série de impressões que o tempo tinha depositado, folha sobre folha, dobra sobre dobra, suavemente, incessantemente, no cérebro dele; entre cheiros, sons; vozes, ásperas, graves, macias; e luzes passando, e vassouras batendo; e as águas e o murmúrio do mar... A lembrança de um homem que andava para um lado e para o outro e parava de repente, ereto, olhando-os de cima. Enquanto isso, ele percebeu que Cam batia com os dedos na água, e olhava para a praia e não dizia nada. Não, ela não vai ceder, pensou ele; ela é diferente, pensou. Bom, se Cam não ia lhe responder, ele não a incomodaria, o sr. Ramsay decidiu, tateando o bolso à procura de um livro. Mas ela ia lhe responder; ela desejava, ardentemente, remover o obstáculo que se alojara sobre sua língua e dizer: Ah, sim, Frisk. Vou chamá-lo de Frisk. Queria até mesmo dizer, Era esse o cachorro que encontrou sozinho o caminho no pântano? Mas, por mais que tentasse, não conseguia pensar em nada parecido para falar, ferrenha e leal ao pacto, ainda que transmitisse ao pai, sem que James suspeitasse, uma mensagem reservada do amor que sentia por ele. Porque, pensava ela, aventurando a mão na água (e agora o filho de Macalister tinha pegado uma cavala que se debatia no fundo do barco, com sangue nas guelras), porque, pensava ela, observando James, que, impassível, mantinha os olhos na vela, ou observava de vez em quando, por um segundo, o horizonte, você não está exposto a tudo isso, a essa pressão e conflito de sentimentos, a essa extraordinária tentação. O pai continuava tateando os bolsos; mais um segundo e ele encontraria o livro. Porque ninguém a atraía mais; as mãos dele eram lindas, e os pés, e a voz, e as palavras, e a pressa, e o humor, e a esquisitice, e a paixão, e o jeito de dizer tudo abertamente diante de todo mundo, sucumbimos, sozinhos, e o distanciamento. (Ele tinha aberto o livro.) Mas o que continuava intolerável, pensou ela, sentando-se reta, e observando o filho de Macalister puxar o anzol das guelras de outro peixe, era aquela rude cegueira e tirania dele, que tinham envenenado a infância dela e provocado amargas tempestades, de tal modo que, mesmo agora, ela acordava no meio da noite tremendo de raiva e se lembrava de alguma ordem dele; de alguma insolência. — Faça isso, faça aquilo! — sua dominação: seu — Submeta-se a mim.

Por isso, ela não disse nada, mas olhava, com obstinação e tristeza a praia, envolvida em seu manto de paz; como se, ali, as pessoas tivessem adormecido, pensou ela; como se fossem livres como fumaça, como se fossem livres para ir e vir como fantasmas. Lá não havia sofrimento, pensou.

6

Sim, aquele é o barco deles, Lily Briscoe decidiu, de pé na beira do gramado. Era o barco com velas marrom-acinzentadas, que ela via agora se nivelar à água e disparar pela baía. Ele está lá sentado, pensou, e os filhos continuam muito calados. E ela também não podia alcançá-lo. A simpatia que ela não lhe tinha concedido a deprimia. Tornava-lhe difícil pintar.

Sempre o considerara difícil. Nunca fora capaz de elogiá-lo diretamente, lembrou-se ela. E isso reduzia a relação deles a algo neutro, sem aquele elemento sexual que tornava a conduta dele para com Minta tão galante, quase alegre. Ele colheria uma flor para ela, lhe emprestaria livros. Mas ele acreditava mesmo que Minta os lia? Ela andava com eles pelo jardim, enfiando folhas entre as páginas para marcar até onde tinha lido.

— Está lembrado, sr. Carmichael? — estava inclinada a perguntar, olhando para o velho. Mas ele tinha abaixado o chapéu até o meio da testa; estava dormindo, ou sonhando, ou estava ali estirado buscando palavras, supôs ela.

— Está lembrado? — estava inclinada a perguntar, ao passar por ele, pensando de novo na sra. Ramsay na praia; no barril boiando na água; e nas páginas voando. Por que, após todos esses anos, aquilo tinha sobrevivido, emoldurado, iluminado, visível até o mínimo detalhe, quando tudo o que se via antes era um branco só, e tudo o que se via depois era um branco só, por quilômetros e quilômetros?

— É um barco? É uma boia? — diria ela, repetiu Lily, virando-se, ainda com relutância, para a tela. Graças aos céus, o problema do espaço permanecia, pensou ela, pegando de novo o pincel. Saltava-lhe à vista. Todo o volume da pintura se sustentava sobre aquele peso. Bela e brilhante na superfície, como deveria ser, suave e evanescente, uma cor se fundindo à outra como as cores da asa de uma borboleta; mas, por baixo, a estrutura devia ser prensada com rebites de ferro. Tinha de ser algo que capaz de se agitar com um sopro; algo que fosse impossível deslocar com uma manada de cavalos. E começou a inserir um vermelho, um cinza, e passou a modelar seu caminho por entre o vazio que havia ali. Ao mesmo tempo, tinha a impressão de estar sentada ao lado da sra. Ramsay, na praia.

— É um barco? É um barril? — disse a sra. Ramsay. E ela começou a procurar ao redor pelos óculos. E, ao achá-los, sentou-se, silenciosa, olhando o mar. E Lily, pintando sem parar, sentia como se uma porta tivesse sido aberta, e alguém tivesse entrado e ficado ali olhando silenciosamente em toda a volta, em um lugar alto como uma catedral, muito escuro, muito solene. Gritos vinham de um mundo muito longínquo. Barcos a vapor desapareciam em meio a colunas de fumaça no horizonte. Charles atirava pedras até que ricocheteassem.

A sra. Ramsay se sentou em silêncio. Estava feliz, pensou Lily, por poder descansar em silêncio, incomunicável; descansar na extrema obscuridade das relações humanas. Quem sabe o que somos, o que sentimos? Quem sabe, mesmo em um momento de intimidade, Isso é conhecimento? As coisas não se estragam então, teria a sra. Ramsay perguntado (aquilo parecia ter acontecido tantas vezes, esse silêncio ao lado dela) ao dizê-las? Não somos mais expressivos assim? O momento, ao menos, parecia extraordinariamente fértil. Ela cavou um pequeno buraco na areia e o cobriu, como se quisesse enterrar nele a perfeição do instante. Era como uma gota de prata em que mergulhávamos, iluminando a escuridão do passado.

Lily recuou para ver a tela — assim — em perspectiva. Era uma estrada esquisita a percorrer, essa da pintura. Ia-se longe, cada vez mais longe, até que, por fim, tinha-se a impressão de estar sobre uma prancha estreita, inteiramente a sós, sobre o mar. E, quando ela mergulhava o pincel na tinta azul, mergulhava também no passado que estava ali. Agora, lembrou-se de que a sra. Ramsay se levantava. Era hora de voltar à casa... a hora do almoço. E todos eles subiram juntos o caminho de volta da praia, ela caminhando atrás com William Bankes, e ali, à frente deles, Minta, com um furo na meia. Como aquele pequeno círculo rosado no calcanhar parecia se exibir diante deles! Como William Bankes lamentava aquilo sem, ainda assim, tanto quanto ela podia se lembrar, dizer algo a respeito! Para ele, aquilo simbolizava a aniquilação da feminilidade, e sujeira e desordem, e criadas indo embora e camas não feitas até o meio-dia... todas as coisas que ele mais abominava. Ele tinha um jeito de estremecer e abrir os dedos como que para esconder um objeto desagradável da vista, algo que ele estava fazendo agora... erguendo a mão diante dele. E Minta foi na frente, e Paul deve ter ido encontrá-la, e ela foi com Paul para o jardim.

Os Rayley, pensou Lily Briscoe, apertando o tubo de tinta verde. Ela juntou suas impressões sobre os Rayley. A vida deles lhe surgia em uma série de cenas; uma, na escadaria, ao amanhecer. Paul tinha chegado e ido para a cama cedo; Minta estava atrasada. Ali estava Minta, com uma grinalda de flores, colorida, vistosa, por volta das três horas da manhã. Paul saiu do quarto de pijamas carregando um atiçador no caso de serem ladrões. Minta estava comendo um sanduíche, de pé, no meio da escada, próximo uma janela, à luz cadavérica da aurora, e o tapete tinha um buraco nele. Mas o que eles estavam dizendo?, perguntou-se Lily, como se, ao olhar, pudesse ouvi-los. Minta continuou comendo o sanduíche, de uma maneira irritante, enquanto ele dizia algo violento, ofendendo-a, murmurando para não acordar as crianças, os dois meninos. Ele estava murcho, abatido; ela, exuberante, indiferente. Porque as coisas tinham desandado depois do primeiro ano, aproximadamente; o casamento tinha dado muito errado.

 E isso, pensou Lily, pegando a tinta verde com o pincel, isso de inventar cenas sobre elas é o que chamamos de "conhecer" as pessoas, "pensar" nelas, "gostar" delas! Nada daquilo era verdade; ela tinha inventado tudo; mas, de qualquer modo, era desse jeito que ela as ficava conhecendo. Continuou a cavar túneis para encontrar seu caminho na pintura, no passado.

 Em outra ocasião, Paul disse que "jogava xadrez em cafés". Ela também tinha erigido toda uma estrutura de imaginação em cima do que ele dissera. Ela se lembrou de como, enquanto ele estava falando, telefonou para a criada, e ela disse — A sra. Rayley está fora, senhor — e ele decidiu que também não voltaria para casa. Ela o via sentado no canto de algum lugar lúgubre, onde a fumaça impregnava as cadeiras de veludo vermelho, e as garçonetes acabavam conhecendo os clientes pelo nome, e ele jogava xadrez com um homem pequeno que negociava chá e morava em Surbiton, mas aquilo era tudo que Paul sabia a respeito dele. E, depois, Minta estava fora quando ele voltou para casa, e então houve aquela cena nas escadas, quando ele pegou o atiçador no caso de serem ladrões (sem dúvida, também para assustá-la) e falou tão amargamente, dizendo que ela tinha arruinado a vida dele. Em todo caso, quando ela foi visitá-los em um casebre perto de Rickmansworth, as coisas estavam terrivelmente tensas. Paul a levou até o jardim para ver as lebres belgas que criava, e Minta foi atrás deles, cantando, e apoiou o braço nu no ombro dele, para evitar que ele contasse qualquer coisa a ela.

Minta estava farta de lebres, pensou Lily. Mas Minta nunca se dava a conhecer. Nunca dizia coisas como aquilo de jogar xadrez em cafés. Ela era consciente demais, desconfiada demais. Mas, para continuar com a história deles... àquela altura, já tinham passado da fase perigosa. Ela passou um tempo com eles no último verão e o carro quebrou e Minta teve que lhe entregar as ferramentas. Ele estava sentado na estrada consertando o carro, e foi o jeito como ela lhe passava as ferramentas — prática, direta, amável — que provou que tudo estava bem agora. Não estavam mais "apaixonados"; não, ele tinha tomado outra mulher, uma mulher séria, com os cabelos trançados e sempre com uma pasta nas mãos (Minta a tinha descrito agradecida, quase com admiração), que ia a reuniões e partilhava das opiniões de Paul (eles tinham se tornado cada vez mais distintos) a respeito da taxação das propriedades do campo e de um imposto sobre o capital. Longe de contribuir para acabar com o casamento, aquela aliança tinha ajudado a consertá-lo. Eram grandes amigos, obviamente, com ele sentado ali na estrada e ela lhe entregando as ferramentas.

Então essa era a história dos Rayley, pensou Lily. Imaginou-se a contando à sra. Ramsay, que ficaria louca de curiosidade para saber o que tinha acontecido com os Rayley. Ela se sentiria um pouco triunfante ao relatar à sra. Ramsay que o casamento não tinha sido bem-sucedido.

Mas os mortos, pensou Lily, encontrando algum obstáculo na pintura que a fez parar e refletir, recuando um passo ou dois, ah, os mortos!, murmurou ela, nós tínhamos pena deles, nós os afastávamos, sentíamos até mesmo certo desprezo por eles. Estão à nossa mercê. A sra. Ramsay se dissipou e se foi, pensou ela. Podemos desconsiderar os desejos dela, melhorar suas ideias limitadas e antiquadas. Ela vai ficando cada vez mais longe de nós. De brincadeira, ela parecia vê-la ali no fim do corredor dos anos dizendo, entre todas as coisas incongruentes: — Casem-se, casem-se! — (sentada muito ereta, de manhã bem cedo, com os pássaros começando a cantar no jardim lá fora). E teríamos de lhe dizer, Tudo aconteceu em desacordo com os seus desejos. Eles são felizes deste jeito; eu sou feliz daquele jeito. A vida mudara completamente. Todo o seu ser, até mesmo a sua beleza, tornou-se por um instante, empoeirado e ultrapassado. Por um instante, Lily, ali parada, com sol quente nas costas, resumindo a vida dos Rayley, triunfou sobre a sra. Ramsay, que jamais saberia que Paul frequentava cafés e tinha uma amante; que ele se sentava no chão e Minta lhe entregava as ferramentas; que ela ficava aqui pintando, nunca se casara, nem mesmo com William Bankes.

A sra. Ramsay tinha planejado tudo. Talvez, se ainda estivesse viva, talvez a tivesse forçado. Já naquele verão ele era "o mais gentil dos homens". Ele era "o primeiro cientista de seu tempo, de acordo com o meu marido". Ele também era o "pobre William... fico tão triste quando vou visitá-lo e não encontro nada de bonito na casa dele... ninguém para arranjar as flores". Assim, eles eram enviados para fazer caminhadas juntos, e ela era informada, com aquele leve toque de ironia que fazia com que a sra. Ramsay nos escapasse por entre os dedos, que ela tinha uma mente científica; ela gostava de flores; ela era tão minuciosa. Que mania era essa dela por casamento?, Lily imaginou, aproximando-se e se afastando do cavalete.

(Subitamente, tão subitamente quanto uma estrela desliza no céu, uma luz avermelhada pareceu queimar na mente dela, cobrindo Paul Rayley, surgindo dele. Subia como uma fogueira erguida em alguma espécie de celebração por selvagens em uma praia distante. Ela ouvia o rugir e o crepitar. Todo o mar, por quilômetros ao redor, tornou-se vermelho e dourado. Algum odor de vinho se misturava a tudo aquilo e a intoxicava, já que ela sentia de novo o próprio e precipitado desejo de se atirar do penhasco e se afogar à procura de um broche de pérola em uma praia. E o rugir e o crepitar a afugentavam com medo e desgosto, como se, ao mesmo tempo que visse seu esplendor e poder, enxergasse como ela se alimentava do tesouro da casa, vorazmente, asquerosamente, e ela a odiava. Mas, enquanto visão, enquanto glória, suplantava tudo em sua experiência, e queimava ano após ano uma fogueira de sinalização à beira-mar, em uma ilha deserta, e tínhamos apenas de dizer "apaixonados" e, em um instante, como acontecia agora, erguia-se novamente a fogueira de Paul. E caía novamente, e ela dizia para si mesma, rindo: — Os Rayley — e como Paul frequentava cafés e jogava xadrez.)

No entanto, ela escapara por um triz, pensou ela. Estivera observando a toalha da mesa, e lhe passara pela cabeça que mudaria a árvore para o meio, e que nunca precisaria se casar com ninguém, e sentira um enorme júbilo. Sentira, agora podia enfrentar a sra. Ramsay... Um tributo ao espantoso poder que a sra. Ramsay tinha sobre os outros. Faça isso, dizia ela, e a pessoa fazia. Até a sombra dela à janela com James estava cheia de autoridade. Lembrava-se de como William Bankes ficara chocado com a pouca significância que ela dava à figura da mãe e do filho. Ela não admirava a beleza deles?, perguntou. Mas William, lembrava-se ela, escutara-a com seus olhos de criança esperta quando ela explicou que não se tratava de desrespeito: como uma luz aqui exigia uma sombra ali, e assim por diante. Ela não pretendia menosprezar um tema que, concordavam eles, Raphael tratara divinamente. Ela não era cínica. Muito pelo contrário. Graças ao seu espírito científico, ele compreendeu — uma prova de inteligência desinteressada que a agradara e a reconfortara imensamente. Podia-se, pois, falar seriamente de pintura com um homem. Na verdade, a amizade dele tinha sido um dos prazeres da vida dela. Ela amava William Bankes.

Eles iam até Hampton Court, e ele sempre deixava, perfeito cavalheiro que era, tempo de sobra para que ela lavasse as mãos enquanto ele passeava pela beira do rio. Isso era típico da relação deles. Muitas coisas ficavam sem ser ditas. Então, eles passeavam pelos pátios e admiravam, verão após verão, os grandes espaços e as flores e, enquanto caminhavam, ele lhe contava coisas, sobre perspectiva, arquitetura, e ele parava para observar uma árvore ou a vista sobre o lago, e admirar uma criança... (era sua grande tristeza... não tinha nenhuma filha)... do jeito vago e ausente que era natural em um homem que passava tanto tempo em laboratórios, que o mundo, quando ele saía à rua, parecia ofuscá-lo, fazendo com que caminhasse lentamente, levantando a mão para proteger os olhos e, com a cabeça jogada para trás, parando unicamente para respirar o ar puro. Depois, ele lhe contava que a faxineira estava de folga; que ele devia comprar um tapete novo para a escadaria. Talvez ela fosse com ele comprar um tapete novo para a escadaria. E, certa vez, algo o levou a falar sobre os Ramsay, e ele dissera que, quando a viu pela primeira vez, ela estava usando um chapéu cinza; não tinha mais do que dezenove ou vinte anos. Era extraordinariamente bonita. Ele ficou ali parado, observando a avenida em Hampton Court, como se pudesse vê-la em meio às fontes.

Ela olhava agora para o degrau que dava na sala de estar. Via, pelos olhos de William, a forma de uma mulher, calma e silenciosa, com os olhos baixos. Estava sentada, pensando, refletindo (estava de cinza naquele dia, pensou Lily). Seus olhos observavam o chão. Ela nunca os ergueria. Sim, pensou Lily, olhando com determinação, devo tê-la visto assim, mas não vestida de cinza; nem tão quieta, nem tão jovem, nem tão calma. A figura surgia com certa facilidade. Ela era extraordinariamente bonita, como disse William. Mas a beleza não era tudo. A beleza tinha esse preço — surgia fácil demais, surgia completa demais. Paralisava a vida... a congelava. Esquecíamos as pequenas agitações; o rubor, a palidez, alguma estranha distorção, determinada luz ou sombra, que tornava o rosto irreconhecível por um momento e, ainda assim, acrescentava uma qualidade que depois se via para sempre. Era mais simples igualar tudo aquilo sob o disfarce da beleza. Mas como a tinha visto, perguntava-se Lily, quando ela colocava o chapéu de feltro na cabeça, ou corria pela grama, ou repreendia Kennedy, o jardineiro? Quem poderia lhe dizer? Quem poderia ajudá-la?

Contra a própria vontade, ela chegara à superfície, e se viu parcialmente fora do quadro, observando, um tanto quanto atordoada, como se estivesse vendo coisas irreais, o sr. Carmichael. Ele estava estendido na cadeira com as mãos cruzadas sobre a barriga, sem ler, ou dormir, e sim desfrutando o sol como um animal empanturrado com a existência. Seu livro tinha caído na grama.

Tinha vontade de ir diretamente até ele e dizer: — sr. Carmichael! — Então, ele olharia para cima, com um ar benevolente, como sempre, com seus turvos e vagos olhos verdes. Mas só se desperta uma pessoa se sabemos o que queremos lhe dizer. E ela queria dizer não uma coisa, e sim tudo. Palavrinhas que interrompiam o pensamento e o desmembravam não diziam nada. — Sobre a vida, sobre a morte; sobre a sra. Ramsay — não, pensou ela, não se pode dizer nada a ninguém. A urgência do momento sempre errava o alvo. As palavras tremulavam para o lado e acertavam o objeto muitos centímetros abaixo. Então, desistíamos; então, a ideia submergia novamente; então, tornamo-nos, como a maioria das pessoas de meia-idade, cautelosos, furtivos, com rugas entre os olhos e um ar de perpétua apreensão. Pois como poderíamos expressar em palavras essas emoções do corpo? Expressar aquele vazio ali? (Ela estava observando os degraus que davam na sala de estar; eles pareciam extraordinariamente vazios.) Era o sentimento do próprio corpo, não da própria alma. As sensações físicas que acompanhavam a visão vazia dos degraus tinham, subitamente, tornado-se extremamente desagradáveis. Querer e não ter enviava ao próprio corpo uma dureza, um vazio, uma tensão. E, então, querer e não ter... querer e querer... como isso apertava o coração, e o apertava de novo e de novo! Ah, sra. Ramsay!, ela chamou em silêncio, para aquela essência que estava sentada próximo ao barco, aquela essência abstrata feita dela mesma, aquela mulher vestida de cinza, como se para insultá-la por ter partido e, então, tendo partido, por ter voltado. Tinha parecido tão seguro, pensar nela. Fantasma, ar, nada, algo com que se podia brincar com facilidade e tranquilidade a qualquer hora do dia ou da noite, ela tinha sido isso, e então, subitamente, ela estendia a mão e apertava o coração daquele jeito. De repente, os degraus vazios que davam na sala de estar, a franja da cadeira dentro de casa, o filhotinho rolando no terraço, todo o ondular e o murmúrio do jardim se transformaram em curvas e arabescos florescendo em torno de um centro de absoluto vazio.

— O que isso significa? Como o senhor explica isso tudo? — ela queria dizer, virando-se de novo para o sr. Carmichael. Porque o mundo inteiro parecia ter se dissolvido naquela hora do início da manhã, em uma poça de pensamento, uma bacia profunda de realidade, e quase se poderia imaginar que o sr.

Carmichael tivesse falado, por exemplo, uma pequena lágrima teria rasgado a superfície da poça. E então? Algo emergiria. Uma mão seria erguida, uma lâmina surgiria. Era uma bobagem, claro.

Uma curiosa noção lhe veio à mente, a de que ele realmente ouvia, afinal, o que ela não conseguia dizer. Ele era um velho inescrutável, com aquela mancha amarela na barba, e sua poesia, e seus enigmas, navegando serenamente por um mundo que satisfazia todos os desejos dele, tanto que ela imaginava que bastava ele baixar a mão no lugar em que estava estendido no gramado para apanhar o que quisesse. Ela olhou para o quadro. Essa teria sido a resposta dele, presumivelmente — como "você" e "eu" e "ela" passamos e desaparecemos; nada dura; tudo muda; mas não as palavras, não a pintura. Ainda assim, seria pendurada no sótão, pensou ela; seria enrolada e atirada debaixo de um sofá; ainda assim, mesmo no que dizia respeito a uma pintura como aquela, era verdade. Podíamos dizer, até mesmo sobre este rabisco, talvez não sobre aquele quadro de verdade, mas sobre aquilo que ele procurava, que "duraria para sempre", ela ia dizer ou, uma vez que as palavras ditas soavam, até para ela própria, pretensiosas demais, ia apenas sugerir, sem palavras; quando, olhando para o quadro, ela ficou surpresa ao descobrir que não conseguia vê-lo. Os olhos dela estavam cheios de um líquido quente (ela não pensou em lágrimas, logo de início), que, sem prejudicar a firmeza de seus lábios, tornava o ar denso, rolava-lhe pelo rosto. Ela tinha perfeito controle sobre si mesma... Ah, sim!... em tudo o mais. Estava chorando, então, pela sra. Ramsay, sem estar consciente de qualquer infelicidade? Dirigiu-se de novo ao velho sr. Carmichael. De que se tratava, então? O que aquilo significava? Poderiam as coisas estender suas mãos e nos agarrar; poderia a lâmina ferir; o punho, apertar? Não havia nenhuma segurança? Nenhuma maneira de saber de cor os rumos do mundo? Nenhum guia, nenhum abrigo, mas tudo era milagre e se jogar no vazio do alto de uma torre? Seria possível, mesmo para as pessoas mais velhas, que aquilo fosse a vida?... assustadora, inesperada, desconhecida? Por um momento, sentiu que se ambos se levantassem, aqui, agora, no gramado e exigissem uma explicação, por que ela era tão curta, por que era tão inexplicável, dita com violência, como dois seres humanos perfeitamente equipados, de quem nada deveria ser escondido, poderiam falar, então a beleza se faria presente; o espaço seria preenchido; esses floreados vazios tomariam forma; se gritassem alto o bastante, a sra. Ramsay retornaria. — sra. Ramsay! — disse ela em voz alta — sra. Ramsay! — As lágrimas lhe escorriam pela face.

7

[O filho de Macalister pegou um dos peixes e cortou um quadrado do flanco para servir de isca para o anzol. O corpo mutilado (ainda estava vivo) foi devolvido ao mar.]

8

— sra. Ramsay! — gritava Lily — sra. Ramsay! — Mas nada aconteceu. A dor aumentava. A angústia podia nos reduzir a tal patamar de imbecilidade!, pensou ela. De qualquer maneira, o velho não a ouvira. Ele continuava benevolente, calmo... pensando bem, sublime. Graças aos céus, ninguém tinha ouvido o grito dela, aquele grito vergonhoso, chega de dor, chega! Ela, obviamente, não tinha perdido a razão. Ninguém a tinha visto saltar da estreita prancha nas águas da aniquilação. Ela continuava uma solteirona insignificante, segurando um pincel.

E agora, lentamente, a dor do desejo e a amarga raiva (ser relembrada, justamente quando ela pensava que nunca mais se sentiria triste pela sra. Ramsay novamente. Tinha sentido falta dela, em meio às xícaras, durante o café da manhã? Não, de forma nenhuma) diminuíam; e da sua angústia sobraram, como antídoto, um conforto que era em si mesmo um verdadeiro bálsamo e, também, mais misteriosamente, uma sensação de alguém ali, da sra. Ramsay, aliviada por um momento do peso que o mundo colocara sobre ela, ficando despreocupadamente ao seu lado e, então (pois se tratava da sra. Ramsay em toda a sua beleza), levando à testa uma grinalda de flores brancas com a qual partira. Lily espremeu os tubos de tinta novamente. Ela atacou aquele problema da cerca viva. Era estranho como ela a via claramente, caminhando com sua agilidade habitual, por campos em cujas ondulações, purpúreas e suaves, em cujas flores, jacintos ou lírios, ela desaparecia. Era alguma ilusão do olho de uma pintora. Pois dias após ter sabido da morte dela, Lily a tinha visto assim, levando a grinalda à testa e saindo inabalável com sua companhia, uma sombra pelos campos. A visão e a frase tinham o poder de consolar. Onde quer que estivesse, pintando, aqui, no campo ou em Londres, a visão aparecia diante dela, e seus olhos, semicerrados, buscavam algo em que baseá-la. Ela olhava para fora no vagão do trem, no ônibus; roubava uma linha de um ombro ou de uma face; espiava as janelas diante da sua; em Picadilly, com sua fileira de lâmpadas à noite. Tudo tinha feito parte dos campos da morte. Mas algo... podia ser um rosto, uma voz, um jornaleiro gritando Standard News... sempre se impunha, sempre a repreendia, despertava-a, exigia e, ao fim, obtinha um esforço de atenção, fazendo com que a visão fosse refeita eternamente. Agora, de novo, comovida como estava por uma necessidade instintiva de distância e de azul, ela olhou para a baía, que, a seus pés, transformava em montículos as barras azuis das ondas, e campos rochosos dos espaços mais arroxeados e, mais uma vez, viu-se despertada por algo incongruente. Havia uma mancha marrom no meio da baía. Era um barco. Sim, ela percebeu isso depois de um segundo. Mas o barco de quem? O barco do sr. Ramsay, respondeu ela. O sr. Ramsay; o homem que passara por ela marchando, com a mão erguida, arredio, conduzindo uma procissão, em suas belas botas, implorando-lhe simpatia, que ela negara. O barco estava agora na metade da baía.

A manhã estava tão bonita, que, a não ser por uma rajada de vento aqui e ali, o mar e o céu pareciam um só tecido, como se as velas tivessem colado no céu lá em cima, ou as nuvens tivessem caído dentro do mar. Um navio a vapor, lá longe, em alto-mar, tinha traçado no ar um imenso rolo de fumaça que ficou ali fazendo curvas e círculos, à guisa de decoração, como se o ar fosse uma fina gaze que segurasse as coisas, mantendo-as delicadamente em sua malha, apenas as balançando gentilmente, de um lado para o outro. E, como acontece algumas vezes quando o tempo está bonito demais, os penhascos pareciam cientes da presença dos navios, e os navios pareciam cientes da presença dos penhascos, como se estivessem transmitindo uns aos outros alguma mensagem só deles. Porque, às vezes, muito perto da praia, o Farol parecia, nessa manhã, em meio ao nevoeiro, a uma distância enorme.

— Onde eles estão agora? — pensou Lily, olhando na direção do mar. Onde estava ele, aquele homem muito velho que tinha passado por ela silenciosamente, carregando um embrulho de papel pardo debaixo do braço? O barco estava no meio da baía.

9

Eles não sentem nada lá, pensou Cam, olhando para a margem, que, subindo e descendo, tornava-se constantemente mais distante e mais tranquila. Sua mão abria um rastro no mar, assim como seus pensamentos transformavam os redemoinhos e as listras verdes em padrões e, entorpecida e encoberta, vagava na imaginação por aquele mundo submerso de águas onde as pérolas se grudavam em blocos a espumas brancas, onde, na luz verde, produzia-se uma mudança sobre toda a nossa mente, e todo o nosso corpo brilhava, translúcido, envolto em uma capa verde.

Então o redemoinho ao redor da mão dela afrouxou. O fluxo de água cessou; o mundo se encheu de pequenos chiados e rangidos. Ouviam-se as ondas quebrando e batendo contra a lateral do barco como se eles estivessem ancorados no porto. Tudo se tornou próximo demais. Porque a vela, em que James tinha fixado os olhos a ponto de se tornar para ele praticamente uma pessoa conhecida, vergara completamente; nesse momento, eles pararam, com a vela tremulando, à espera de uma brisa, sob o sol ardente, a quilômetros da praia, a quilômetros do Farol. Tudo em todo o mundo parecia parado. O Farol ficou imóvel, e o contorno da distante praia, fixo. O sol se tornou mais quente, e todo mundo parecia ter se aproximado muito, sentindo a presença uns dos outros, algo de que eles tinham quase esquecido. A linha de pescar de Macalister desceu a prumo no mar. Mas o sr. Ramsay continuava lendo com as pernas encolhidas sob o corpo.

Estava lendo um livrinho brilhante, de capa manchada, como um ovo de tarambola. De tempos em tempos, enquanto esperavam, ali parados naquela horrível calmaria, ele virava uma página. E James sentia que cada página era virada com um gesto peculiar que pretendia atingi-lo; ora assertivamente, ora autoritariamente; ora com a intenção de fazer as pessoas terem pena dele; e o tempo todo, enquanto o pai lia e virava uma após outra daquelas pequenas páginas, James continuava a temer o instante em que ele ergueria os olhos e falaria rispidamente com ele a respeito de uma coisa qualquer. Por que estavam esperando aqui?, perguntaria, ou algo completamente irracional do tipo. E se ele o fizer, pensou James, então pegarei uma faca e a cravarei no coração dele.

Sempre mantivera aquele velho símbolo de pegar uma faca e cravá-la no coração do pai. Só que agora, mais velho, e sentado ali, fitando-o em meio a uma raiva impotente, não era ele, o velho entretido na leitura que ele queria matar, e sim a coisa que tomava conta de si — talvez sem que ele mesmo soubesse: aquela súbita e feroz harpia de asas negras, com suas garras e seu bico completamente duros e frios, que nos golpeava e golpeava (podia sentir o bico nas pernas nuas, em que ela o golpeara quando criança) e depois sumia, e ali estava ele de novo, um velho, muito triste, lendo seu livro. Esse ele mataria, nesse ele cravaria uma faca no coração. O que quer que ele fizesse (e ele poderia fazer qualquer coisa, sentia, olhando para o Farol a praia distante), quer trabalhasse em uma empresa, em um banco, quer fosse um advogado ou alguém à frente de algum empreendimento, ele combateria aquilo, ele identificaria e esmagaria aquilo... aquilo que ele chamava de tirania, de despotismo... obrigar as pessoas a fazer o que não queriam, cassar-lhes o direito de falar. Como qualquer um deles poderia dizer, Mas eu não vou, quando ele dizia: Vamos ao Farol. Faça isso. Pegue aquilo para mim. As asas negras se abriam, e o bico duro rasgava. E, então, no instante seguinte, ali estava ele, sentado lendo seu livro; e podia erguer os olhos... nunca poderiam saber... muito razoável. Podia falar com os Macalister. Podia estar enfiando uma moeda na mão congelada de uma velha na rua, pensou James, e podia estar gritando diante da captura de algum pescador; podia estar agitando os braços no ar de tão animado. Ou podia se sentar à cabeceira da mesa em completo silêncio, do começo ao fim do jantar. Sim, pensou James, enquanto o barco balançava e ficava ali parado sob o sol ardente; havia uma imensidão de neve e rocha bastante desolada e austera; e, ultimamente, ele começara a sentir, quando o pai dizia ou fazia algo que surpreendia os outros, que ali havia apenas dois pares de pegada: as próprias e as do pai. Eles, mais ninguém, conheciam um ao outro. O que significava, então, todo esse terror, esse ódio? Olhando para trás, por entre as muitas folhas que o passado dobrara sobre ele, espiando o coração daquela floresta onde a luz e a sombra se misturavam de tal maneira que qualquer figura ficava distorcida, e andamos aos tropeções, ora com o sol, ora com uma sombra negra nos olhos, ele buscou uma imagem que pudesse modelar seu sentimento e posicioná-lo a certa distância, dando-lhe um formato concreto. Imaginem então que ele, quando criança, sem ação, sentado em um carrinho de bebê, ou sobre o joelho de alguém, tivesse visto uma carreta esmagar, inocentemente e sem saber, o pé de alguém? Imaginem que ele tivesse visto antes o pé, na grama, intacto e inteiro; e, então, a roda; e o mesmo pé, roxo, esmagado. Mas a roda era inocente. Assim, agora, quando o pai vinha a passos largos pelo corredor, batendo à porta, acordando-os de madrugada, para irem ao Farol, ela passava em cima do pé dele, do pé de Cam, do pé de qualquer um. Simplesmente nos sentávamos, observando-a.

Mas, no pé de quem ele estava pensando e em que jardim aconteceu tudo aquilo? Porque tínhamos na cabeça um local para essas cenas; árvores que ali cresciam; flores; determinada luz; umas poucas figuras. Tudo tendia a ocorrer em um jardim onde não havia nada dessa melancolia. Nada disso de ficar atirando as mãos para o alto; as pessoas falavam em um tom normal de voz. Entravam e saíam o dia todo. Havia uma velha tagarelando na cozinha; e as persianas eram agitadas para dentro e para fora pela brisa; tudo estava florescendo, tudo estava crescendo; e sobre todos aqueles pratos e tigelas e enormes flores vermelhas e amarelas se exibindo, um véu amarelo muito fino seria estendido, como uma folha de videira, à noite. As coisas se tornavam mais quietas e escuras à noite. Mas o véu parecido com uma folha era tão fino que as luzes o levantavam, as vozes o amarrotavam; ele podia ver através dele uma figura se curvando, e escutar, aproximando-se, afastando-se, um vestido se movendo, uma corrente tilintando.

Era nesse mundo que a roda passava por cima do pé das pessoas. Algo, lembrou-se ele, continuava erguido no ar, algo árido e agudo descia até mesmo ali, como uma lâmina, uma cimitarra, golpeando entre as folhas e as flores daquele mundo feliz e o fazendo se encolher e cair.

— Vai chover — ele se lembrou do pai dizendo. — Vocês não vão conseguir ir até o Farol.

O Farol era então uma torre prateada, parecendo enevoado, com um olho amarelo que se abria súbita e suavemente no entardecer. Agora...

James olhou para o Farol. Ele podia ver as rochas caiadas; a torre, austera e ereta; podia ver que era pintado com faixas pretas e brancas; podia ver janelas nele; podia ver até mesmo roupas estendidas nas rochas, secando. Então era aquilo o Farol, não era?

Não, o outro também era o Farol. Porque nada era simplesmente uma coisa só. O outro Farol era verdade também. Às vezes, era difícil de ser visto do outro lado da baía. No entardecer, erguia-se a vista e se enxergava o olho abrindo e fechando e a luz parecia chegar até eles naquele jardim ensolarado e arejado em que se sentavam.

Mas ele se recriminou. Sempre que dizia "eles" ou "uma pessoa" e, então, começava a ouvir o rumor de alguém chegando, o ruído de alguém saindo, ele se tornava extremamente sensível à presença de qualquer um que pudesse estar na sala. Era o pai dele agora. A tensão era aguda. Pois, em um instante, se não houvesse nenhuma brisa, o pai fecharia o livro com força, e diria: — O que está acontecendo agora? Por que estamos demorando aqui, hein? — assim como, certa vez no passado, ele tinha feito descer sua lâmina sobre eles no pátio, e ela tinha se enrijecido toda e, se houvesse um machado à mão, uma faca, ou qualquer coisa com uma ponta aguda, ele a teria pegado e a teria cravado no coração do pai. Ela tinha se enrijecido toda e, depois, com o braço afrouxando, de modo que ele sentiu que ela não o estava ouvindo mais, ela tinha se levantado de alguma maneira e ido embora, deixando-o ali, impotente, ridículo, sentado no chão segurando uma tesoura.

Não soprava vento nenhum. A água dava risadinhas e balbuciava no fundo do barco, onde três ou quatro cavalas sacudiam a cauda em uma poça d'água rasa demais para cobri-la. A qualquer momento, o sr. Ramsay (quase não ousava olhar para ele) poderia despertar, fechar o livro e dizer algo rude; mas, por enquanto, ele estava lendo, assim, James, furtivamente, como se estivesse caminhando de pés descalços no andar de baixo, com medo de acordar um cão de guarda com o rangido de uma tábua, continuou a pensar em como ela era, aonde ela tinha ido naquele dia? Ele começou a segui-la de quarto em quarto e, finalmente, chegaram a um quarto onde, sob uma luz azul, como se o reflexo viesse de inúmeras peças de porcelana, ela falou com alguém; ele a ouvia falando. Ela falava com uma criada, simplesmente dizendo algo que lhe viesse à cabeça. Só ela falava a verdade; só podia falar a verdade para ela. Talvez essa fosse a fonte da eterna atração que ele sentia por ela; era uma pessoa para quem se podia dizer o que viesse à cabeça. Mas, durante todo o tempo em que pensou nela, estava consciente do pai seguindo seu pensamento, vigiando-o, fazendo-o estremecer e titubear. Por fim, parou de pensar.

Ali estava ele, com a mão no timão, sentado sob o sol, encarando o Farol, incapaz de se mover, incapaz de sacudir aqueles grãos de infelicidade que se instalavam em sua mente, um depois do outro. Uma corda parecia amarrá-lo ali, e o pai tinha lhe dado um nó e só poderia escapar se pegasse uma faca e a fincasse... Mas, naquele instante, a vela lentamente virou, lentamente se encheu, o barco pareceu balançar e, então, movendo-se com certa compreensão de sua sonolência, despertou e avançou pelas ondas. O alívio foi extraordinário. Todos pareciam ter se separado de novo uns dos outros, sentindo-se à vontade, e as linhas de pesca se retesaram ao longo da lateral do barco. Mas o pai dele não despertou. Ele apenas levantou misteriosamente a mão direita no ar e a deixou cair de novo sobre o joelho, como se estivesse regendo uma sinfonia secreta.

10

[O mar sem uma só mancha, pensou Lily Briscoe, ainda de pé e observando a baía. O mar se estendia como seda ao longo da baía. A distância tinha um poder extraordinário; eles tinham sido tragados por ela, sentia, tinham partido para sempre, tinham se tornado parte da natureza das coisas. Estava tão calmo; estava tão quieto. Até mesmo o barco a vapor tinha desaparecido, mas o imenso rolo de fumaça continuava suspenso no ar e começava a pender tristemente como uma bandeira em um evento de despedida.]

11

Assim era então a ilha, pensou Cam, mais uma vez rasgando as ondas com os dedos. Nunca a tinha visto do alto-mar antes. Repousava desse jeito sobre o oceano, repousava com um corte no meio e dois penhascos íngremes, e as águas batiam ali, estendendo-se por quilômetros e quilômetros por todos os lados da ilha. Era muito pequena; tinha o formato de uma folha apoiada na própria ponta. Então, pegamos um barquinho, pensou ela, começando a contar a si mesma uma história de aventura sobre como fugir de um navio que afundava. Mas com o mar correndo por entre seus dedos, um feixe de algas escapando por detrás deles, ela não queria realmente contar para si própria uma história; era a sensação de aventura e fuga que ela queria, pois estava pensando, enquanto o barco continuava a navegar, em como a raiva do pai a respeito dos pontos cardeais, a teimosia de James na questão do pacto, e sua própria angústia, como tudo tinha deslizado, como tudo tinha passado, como tudo tinha ido embora com a correnteza. O que, então, viria em seguida? Para onde estavam indo? Da sua mão, gelada, totalmente mergulhada no mar, brotava uma fonte de alegria diante da mudança, da fuga, da aventura (por estar viva, por estar ali). E as gotas caindo dessa súbita e impensável fonte de contentamento caíram aqui e ali, nas escuras, nas dormentes formas da sua mente, nas formas de um mundo irrealizado, mas girando em sua escuridão, captando, aqui e ali, uma centelha de luz; Grécia, Roma, Constantinopla. Por mais que fosse pequena, e tendo o formato de uma folha apoiada na própria ponta, com as águas salpicadas de ouro fluindo para dentro dela e ao seu redor, ela imaginava se não teria, nem mesmo naquela ilhota, um lugar no universo? Os velhos cavalheiros no escritório podiam, pensou ela, ter lhe dito isso. Às vezes, desviava-se do jardim de propósito e entrava ali para surpreendê-los trabalhando. Ali estavam eles (podia ser o sr. Carmichael ou o sr. Bankes, que se sentava com o pai), sentados de frente um para o outro, nas poltronas. Viravam ruidosamente diante deles as páginas do *The Times* quando ela entrou vindo do jardim, todos confusos por algo que alguém dissera sobre Cristo, ou porque tinham ouvido que um mamute fora descoberto em uma escavação em uma rua de Londres; ou imaginando como era Napoleão. Então, pegavam tudo aquilo com as mãos limpas (usavam roupas cinzas; cheiravam a urze) e juntavam os recortes, virando o jornal, cruzando as pernas e, de vez em quando, diziam algo muito breve. Simplesmente para agradar a si própria, ela tirava um livro da estante e ficava ali, olhando o pai escrever, de maneira tão uniforme, com tanto capricho, de um lado a outro da página, com uma leve tosse de vez em quando, ou algo dito brevemente ao outro velho cavalheiro diante dele. E ela pensou, ali em pé com seu livro aberto, que aqui podíamos deixar qualquer coisa que pensássemos se expandir como uma folha na água; e se aquilo desse certo ali, entre os velhos cavalheiros fumando e o *The Times* se abrindo ruidosamente, então era o certo a se fazer. E, observando o pai escrevendo no escritório, ela pensou (agora sentada no barco) que ele não era presunçoso, nem um tirano, e não queria que tivessem pena dele. Na verdade, se ele visse que ela estava ali, lendo um livro, perguntaria para ela, de uma maneira tão gentil quanto possível para qualquer um: Não tinha nada que ele pudesse lhe dar?

Para ter certeza de que não estava errada, ela olhou para ele lendo o pequeno livro com a capa brilhante manchada como um ovo de tarambola. Não; ela estava correta. Olhe agora para ele, tinha vontade de dizer alto para James. (Mas James tinha os olhos fixos na vela.) Ele é um brutalhão sarcástico, diria James. Ele faz a conversa girar em volta de si mesmo e de seus livros, diria James. Ele é intoleravelmente egoísta. Ainda pior, ele é um tirano. Mas, veja só!, disse ela, olhando para ele. Olhe para ele agora. Olhou para ele lendo o pequeno livro com as pernas enroladas; o pequeno livro cujas páginas amareladas ela conhecia sem saber o que estava escrito nelas. Era pequeno; com as linhas grudadas; ele tinha escrito na contracapa, ela sabia, tinha escrito que tinha gastado quinze francos com o jantar; o vinho tinha custado tanto; tinha dado tanto para o garçom; tudo era somado ordenadamente no fim da página. Mas o que podia estar escrito no livro cujas pontas tinham se arredondado no bolso dele ela não sabia. O que ele pensava nenhum deles sabia. Mas ele estava absorto no livro, tanto que, quando erguia os olhos, como fez agora por um instante, não era para ver nada; era para estruturar um pensamento com mais precisão. Feito isso, sua mente voava de volta, e ele mergulhava na leitura. Ele lia, pensou ela, como se estivesse guiando algo, ou persuadindo um grande rebanho de ovelhas, ou se esforçando para subir uma única trilha estreita; e, às vezes, ele avançava rapidamente, em linha reta, abrindo caminho através do espinheiro, e, às vezes, parecia que um galho o golpeava, uma amora-silvestre o cegava, mas ele não ia se deixar abater por aquilo; continuava em frente, virando uma página atrás da outra. E ela continuava contando a si mesma uma história sobre como fugir de um navio que afundava, pois estava segura, enquanto ele estivesse ali sentado; segura como se sentiu quando entrou no gabinete vindo do jardim, e pegou um livro da estante, e o velho cavalheiro, baixando o jornal subitamente e olhando sobre ele, disse algo breve a respeito da personalidade de Napoleão.

Olhou novamente para o mar, a ilha. Mas a folha estava perdendo a nitidez. Era muito pequena; estava muito distante. Agora, o mar era mais importante do que a praia. As ondas estavam ao redor deles, erguendo-se com um salto e caindo, com um tronco submergindo uma delas; uma gaivota sobrevoando outra. Mais ou menos por aqui, pensou ela, mergulhando os dedos na água, um navio tinha afundado, e ela murmurou, como em um sonho, meio adormecida: como sucumbimos, sozinhos.

12

Tanta coisa depende, então, pensou Lily Briscoe, contemplando o mar que praticamente não tinha nenhuma mancha, que estava tão manso que as velas e as nuvens pareciam assentadas no seu azul, tanta coisa depende, pensou ela, da distância: de as pessoas estarem perto ou longe de nós; porque seu sentimento pelo sr. Ramsay mudava à medida que ele navegava para cada vez mais longe, cruzando a baía. O sentimento parecia se alongar, estender-se; o sr. Ramsay parecia estar ficando cada vez mais e mais distante. Ele e os filhos pareciam ter sido tragados por aquele azul, aquela distância; mas aqui, no gramado, ao alcance da mão, subitamente o sr. Carmichael soltou um grunhido. Ela riu. Ele pegou o livro da grama. Sentou-se de novo na cadeira, fungando e bufando como um monstro marinho. Aquilo era completamente diferente, porque ele estava tão perto. E agora, de novo, tudo estava quieto. Eles já deviam ter saído da cama a essa hora, ela supôs, olhando para a casa, mas nada apareceu. Então, no entanto, ela se lembrou de que cada um ia para um canto assim que a refeição acabava, cuidar dos próprios afazeres. Tudo casava com esse silêncio, esse vazio e a irrealidade da hora, logo cedo de manhã. Era um jeito que às vezes as coisas tinham, pensou ela, detendo-se por um instante e olhando as janelas grandes e cintilantes e a coluna de névoa azul: elas se tornavam uma doença, antes que os hábitos tivessem tecido sua rede pela superfície; sentíamos essa mesma irrealidade, que era tão assustadora; sentíamos algo emergir. A vida era então mais vívida. Conseguíamos ficar à vontade, do nosso modo. Misericordiosamente, não precisávamos dizer, muito abruptamente, atravessando o gramado para cumprimentar a sra. Beckwith, que estava chegando para encontrar um canto onde se sentar: — Ah, bom dia, sra. Beckwith! Que dia encantador! A senhora vai ter coragem de se sentar ao sol? Jasper escondeu as cadeiras. Deixe-me achar uma para a senhora! — e o resto do palavrório de sempre. Não precisamos nem mesmo falar. Deslizávamos, agitávamos as nossas velas (havia bastante movimento na baía, os barcos estavam partindo) entre as coisas, para além delas. Não estava vazio, e sim cheio até a borda. Ela parecia estar em pé até a boca dentro de alguma substância, movendo-se e flutuando e afundando nela, sim, porque aquelas águas eram profundas além de qualquer compreensão. Nelas tinham sido derramadas tantas vidas. A dos Ramsay; a dos filhos; e, também, todo tipo de coisas órfãs e perdidas. Uma lavadeira com sua cesta; uma gralha, um lírio-tocha; os roxos e os verdes-acinzentados das flores: algum sentimento comum que mantinha o todo reunido.

Era talvez tal sentimento de completude que, dez anos atrás, parada onde estava agora, fez com que ela dissesse que devia estar apaixonada pelo lugar. O amor tinha mil formas. Podia haver amantes cujo dom consistia em escolher os elementos das coisas e reuni-los, atribuindo-lhes assim uma integridade da vida que não era deles, fazer de alguma cena, ou de um encontro de pessoas (todas agora longe e separadas), uma daquelas coisas compactadas e globulares com as quais o pensamento se demora, e o amor brinca.

Os olhos dela repousavam na mancha marrom do barco velejando do sr. Ramsay. Estariam no Farol perto da hora do almoço, ela supunha. Mas o vento se revitalizara e, como o céu mudara levemente e o mar mudara levemente e os barcos haviam alterado as posições, a vista, que há um momento tinha parecido miraculosamente fixa, era agora insatisfatória. O vento tinha dispersado o rastro de névoa; havia algo de desagradável no posicionamento dos barcos.

Essa desproporção parecia perturbar certa harmonia em sua própria mente. Sentia uma angústia obscura. Isso foi confirmado ao voltar para a pintura. Ela estivera desperdiçando a manhã. Por uma razão qualquer, não conseguia atingir aquele preciso equilíbrio entre duas forças opostas; o sr. Ramsay e a pintura; um equilíbrio necessário. Havia talvez algo de errado com a composição? Será, perguntou-se, que a linha do muro precisava ser interrompida, que o volume das árvores estava pesado demais? Sorriu ironicamente; pois ela não tinha pensado, ao iniciar, que tinha resolvido o problema?

Qual era, então, o problema? Ela devia tentar agarrar algo que escapava dela. Escapou dela quando pensou na sra. Ramsay; escapou dela agora mesmo, quando pensava na pintura. Vinham-lhe frases. Vinham-lhe visões. Belas imagens. Belas frases. Mas o que ela desejava agarrar era aquela sacudidela nos nervos, aquela mesma coisa antes que tivesse se tornado uma coisa. Entenda isso e comece tudo de novo; entenda isso e comece tudo de novo; dizia ela desesperadamente, mais uma vez se postando firmemente diante do cavalete. Era uma máquina miserável, uma máquina ineficiente, pensou ela, o aparato humano feito para pintar ou sentir; sempre quebrava no momento crítico; devíamos forçá-lo a continuar, heroicamente. Olhou fixamente, franzindo a testa. Havia a cerca viva, sem dúvida. Mas não se obtinha nada quando se solicitava com urgência. Obtinha-se apenas um brilho nos olhos por fitar a linha do muro, ou por pensar... ela estava usando um chapéu cinza. Ela era espantosamente bonita. Deixe vir, pensou ela, se vier. Pois há momentos em que não se pode nem pensar nem sentir. E se não podemos nem pensar nem sentir, refletiu, onde é que estamos?

Aqui na grama, no chão, pensou ela, sentando-se e examinando com o pincel uma pequena colônia de bananas-da-terra. Porque o gramado era muito irregular. Aqui, sentada sobre o mundo, ela pensou, já que não podia se livrar da sensação de que tudo naquela manhã estava acontecendo pela primeira vez, talvez pela última vez, assim como um viajante, mesmo que meio dormindo, sabe, olhando para fora pela janela do trem, que deve olhar agora, porque nunca mais verá aquele vilarejo, ou aquela carroça, ou aquela mulher trabalhando no campo. O gramado era o mundo; estavam aqui em cima juntos, neste posto elevado, pensou ela, olhando para o velho sr. Carmichael, que parecia (embora não tivessem trocado uma única palavra aquele tempo todo) compartilhar de seus pensamentos. E talvez ela nunca mais o visse. Ele estava ficando velho. Além disso, lembrou-se, sorrindo ao ver o chinelo pendurado no pé dele, ele estava ficando famoso. As pessoas diziam que sua poesia era "tão bonita". Começavam a publicar coisas que ele tinha escrito há quarenta anos. Havia um homem famoso chamado Carmichael, sorriu ela, pensando na quantidade de formas que uma pessoa podia assumir, que ele era aquilo nos jornais, mas aqui continuava o mesmo que sempre tinha sido. Parecia o mesmo... talvez mais grisalho. Sim, parecia o mesmo, mas alguém tinha dito, lembrou-se, que, quando soube da morte de Andrew Ramsay (ele tinha sido morto em um segundo, por uma granada; ele teria sido um grande matemático), o sr. Carmichael tinha "perdido todo o interesse pela vida". O que aquilo significava?, perguntou-se. Tinha marchado pela Trafalgar Square segurando uma grande bengala? Tinha virado uma página atrás da outra, sem lê-las, sentado sozinho em seu quarto em St. John's Wood? Ela não sabia o que ele tinha feito ao saber que Andrew tinha sido morto, mas, de qualquer maneira, sentia isso nele. Eles apenas trocavam murmúrios nas escadarias; olhavam para o céu e diziam que faria tempo bom, ou não. Mas essa era apenas um dos modos de conhecer as pessoas, pensou ela: conhecer o contorno, não o detalhe, sentar-nos no nosso jardim e olhar para as colinas ficando arroxeadas, encosta abaixo, até as urzes distantes. Ela o conhecia dessa forma. Sabia que, de alguma maneira, ele tinha mudado. Nunca tinha lido uma única linha de sua poesia. Pensava, entretanto, que adivinhava como ela era: lenta e sonora. Experiente e doce. Era sobre o deserto e o camelo. Sobre a palmeira e o pôr do sol. Era extremamente impessoal; dizia algo sobre a morte; dizia muito pouco sobre o amor. Havia nele uma impessoalidade. Precisava muito pouco das outras pessoas. Não se esgueirava sempre, um tanto desajeitado, pela janela da sala de estar, com um jornal debaixo do braço, tentando evitar a sra. Ramsay, de quem, por alguma razão, não gostava muito? Justamente por isso, é claro, ela sempre tentava detê-lo. Ele a cumprimentava lhe fazendo uma reverência. Ele parava, contrariado, e fazia uma profunda reverência. Chateada por ele não querer nada dela, a sra. Ramsay lhe perguntava (Lily podia ouvi-la), ele não gostaria de um casaco, uma manta, um jornal? Não, ele não queria nada. (Nesse momento, ele fazia uma reverência.) Havia nela alguma característica que não lhe agradava muito.

Talvez fosse sua arbitrariedade, sua certeza, sua praticidade. Ela era tão direta.

(Um ruído chamou a atenção dela para a janela da sala de estar... o rangido de uma dobradiça. A leve brisa brincava com a janela.)

Deve ter havido pessoas que não gostavam muito dela, pensou Lily (Sim; ela percebeu que o degrau que dava na sala de estar estava vazio, mas aquilo não a afetou nem um pouco. Não precisava da sra. Ramsay agora.)... Pessoas que a achavam segura demais, drástica demais.

Além disso, a beleza dela provavelmente ofendia as pessoas. Que monótono, diriam elas, e sempre a mesma coisa! Elas preferiam outro tipo... as morenas, animadas. E, depois, ela era fraca com o marido. Deixava-o fazer aquelas cenas. E, além disso, era reservada. Ninguém sabia exatamente o que acontecia com ela. E (voltando ao sr. Carmichael e à sua antipatia por ela) ninguém era capaz de imaginar a sra. Ramsay no gramado, de pé, pintando, ou deitada lendo, uma manhã inteira. Era impensável. Sem dizer uma só palavra, o único sinal do que ia fazer era uma cesta no braço, ela ia até o vilarejo, até os pobres, para se sentar em algum quartinho abafado. Muitas e muitas vezes, Lily a tinha visto sair em silêncio no meio de um jogo, uma discussão, com a cesta no braço, muito empertigada. Ela percebera o seu retorno. Tinha pensado, meio rindo (ela era tão metódica com as xícaras de chá), meio comovida (sua beleza era de tirar o fôlego), nos olhos se fechando de dor se virando para a senhora. A senhora esteve lá com eles.

E então a sra. Ramsay ficava chateada porque alguém estava atrasado, ou a manteiga não estava fresca, ou o bule de chá estava rachado. E, durante todo o tempo em que ela ficava dizendo que a manteiga não estava fresca, ficávamos pensando nos templos gregos, e que a beleza tinha estado com eles lá naquele quartinho abafado. Ela nunca falava sobre aquilo... Ela ia, pontualmente, sem rodeios. Era seu instinto ir lá, um instinto como o das andorinhas indo para o sul, das alcachofras se virando para o sol, inclinando-a infalivelmente na direção da raça humana, fazendo seu ninho no coração dela. E isso, como todos os instintos, era um tanto quanto angustiante para as pessoas que não partilhavam dele; para o sr. Carmichael, talvez, certamente para ela. Havia alguma noção captada pelos dois quanto à ineficácia da ação, quanto à supremacia do pensamento. Suas saídas eram uma crítica a eles, davam uma direção diferente ao mundo, de maneira que eram levados a protestar, vendo os próprios preconceitos desaparecerem e ao mesmo tempo se agarrando a eles enquanto desapareciam. Charles Tansley fazia a mesma coisa: era parte do motivo de não gostarem dele. Ele perturbava as proporções do nosso mundo. E o que tinha acontecido com ele, perguntou-se, mexendo distraidamente nas bananas-da-terra com o pincel. Ele tinha conseguido sua bolsa de estudos. Tinha se casado; morava em Golders Green.

Certo dia, durante a guerra, ela fora a um auditório ouvi-lo falar. Ele estava denunciando algo; estava condenando alguém. Estava pregando o amor fraternal. E tudo o que ela sentiu foi como ele podia amar seus semelhantes, logo ele, que não conseguia distinguir uma pintura da outra, que tinha ficado atrás dela fumando seu tabaco de quinta — cinco centavos por trinta gramas, srta. Briscoe — e se dando o direito de lhe dizer que as mulheres não sabem escrever, que as mulheres não sabem pintar, nem tanto por acreditar naquilo, mais porque, por alguma estranha razão, desejava dizê-lo? Lá estava ele, magricelo e vermelho e estridente, pregando o amor de cima de um palco (havia formigas rastejando em meio às bananas-da-terra e ela as perturbara com a pintura — formigas vermelhas, enérgicas, brilhantes, um pouco como Charles Tansley). Ela olhara ironicamente para ele no auditório meio vazio, bombeando amor naquele espaço frio e, subitamente, ali estava o velho barril, ou o que quer que fosse, flutuando, subindo e descendo, em meio às ondas, e a sra. Ramsay procurando o estojo dos óculos por entre os seixos. — Ah, meu Deus! Que chateação! Perdidos de novo. Não se preocupe, sr. Tansley. Perco milhares deles todo verão — diante do que ele pressionou o queixo contra o colarinho, como que temendo sancionar um exagero daqueles, mas podia tolerar aquilo, já que dito por ela, de quem gostava, e sorriu muito encantadoramente. Ele deve ter lhe contado algum segredo em um daqueles longos passeios, quando as pessoas se separavam e voltavam sozinhas. Ele estava educando a irmã mais nova, a sra. Ramsay dissera para ela. Isso contava muitíssimo a seu favor. A ideia que ela própria fazia dele era grotesca, sabia muito bem Lily, que continuava mexendo nas bananas-da-terra com o pincel. A metade das ideias que fazíamos das outras pessoas era, afinal, grotesca. Elas serviam aos propósitos particulares de cada um. Ele servia de bode expiatório para ela. Flagravase o culpando por tudo quando estava com raiva. Se quisesse ser séria em relação a ele, tinha que se valer da opinião da sra. Ramsay, vê-lo pelos olhos dela.

Ela fez um montinho para as formigas subirem. Reduziu-as a um frenesi de indecisão com essa interferência na cosmogonia delas. Umas corriam para um lado, outras, para o outro.

Precisávamos de cinquenta pares de olhos para enxergar, refletiu ela. Cinquenta pares de olhos não eram suficientes para dar conta daquela única mulher, pensou ela. Entre eles, deveria haver pelo menos uma pessoa completamente cega à sua beleza. Precisávamos, sobretudo, deum sentido secreto, fino como o ar, com o qual pudéssemos espreitar nos buracos das fechaduras e cercá-la onde ela se sentava tricotando, falando, ou apenas em silêncio à janela, sozinha; que tomasse para si e valorizasse, como o ar que retém o vapor da panela fervendo, seus pensamentos, suas imaginações, seus desejos. O que significava para ela a cerca viva, o que significava para ela o jardim, o que significava para ela uma onda quebrando? (Lily ergueu os olhos, como tinha visto a sra. Ramsay fazer; ela também ouviu uma onda quebrando na praia.) E então, o que se agitava e estremecia na mente dela quando ouvia as crianças gritarem — Valeu? Valeu? —jogando críquete? Ela pararia de tricotar por um segundo. Ela olharia com atenção. Depois, retornaria e, subitamente, o sr. Ramsay interromperia sua caminhada diante dela e algum choque estranho a atravessaria, parecendo embalá-la em seu peito em uma agitação profunda, já que, ao parar ali, ele ficava ao lado dela e a olhava de cima. Lily podia vê-lo.

    Ele estendeu a mão e a levantou da cadeira. Parecia, de alguma maneira, como se ele tivesse feito aquilo antes; como se, no passado, tivesse se inclinado do mesmo jeito e a erguido de um barco que, parado a poucos centímetros de uma ilha, exigia que as mulheres fossem assim ajudadas a descer por algum cavalheiro. Era uma cena à moda antiga, que praticamente exigia saias de crinolina e calças culote. Deixando-se amparar por ele, a sra. Ramsay tinha pensado (supunha Lily) que agora tinha chegado a hora. Sim, ela agora o diria. Sim, ela se casaria com ele. E pisou lentamente, silenciosamente, na praia. Provavelmente, ela disse apenas uma palavra, deixando a mão repousar imóvel na dele. Eu me casarei com você, ela pode ter dito, com a mão na dele; mas nada mais. Repetidas vezes a mesma emoção tinha se passado entre eles... É claro que tinha, pensou Lily, construindo um caminho para suas formigas. Não estava inventando; estava apenas tentando aplainar algo que lhe tinha sido dado anos atrás, todo amassado; algo que ela tinha visto. Porque, no alvoroço do cotidiano, com todas as crianças por perto, todos aqueles visitantes, havia constantemente determinada sensação de repetição... de uma coisa caindo onde outra já tinha caído, produzindo, assim, um eco que ressoava no ar, enchendo-o de vibrações.

Mas seria um erro, pensou ela, lembrando-se de como caminhavam juntos de braços dados, para além da estufa, simplificar a relação deles. Não era uma monotonia no êxtase... ela, com seus impulsos e rapidez; ele, com seus calafrios e depressões. Ah, não. A porta do quarto bateria violentamente de manhã cedo. Ele se levantaria da mesa mal-humorado. Ele atiraria o prato pela janela. Então, em toda a casa havia uma sensação de portas batendo e persianas tremulando, como se um vento forte tivesse começado a soprar e as pessoas corressem afobadas para todo os lados, tentando fechar portinholas e pôr as coisas no lugar. Ela encontrara, certo dia, Paul Rayley daquele jeito, na escadaria. Riram e riram, como duas crianças, tudo porque o sr. Ramsay, ao encontrar uma lacrainha no leite durante o café da manhã, tinha feito tudo voar pelos ares em direção ao pátio lá fora. — Uma lacrainha — murmurou Prue, pasma — no leite dele. — Outras pessoas poderiam encontrar centopeias. Mas ele tinha construído uma redoma de santidade tão grande ao seu redor, e ocupado o espaço com tamanho comportamento de majestade, que uma lacrainha no leite dele era um monstro.

Mas aquilo cansava a sra. Ramsay, intimidava-a um pouco — pratos sendo lançados e portas batendo. E, às vezes, recaiam entre eles tensos e longos silêncios quando, em um estado de espírito que irritava Lily, em parte queixosa, em parte ressentida, ela parecia incapaz de superar calmamente a tempestade, ou rir como todos riam, mas, em seu cansaço, talvez ela escondesse algo. Ficava ensimesmada e se sentava em silêncio. Depois de um tempo, ele ficava rondando furtivamente os lugares onde ela estava... vagando sob a janela em que ela estava sentada escrevendo cartas ou conversando, porque ela tinha o cuidado de se mostrar ocupada quando ele passava, evitando-o e fingindo não vê-lo. Então, ele ficava suave como a seda, afável, refinado, tentando, desse modo, cativá-la. Ainda assim, ela se esquivava, e agora, por um breve intervalo, faria valer alguns daqueles orgulhos e ares a que sua beleza lhe dava direito, aos quais ela, geralmente, renunciava; ela viraria a cabeça; olharia, assim, por cima do ombro, sempre com Minta, Paul ou William Bankes ao lado. Por fim, colocando-se à parte do grupo, a própria figura de um cão de caça esfomeado (Lily se levantou da grama e ficou em pé olhando para os degraus, para a janela, onde o tinha visto), ele diria o nome dela, apenas uma vez, para o mundo todo, como um lobo uivando na neve, mas ela continuaria a se conter; e ele o diria novamente, e, desta vez, algo no tom da voz dele a emocionaria, e ela iria até ele, abandonando subitamente todos os outros, e caminhariam juntos entre as pereiras, as couves e os canteiros de framboesas. Resolveriam tudo juntos. Mas com que atitudes e palavras? Era tamanha a dignidade deles em sua relação que, virando-se, ela e Paul e Minta disfarçariam a curiosidade e o desconforto, e começariam a colher flores, atirar bolas, conversando, até que fosse a hora do jantar, e ali estavam eles, ele em uma ponta da mesa, ela na outra, como de costume.

— Por que nenhum de vocês começa a estudar botânica?... Com todas essas pernas e esses braços, por que nenhum de vocês...? — E, assim, eles conversariam como de costume, rindo, no meio dos filhos. Tudo seria como de costume, a não ser por certo burburinho, como uma lâmina em pleno ar, que era lançada de um para o outro, como se a presença costumeira dos filhos sentados em volta dos pratos de sopa tivesse se renovado diante deles depois daquele momento entre as peras e couves. Em particular, pensou Lily, a sra. Ramsay olharia para Prue. Ela estaria sentada no meio, entre irmãos e irmãs, parecendo sempre ocupada, certificando-se de tal forma de que nada desse errado que ela própria quase não falava. Como Prue deve ter se culpado por aquela lacrainha no leite! Como tinha empalidecido quando o sr. Ramsay atirara o prato pela janela! Como esmorecia com aqueles longos silêncios entre eles! De qualquer maneira, a mãe parecia agora estar compensando isso com ela; assegurando-a de que estava tudo bem; prometendo-lhe que um dia desses aquela mesma felicidade seria dela. No entanto, ela a desfrutara por menos de um ano.

Ela tinha deixado as flores caírem de seu cesto, pensou Lily, apertando os olhos e recuando como se para observar o quadro, que ela, contudo, não estava tocando, com todas as faculdades mentais em transe, congeladas na superfície, mas se movendo por baixo em velocidade máxima.

Deixou as flores caírem do cesto, espalhando-as e as jogando pela grama e, relutante, hesitante, mas sem qualquer questionamento ou reclamação... ela não tinha à perfeição a habilidade da obediência?... também se deixou ir. Entre campos, atravessando vales, brancos, lotados de flores... era como se ela os tivesse pintado. As colinas eram austeras. Era tudo rochoso; era íngreme. As ondas soavam roucas sobre as pedras, lá embaixo. Eles se foram, os três juntos, a sra. Ramsay andando muito mais rápido à frente, como se esperasse encontrar alguém ao dobrar a esquina.

Subitamente, a janela para a qual estava olhando empalideceu em virtude de algo luminoso atrás dela. Afinal, então, alguém tinha entrado na sala de estar; alguém estava sentado na cadeira. Pelo amor de Deus, ela implorou, que fique sentado lá e não venha cambaleando até aqui fora para falar com ela. Misericordiosamente, quem quer que fosse continuou lá dentro; tinha se instalado por algum golpe de sorte aleatório, lançando assim uma sombra triangular esquisita sobre o degrau. Aquilo alterava um pouco a composição do quadro. Era interessante. Poderia ser útil. Seu bom humor começava a voltar. Devíamos continuar a olhar sem relaxar nem por um segundo a intensidade da emoção, a determinação de não desanimar, de não ser enganado. Devíamos manter a cena presa... assim... em um torno, para impedir que qualquer coisa viesse estragá-la. Precisávamos, pensou, molhando o pincel deliberadamente, colocar-nos no mesmo nível da experiência cotidiana, sentir simplesmente que isto é uma cadeira, isto é uma mesa e, no entanto, ao mesmo tempo, É um milagre, é um êxtase. O problema poderia ser resolvido, no fim das contas. Ah, mas o que tinha acontecido? Alguma onda de branco passou sobre a vidraça. O ar deve ter agitado algum tecido na sala. Seu coração saltou dentro ela e tomou conta dela e a torturou.

— sra. Ramsay! sra. Ramsay! — ela exclamou, sentindo o antigo horror voltar... querer e querer e não ter. Ela ainda era capaz de o infligir? E, depois, calmamente, como se tivesse se contido, aquilo também se tornou parte da experiência cotidiana, estava no mesmo nível da cadeira, da mesa. A sra. Ramsay... era parte da sua perfeita bondade... simplesmente se sentou ali, na cadeira, balançou as agulhas para lá e para cá, tricotou a meia marrom-avermelhada, projetou sua sombra no degrau. Ali estava ela, sentada.

E, como se tivesse algo que devesse partilhar, embora dificilmente pudesse deixar o cavalete, de tão cheia que sua mente estava com aquilo que estava pensando, com aquilo que estava vendo, Lily, segurando o pincel, passou por onde estava o sr. Carmichael e foi até a beira do gramado. Onde estava aquele barco agora? E o sr. Ramsay? Precisava dele.

13

O sr. Ramsay estava quase terminando de ler. Uma mão pairava sobre a página como se à espera de virá-la assim que tivesse acabado. Ele estava ali sentado, sem nada na cabeça, com o vento despenteando seus cabelos, extraordinariamente exposto a tudo. Parecia muito velho. Parecia, pensou James, vendo a cabeça dele ora contra o Farol, ora contra a vastidão das águas correndo a céu aberto, alguma pedra antiga sobre a areia; era como se ele tivesse se tornado fisicamente aquilo que estava sempre no fundo da mente dos dois — aquela solidão que era, para ambos, a verdade sobre as coisas.

Estava lendo muito depressa, como se estivesse ansioso para chegar ao fim. Na verdade, já estavam muito perto do Farol. Ali assomava ele, inflexível e ereto, com uma luz em preto e branco, e era possível ver as ondas quebrando em estilhaços pálidos, como vidro partido, contra as rochas. Era possível ver as linhas e fendas nos rochedos. Era possível ver claramente as janelas; uma mancha de branco em uma delas, e um pequeno tufo verde na rocha. Um homem saíra e olhara para eles com uma luneta e voltara para dentro. Então era isso, pensou James, o Farol que tínhamos visto do outro lado da baía por todos aqueles anos; era uma torre inflexível em cima de uma rocha nua. Isso o satisfazia. Confirmava um obscuro sentimento que tinha sobre a própria personalidade. As velhas damas, refletiu, pensando no jardim lá de casa, ficavam arrastando a cadeira sobre o gramado. A velha sra. Beckwith, por exemplo, estava sempre dizendo como era bonito e como era agradável e como eles deviam ficar muito orgulhosos e deveriam ficar muito felizes, mas, na verdade, pensou James, observando o Farol pousado ali na rocha, é assim mesmo. Olhou para o pai lendo avidamente com as pernas bem encolhidas. Eles compartilhavam aquele conhecimento. — Estamos navegando diante de uma tempestade... vamos afundar — começou a dizer para si mesmo, à meia voz, exatamente como o pai fazia.

    Ninguém parecia ter falado por séculos. Cam estava cansada de olhar para o mar. Pequenos pedaços de cortiça negra passaram flutuando por eles; os peixes estavam mortos no fundo do barco. O pai ainda lia, e James olhava para ele, e ela olhava para ele, e eles juraram que iam combater a tirania até a morte, e ele continuava lendo sem nenhuma consciência do que eles pensavam. Era assim que ele fugia, pensou ela. Sim, com sua grande testa e seu grande nariz, segurando seu pequeno livro manchado firmemente diante de si, ele fugia. Podíamos tentar pôr as mãos nele, mas, então, como um pássaro, ele estendia as asas, escapava para se instalar bem longe, fora do nosso alcance, em cima de algum toco de árvore desolado. Ela contemplou a imensidão do mar. A ilha tinha se tornado tão pequena que quase não se parecia mais com uma folha. Parecia o cume de um rochedo que alguma onda mais alta do que todo o resto cobriria. No entanto, em sua fragilidade, havia todas aquelas trilhas, aqueles terraços, aqueles quartos... todos aqueles inumeráveis elementos. Mas, assim como bem antes do sono, as coisas se simplificam de tal maneira que apenas um entre toda aquela miríade de detalhes tem o poder de se impor, então ela sentiu, olhando sonolenta para a ilha, todas aquelas trilhas e terraços e quartos estavam desbotando e desaparecendo, e nada restava além de um incensário azul--claro que balançava ritmicamente, de um lado para o outro, na mente dela. Era um jardim suspenso; era um vale, cheio de pássaros, e flores, e antílopes... Ela estava caindo no sono.

— Vamos lá — disse o sr. Ramsay, fechando subitamente o livro.

Vamos aonde? Para qual extraordinária aventura? Ela acordou sobressaltada. Aportar em algum lugar, escalar algum lugar? Para onde ele os estava levando? Porque, depois do seu imenso silêncio, aquelas palavras os assustaram. Mas era absurdo. Ele estava com fome, disse. Estava na hora do almoço. Além disso, olhem, disse ele. — Eis o Farol. Estamos quase lá.

— Ele está indo muito bem — disse Macalister, elogiando James. — Ele a está mantendo bem firme.

Mas o pai nunca o elogiava, pensou James com tristeza.

O sr. Ramsay abriu o embrulho e repartiu os sanduíches entre eles. Agora ele estava feliz, comendo pão com queijo com aqueles pescadores. Ele teria gostado de morar em um casebre e ficar andando à toa pelo porto, cuspindo com os outros velhos, pensou James, observando-o cortar seu queijo em finas fatias amarelas com o canivete.

Está certo, é isso mesmo, era o que Cam continuava sentindo, à medida que descascava seu ovo cozido. Agora, ela se sentia como tinha se sentido no escritório quando os velhos cavalheiros estavam lendo o *The Times*. Agora posso continuar pensando no que quiser, e não vou cair em um precipício nem vou me afogar, pois ali está ele, mantendo os olhos em mim, pensou.

Ao mesmo tempo, estavam velejando tão rápido em meio às rochas que era muito emocionante... Pareciam estar fazendo duas coisas simultâneas; estavam comendo o almoço aqui, ao sol, e, também, estavam se assegurando de se manter a salvo de uma tempestade, depois de um naufrágio. Será que a água duraria? Será que as provisões durariam?, perguntava-se, contando a si mesma uma história, mas sabendo, ao mesmo tempo, qual era a verdade.

    Em breve, estariam longe daquilo tudo, o sr. Ramsay estava dizendo ao velho Macalister, mas os filhos veriam coisas estranhas. Macalister disse que tinha feito setenta e cinco anos em março; o sr. Ramsay tinha setenta e um. Macalister disse que nunca tinha ido no médico; nunca perdera um dente. E é assim que eu gostaria que meus filhos vivessem — Cam tinha certeza de que o pai estava pensando aquilo, pois ele impediu que ela jogasse um sanduíche no mar e lhe disse, como se estivesse pensando nos pescadores e no modo como viviam, que, se ela não o queria, deveria colocá-lo de volta no pacote. Não deveria desperdiçá-lo. Disse-o de uma maneira tão sábia, como se soubesse perfeitamente tudo o que se passava no mundo, que ela o pôs imediatamente de volta e, então, ele ofereceu para ela, tirando do próprio embrulho, uma fatia de bolo de gengibre, como se fosse um grande cavalheiro espanhol, pensou ela, ofertando uma flor a uma dama à janela (de tão cortês que tinha sido sua atitude). Ele era desleixado, e simples, comendo pão com queijo; no entanto, conduzia-os em uma grande expedição em que morreriam todos afogados, até onde ela sabia.

    — Foi aqui que ela afundou — disse o filho de Macalister, subitamente.

    Três homens morreram afogados onde estamos agora, disse o velho. Ele próprio os tinha visto se agarrando ao mastro. E o sr. Ramsay, lançando um olhar para o ponto, estava prestes, James e Cam temiam, a recitar:

    Mas eu, sob um mar mais violento, e, se o fizesse, eles não poderiam suportar; gritariam alto; não resistiriam a outra explosão da paixão que fervia dentro dele; mas, para sua surpresa, tudo o que ele disse foi — Ah — como se estivesse pensando consigo mesmo. Mas por que fazer tanto barulho por nada? Naturalmente, homens morrem afogados em uma tempestade, porém se trata de algo perfeitamente simples, e as profundezas do mar (despejou as migalhas do papel do sanduíche sobre elas) são, no fim das contas, apenas água. Então, após aceder seu cachimbo, tirou o relógio do bolso. Olhou para ele com atenção; fez, talvez, algum cálculo matemático. Por fim, disse, triunfalmente:

— Parabéns! — James os tinha conduzido como um marinheiro nato.

Isso!, pensou Cam, dirigindo-se silenciosamente a James. Você conseguiu, afinal. Porque ela sabia que era isso que James vinha querendo, e ela sabia que agora que tinha conseguido, ele estava tão satisfeito que não olharia para ela nem para o pai nem para ninguém. Ficou ali sentado com a mão no timão, todo empertigado, parecendo um tanto quanto mal-humorado e franzindo levemente a testa. Estava tão satisfeito que não ia dividir com ninguém um pedacinho que fosse do próprio prazer. Seu pai o tinha elogiado. Eles deviam pensar que ele fosse completamente indiferente. Mas agora você conseguiu, pensou Cam.

Tinham virado de bordo e navegavam com velocidade, com alegria, sobre ondas sacolejantes que os conduziam de uma a outra, com extraordinária cadência e animação, próximo ao recife. À esquerda, uma fileira de pedras se revelava marrom através da água, que se tornava mais rala e verde e, sobre uma mais alta entre elas, uma onda quebrava incessantemente e jorrava uma pequena coluna de gotas que caía em cascata. Era possível ouvir o bater da água e o tamborilar das gotas cadentes e uma espécie de som sussurrante e sibilante que vinha das ondas rolando e saltando e estapeando as pedras como se fossem criaturas selvagens perfeitamente livres, pulando e rolando e brincando daquele jeito para sempre.

Agora conseguiam ver dois homens no Farol, observando-os e se aprontando para encontrá-los.

O sr. Ramsay abotoou o casaco e arregaçou as calças. Pegou o pacote de papel pardo, grande e mal embrulhado que Nancy tinha preparado e se sentou, com ele sobre o joelho. E assim, em completa prontidão para pisar em terra firme, ele ficou sentado, olhando para trás, para a ilha. Com sua visão de longo alcance, talvez conseguisse ver muito claramente o minguante formato de folha ereta, apoiada na própria ponta sobre um prato de ouro. O que ele conseguia ver?, perguntou-se Cam. Era tudo um borrão só para ela. No que ele estava pensando agora?, perguntou-se. O que ele buscava, tão fixamente, tão atentamente, tão silenciosamente? Eles o observavam, sentado com a cabeça descoberta, com o pacote sobre o joelho, encarando e encarando o frágil formato azul que se parecia com o vapor de algo que tinha sido consumido pelo fogo. O que o senhor quer?, queriam ambos lhe perguntar. Ambos queriam dizer, Peça-nos qualquer coisa e nós a daremos ao senhor. Mas ele não lhes pediu nada. Ficou sentado e fitou a ilha e podia estar pensando, Sucumbimos, sozinhos. Ou podia estar pensando, Alcancei-o. Encontrei-o; mas ele não disse nada.

Então, pôs o chapéu na cabeça.

— Tragam aqueles pacotes — disse, indicando com a cabeça as coisas que Nancy tinha preparado para trazerem ao Farol. — Os pacotes para os homens do Farol — ele disse. Levantou-se e se postou em pé na proa do barco, muito empertigado e alto, para todo o mundo, James pensou, como se estivesse dizendo, — Não existe Deus nenhum — e Cam pensou, como se ele estivesse saltando no espaço, e ambos se levantaram para segui-lo enquanto ele saltava, com a leveza de um jovem, segurando o pacote, em direção ao rochedo.

14

— Ele deve tê-lo alcançado — disse Lily, em voz alta, sentindo-se de repente completamente exausta. Porque o Farol tinha se tornado quase invisível, tinha se dissolvido em uma neblina azul, e o esforço para observá-lo e o esforço para pensar nele desembarcando ali, que pareciam ser um único e mesmo esforço, tinham lhe estirado ao máximo o corpo e a mente. Ah, mas ela estava aliviada. Seja lá o que fosse que ela queria lhe dar quando ele a deixou naquela manhã, ela tinha finalmente lhe dado.

— Ele desembarcou — disse ela, em voz alta. — Acabou. — Então, surgindo de repente, levemente ofegante, o velho sr. Carmichael se postou ao lado dela, parecendo um antigo deus pagão, desgrenhado, com ervas no cabelo e o tridente (era apenas um romance francês) na mão. Ficou em pé ao lado dela na beira do gramado, balançando um pouco sua corpulência, e disse, protegendo os olhos com a mão: — Eles já devem ter desembarcado — e ela sentiu que estivera certa. Não tinham precisado falar. Estiveram pensando as mesmas coisas, e ele tinha lhe respondido sem que ela lhe perguntasse nada. Ele ficou ali parado como se estivesse estendendo as mãos sobre toda a fraqueza e todo o sofrimento da humanidade; ela pensou que ele estava analisando, tolerante e compassivamente, o destino deles. Agora, ele tinha coroado a ocasião, pensou ela, quando a mão dele caiu lentamente, como se ela o tivesse visto deixar despencar de sua grande altura uma grinalda de violetas e asfódelos que, rodopiando vagarosamente, acabasse pousando sobre a terra.

    Rapidamente, como se tivesse sido convocada por algo ali, virou-se para a tela. Ali estava ele — o seu quadro. Sim, com todos os seus verdes e azuis, suas linhas correndo para cima e para os lados, a sua tentativa de fazer algo. Seria pendurado no sótão, pensou ela; seria destruído. Mas de que importava?, perguntou-se, pegando novamente o pincel. Olhou para os degraus; estavam vazios; olhou para a tela; estava desfocada. Com uma súbita intensidade, como se a visse claramente por um segundo, traçou uma linha ali, no centro. Estava feito; estava terminado. Sim, pensou, largando o pincel com extrema fadiga, eu tivera a minha visão.

Impressão e Acabamento
Gráfica Oceano